하마터면
편 하 게
살 뻔했다

하마터면
편 하 게
살 뻔했다

홀로 길을 가야하는
평범한 사람들에게
바치는
야매 경험 헌정서

신범철 지음

프리스마

/

어떻게
살 것인가

지난 봄 어느 날 서점에서 『하마터면 열심히 살 뻔했다』라는 책을 사서 보게 되었다. 제목이 눈에 띄어 읽었는데 이런 종류의 책이 오늘날의 시대적 흐름인가 하는 생각이 들었다. 무슨 마음인지도 충분히 이해가 되었고 단숨에 다 읽을 정도로 재미도 있었다. 하지만 자꾸 여운이 남았다. 무거운 짐을 내려놓고 자신만의 행복을 추구해야 하는 것은 맞지만, 모두가 자기만의 세상을 살려 하면 어떻게 될까? 작가의 의도와는 다른 생각이 번져갔다.

자기만을 위한 세상이다. 혼자 밥 먹고 혼자 즐기는 그런 사회가 되어버렸다. 젊은 세대는 외부와의 교류보다는 내면으로 들어가는 것을 선호하고 있다. 왜 이런 일이 생겼을까? 과열 경쟁 속에서 대입과 취업을 위해 실상에서는 쓸모가 없는 과도한 스펙을 쌓아야 한다. 너무 치열하다 보니 편법이 등장하고 자기중심적인 행동을 한다. 편안하게 살면서 또 누릴 건 누리고 싶어 한다. 그러다 보니 상식이 아닌 비상식이 판친다. 이를 지켜보는 마음은 속세에서 한 발 멀어진다. 힘들어진 우리의 삶. 지친 인생이다.

문득 나 자신을 돌아보게 되었다. 어느덧 나이 50이다. 한때는 '엑스 세대(X generation)'라는 신세대로 불렸는데 이미 중년이 되어 버렸다. 두려울 정도로 빠르게 시간이 흘러간다. 그나마 다행인 것은 열심히 살아온 덕분에 일하고 있는 영역에서는 나름 전문가로 인정받고 있다는 것이다. 연간 2,000회가 넘게 내 코멘트가 방송이나 신문에 인용되고 있다. 어쩌다 보니 그렇게 되었다.

그렇다고 내가 특출난 것도 아니다. 나는 지방대를 나온 평범한 사람이다. 요즘 회자되고 있는 금수저 계층처럼 부모님의 도움을 받은 것도 아니다. 부모님은 특별히 잘나지 않았지만 성실하고 자식을 너무나도 사랑하는 착한 보통 분들이시다. 그 덕에 삶의 과정도 특별하지 않았다. 고등학교 때 그 흔한 학원이나 과외 경험도 없고, 대학에 가서도 해외연수나 자격증 같은 스펙을 쌓아본 적이 없다.

그런데도 운이 좋아서인지, 아니면 아직도 매일 밤 11시까지 연구소에 남아 있는 성실함 때문인지 한국국방연구원과 국방부, 외교부와 국립외교원이라는 대한민국 최고의 직장들을 두루 다녀보았다. 지금은 아산정책연구원이라는 민간 연구소에서 활동하고 있다. 경험은 사람을 성장하게 한다. 운 좋게 얻게 된 좋은 경험과 노력하면 무언가를 이룰 수 있는 우리 사회의 시스템 덕을 보아서인지, 나는 이땅에 아직도 많은 기회가 있다고 믿는다.

실제로 대학 강단 등에서 학생들과 이야기 해보니, 정작 그들은 인생을 개척하기 위해 뭘 해야 하는지를 질 몰랐다. 그렇기에 남들이 다 하는 일들을 따라하며 인생의 소중한 시간과 돈을 낭비한다. 장담컨대 대학교를 졸업한 후 3년이 지나면 대학교 때 무엇을 배웠는지

하마터면 편하게 살 뻔했다

기억이 잘 안 날 것이다. 돈이 많이 들어가는 해외연수를 다녀오거나 자격증을 취득한 신입 직원이 일을 더 잘하는가 하면 그것도 아니다. 그보다는 독서나 대화를 통해 사고의 폭을 넓히고 인생의 다양한 길을 경험하는 것이 훨씬 더 도움이 된다. 이런 사람들이 직장에 들어가서도 일을 잘한다.

그렇기에 누군가는 젊은이들에게 어떻게 기회를 찾고 어떻게 성장해야 하는지, 또 그 과정에서 어떤 삶의 태도를 갖는 것이 보다 효율적인지를 말해줘야 한다. 거창하거나 남들이 보기 좋다고 하는 일을 찾을 것이 아니라 자기가 만족할 수 있는 일을 찾고, 그것을 이루기 위해 자신의 역량을 키우고 폭넓은 장기적 비전을 세우는 것이 몇 배 더 중요하다는 것을 알려줘야 한다.

진짜 현실 세계에서는 공부보다는 인성이 중요하고, 비겁하게 침묵하지 않고 앞에 당당히 나설 줄 알아야 하며, 그러다가 고난을 겪어도 자신의 정체성을 지키는 일이 더 중요하다고 이야기해주어야 한다. 그리고 시간이 지날수록 자기보다는 남을 배려하는 리더십이 필요하다는 것을 말해줘야 한다.

하지만 주위를 보라. 학벌 사회는 갈수록 굳어지고 있다. 서울에서 공부 잘하는 초등학교 6학년 학생이면 밤 12시 넘게 공부하는 게 기본인 험난한 삶이다. 학부모는 아이의 인성 교육보다는 아이를 어떻게 하면 더 이름값 높은 학교에 보낼 수 있는지에 관심이 더 크다. 위선과 내로남불이 판을 치고 있다. 어렵게 역량을 키운 아이들이 직장을 구할 때는 더 안정적이고 편안한 곳, 그리고 돈을 잘 버는 곳을 권한다. 과학자와 기술자들은 줄어가고 의사와 변호사가 최고의 직업인 사회가 되어가고 있다. "나는 달라" 하면서도 내 자식만큼은 예외인 그런 사회에서 우리는 살고 있다.

이런 걱정에서 하마터면 열심히 살 뻔했던 것과는 반대로 하마터면 편하게 살 뻔한 내 경험담을 들려주고 싶었다. 내가 걸어온 과정에서 만난 수많은 사람들의 모습에서 그리고 그들과의 교류 속에서 내가 느끼고 배운 것들을 글로 써보기로 했다. 좌절하는 젊은이들에게 겉보기보다는 내실이 중요하다고 말해주고 싶었다. 상식과 노력이 통하는 정상적인 사회에 대한 기대를 여전히 갖게 하고 싶었다. 어찌 보면 분수에 안 맞게 능력에 비해 잘 살고 있는 내 경험을 토대로 젊은이들에게 바치는 글을 써보고 싶었는지 모른다. 물론 나의 삶이 거창한 것도 아니고 책 한 권 읽는다고 해서 인생이나 세상이 바뀌는 것도 아니지만 말이다.

이 책은 영웅이 없는 시대, 자기만의 시대, 반칙과 위선이 난무하는 시대에 자신의 길을 묵묵히 개척해나가고자 하는 사람들에게 바치는 헌정서다. 있는 이야기를 그대로 전하니 가식은 없다. 다만 도움이 되는 좋은 이야기를 담으려다 보니 분수에 안 맞는 눈꼴사나운 잘난 척이 많다. 그렇기에 밝히지 않은 수많은 잘못과 부끄러운 일들이 삶에 함께 존재했고 이를 반성하며 살고 있다는 점도 고백한다.

끝으로 이 글을 쓸 수 있게 영감을 준 하완 선생님께 감사드린다. 내 글은 다른 각도에서 세상을 보고 전혀 다른 해법을 말하고 있지만 서로의 내용은 상충관계가 아니라 보완관계라고 본다. 출판을 도와주신 도서출판 플래닛미디어 김세영 사장님께도 감사드린다. 바쁜 일정에도 불구하고 시간을 할애해 내 책을 만들어주셨다. 그리고 이 책을 편집해주신 이보라 편집장님, 원고를 읽어주고 고언을 아끼지 않아 준 아내와 아산정책연구원의 송지은 선생님, 방송작가 박금황 선생님, 그리고 삽화를 그려주신 SBS의 감호정 작가님께도 감사드린다.

살다 보니 내 인생에는 원했든 원하지 않았든 여러 번의 변화가 있었다. 그 덕에 그나마 할 말과 읽을거리가 있는 것 같다. 내가 편하게 살기를 거부하고 도전을 택한 덕분에 느끼고 배운 이야기들을 한 장 한 장 펼쳐본다.

차례

제1장

❀

삶의
기회
만들기

❀

삶의 발자취를 돌아보면 기회라는 것이 왔다가 갔던 게 보인다.
바로 기회가 찾아온 그 당시엔 몰랐지만 말이다.
시간이 흐름과 함께 그 당시의 일들이 인생에서 얼마나
중요한 것이었는지도 알게 된다.
물론 모두가 기회라는 것을 흘려보내진 않는다.
누군가는 그 기회를 잡는다.
그러면서 사람들의 인생에 차이가 생긴다.
처음에는 그 차이를 모르지만 시간이 더 흐르면
기회를 잡은 사람과 그렇지 못한 사람의 인생 경로는
많이 달라진다는 것을 깨닫는다.
마치 갈림길에 선 것처럼 선택 하나에 따라
자신이 가는 길이 확연히 차이가 난다.
그리고 어느 순간 그 차이는 한 번 살다갈 뿐인
인생에서 넘을 수 없는 벽을 만든다.

1

인생은 운이다.
하지만 준비된 자만이
그 운을 잡는다

모든 사람들이 느낄 것으로 생각하지만 세상에는 나보다 잘난 사람이 참 많다. 또한 살다 보면 별의별 경우를 다 겪게 된다. 그 와중에 인생의 전기를 마련할 기회가 왔다가 사라진다. 돈을 벌 수 있는 운도 왔다 간다. 기회는 누구에게나 오늘 이전에 있었고 언제 다시 찾아올지 모르지만 반드시 온다. 단지 그 기회를 잡기가 쉽지 않을 뿐이다.

운명을 무시할 수 없다. 좋은 취지로 쓰는 글에 왜 처음부터 자신의 힘으로는 어쩔 수 없는 운(運) 이야기를 하냐고? 삶을 돌아볼 때 그것이 현실이었기 때문이고 한편으로는 준비가 되어 있어야 찾아오는 운을 잡을 수 있기 때문이다. 어찌 되었든 그 크기가 다를 뿐 운이라는 것은 어느 날 불현듯 누군가에게 찾아온다. 이를 잡기 위한 노력은 자신의 몫이다. 운은 다음과 같이 찾아온다.

첫 번째 운은 작은 우연으로부터 시작된다

돌아보면 한국국방연구원에 입사하게 된 것이 외교안보 전문가로서의 길을 걷게 된 첫 출발이었다. 당시 만 스물네 살, 우리나라 나이로 스물여섯 살 대학원생인 나에게 그 즈음 커다란 행운이 찾아왔다. 그것도 두 번의 행운이 연이어 찾아왔다. 한국전자통신연구소에 위촉연구원으로 간 일이 첫 번째 행운이었고, 얼마 후 한국국방연구원 전문연구원 공채 모집에 지원하여 합격한 것이 두 번째 행운이었다.

1995년 봄, 나는 충남대학교 법대 대학원 석사과정 학생이었고 석사학위 논문을 쓰고 있었다. 하지만 몸은 다른 곳에 다니기 바빴다. 일주일에 3일은 대덕연구단지에 위치한 한국전자통신연구소에서 위촉연구원으로 근무했기 때문이다. 아르바이트 성격이었지만, 그곳에서 전자통신 관련 법규집을 만드는 일을 하면서 처음으로 월급이란 것을 받고 있었다. 돈을 번다는 것도 중요했지만, 그보다는 국책연구기관이 무슨 일을 하고 있고 뛰어난 인재들은 어떻게 일하는지를 알 수 있는 좋은 기회였다는 것이 더 큰 의미가 있었다.

한국전자통신연구소에 다니게 된 것은 1994년 가을, 즉 학위논문을 쓰기 직전 학기부터였는데, 부모님께 조금이나마 덜 부담이 되고 싶어서였다. 인생 역전 스토리의 주인공처럼 어려운 환경에서 고학을 한 것은 아니었다. 그런 극적인 이야기는 내 인생에 없다. 부모님께서 열심히 일하셔서 부족하지 않게 학비와 용돈을 주셨기 때문이다. 하지만 이런저런 노는 것들을 좋아하는 내 성격으로 인해 대학원생치고는 씀씀이가 컸고, 그래서 늘 용돈이 부족했다. 나는 늘 이런 내 자신을 돌아보면서 나는 성실한 학자라기보다는 건달기가 있다고 생각해왔다. 다만 현실에 적응하며 살려고 노력할 뿐이다.

아무튼 우연한 계기에 학과 사무실에서 연락을 받고 책 만드는 일을 해보겠다고 한국전자통신연구소에서 일을 하게 되었다. 대전직할시 소재 대덕연구단지에 위치한 한국전자통신연구소는 당시에도 이미 세계적인 연구소였다. 우리나라 첨단과학이 발전하게 된 데에는 대덕연구단지가 큰 역할을 했다. 당초 서울 홍릉 등에 있던 작은 연구 단지를 대대적으로 확충하며 1970년대부터 대전 대덕지구에 국책연구소들이 다수 이전했다. 각각의 연구기관을 모아서 시너지를 창출하고자 한 것이다. 자연스럽게 연구개발이 종합적으로 이루어져 첨단기술을 배양하는 데 큰 역할을 했다. 한국전자통신연구소는 그 대표적인 연구소였고, 이미 90년대 중반 통신기술의 세계 특허를 다수 가지고 있는 최첨단 연구소였다.

연구소에는 표준연구센터가 있었다. 정보통신기술의 표준을 만드는 일을 담당한 부서였는데, 이와 관련한 법규를 정리할 필요성이 있었다. 다만 이공계연구소다 보니 관련 법령에 대한 이해가 필요해서 대학원생 위촉연구원을 찾게 된 것이다. 당연히 인근에 있는 충남대학교에 연락을 했고 마침 내가 그 일에 지원했던 것이다. 당시만 해도 나는 내 머리와 체력으로는 사법시험은 어려울 것 같아서, 고향인 충남 지역에서 교수가 되고자 대학원에서 공부하고 있었고, 석사학위를 마치면 군에 장교로 입대하려고 준비 중이었다.

한국전자통신연구소에 면접을 보러 갔는데, 아주 깐깐해 보이는 여성 한 분이 면접관으로 나왔다. 전공과 업무에 대한 태도, 그리고 연구소에서 해야 할 일들을 물어보며 나의 이모저모를 살폈다. 이선화

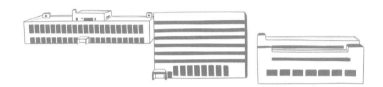

한국전자통신연구소 초기 전경.

지금도 그렇지만 당시에도 한국전자통신연구소의 수준은 세계적 수준이었다.

약간은 여유로웠던 학교에서는 느낄 수 없었던 치열한 경쟁을 보았고,

세계적 수준의 기관이 돌아가는 모습을 지켜보는 한 차원 높은 경험을 했다.

내게 주어진 주된 업무는 법규집을 만드는 일이었다.

하지만 일하는 과정에서

우리나라의 기술이 발전하면 세계의 기술 표준이 될 수 있다는 것도 배웠다.

연구원이었는데 지금은 연락이 끊어졌지만 내게는 둘도 없는 은인이 었다. 나를 뽑아주고 일을 가르쳐주었기 때문이다. 어쨌든 면접 후 내가 마음에 들었는지 나는 특별히 기다리는 시기 없이 곧바로 일을 하게 되었다. 이 연구원을 만난 것이 내 인생에서 왜 그리 중요한가 하면 일년 후 한국국방연구원 지원을 이분 덕분에 하게 되었기 때문이다.

지금도 그렇지만 당시에도 한국전자통신연구소의 수준은 세계적 수준이었다. 약간은 여유로웠던 학교에서는 느낄 수 없었던 치열한 경쟁을 보았고, 세계적 수준의 기관이 돌아가는 모습을 지켜보는 한 차원 높은 경험을 했다. 내게 주어진 주된 업무는 법규집을 만드는 일이었다. 하지만 일하는 과정에서 우리나라의 기술이 발전하면 세계의 기술 표준이 될 수 있다는 것도 배웠다.

경쟁은 국내 기업이나 연구기관에 국한되지 않고 시각을 넓혀 전 세계의 기업과 연구기관을 상대로 과감하게 해야 하며 그 과정을 통해 세계의 표준을 차지해야 한다는 것을 알게 되었다. 우물 안 개구리 같은 생각만으로는 나라의 미래를 만들 수 없다는 교훈을 배웠다. 그 밖에도 업무의 효율성, 책임자의 리더십, 그리고 국가예산을 활용한 학술활동 등을 옆에서 지켜볼 수 있었다. 자연히 나 자신도 이때 성장을 했던 것 같다.

한국전자통신연구소는 전문가를 양성하기 위해 군 미필인 석사 학위자를 전문연구원으로 선발해서 경력 단절 없이 지속적인 연구를 보장해주는 제도가 있었다. 5년을 복무하며 연구하는 조건으로 4주 내지는 6주의 기초군사훈련만으로 군 복무를 대체하는 제도였다. 물론 아무나 이런 혜택을 누릴 수 있는 것은 아니고 이 분야에서 대한민국의 내로라할 정도의 인재들만 그런 기회를 얻을 수 있었다. 이 제도를 처음 알게 되었을 때는 '야, 세상에 이런 기회도 있구나' 하는 생각이 들 정도였다.

그때나 지금이나 기회는 아는 사람이 잡는 것이다. 왜냐하면 대부분의 사람들은 이런 기회를 모르며 살고 있기 때문이다. 지금도 우리 주변 곳곳에는 새로운 기회가 도사리고 있다. 그걸 찾아야 한다. 정보화시대에 정보가 중요한 이유기도 하지만, 아무튼 시장을 알아야 내다 팔 물건을 생각할 수 있는 것처럼 자신의 영역에서 시장이 어떻게 형성되고 돌아가는지를 먼저 알아야 한다. 그걸 모르고 무언가를 준비하는 사람은 그걸 알고 준비하는 사람에 비해 이미 뒤처져 있는 것이다. 그것도 한참이나 말이다.

내가 일했던 연구팀에는 박기식 팀장님이라고 연구소에서 인정받는 엘리트 박사님이 계셨는데, 이분 역시 나를 좋게 보셨다. 그래서인지 내가 일한 지 반년이 될 무렵 박 팀장님의 위 직급인 센터장에게 이야기해서 나를 전문연구원으로 뽑기로 했다고 말씀해주셨다. 앞으로 연구소에서 일할 기회를 줄 테니 다른 생각 하지 말고 열심히 일하라고 하셨다. 기분이 하늘을 나는 것 같았다. 생각지도 않았는데 병역 문제까지 해결되는 좋은 기회였기 때문이다.

나는 더욱 열정적으로 일했다. 정보통신 표준화 관련 법규집은 물론이고 표준화학회(標準化學會) 일까지 해냈다. 석사학위도 받기 전에 학회에서 발표를 했으니 당시에 나름 인정을 받았던 것 같다. 나이 어린 지방대생에게 그런 기회는 매우 드물었기 때문에, 가진 능력을 다 쏟아부었다. 무언가 열심히 하면 원하는 것을 얻을 수 있다고 믿었던 그런 행복한 시간이었다.

그런데 세상은 만만하지 않다. 운도 마찬가지였다. 연구소에 출근한 어느날 연구소 인사팀으로부터 연락을 받았다. 나는 당연히 전문연구원 건으로 면담을 하는 줄 알았다. 그런데 이게 웬일이란 말인가. 인사팀에서는 나를 전문연구원으로 선발하기 위한 절차를 밟으려 했는데, 한국전자통신연구소는 이공계 연구소여서 전문연구원은 법적으로 이공계 전공자로 국한되어 있기 때문에 인문계 전공자인 나를 선발할 수 없다는 것이었다.

청천벽력과도 같았다. 이미 정이 들어버린 연구소였는지라 좌절도 좌절이었지만 이미 장교시험 원서 제출 기간도 지나서 난감한 상황에 처했다. 장교시험을 치를 수 없어서 석사학위를 마치면 현역병으로 군에 입대해야 할 상황이 된 것이다. 군이야 어릴 적부터 사랑하던 조직이었지만 이십대 중반에 현역으로 가는 일은 쉬운 일이 아니었다. 스물여섯 나이 먹은 신병이라. 하하. 그 마음을 군대를 가본 사람은 알 거다.

남자들의 일생은 군대를 통해 많이 바뀐다. 지금은 복무기간이 짧아졌지만 그 당시는 30개월이었다. 군에 다녀온 친구들이나 선배들이 소위 '총기'를 잃던 시기가 있었다. 젊은 나이에 3년 가까운 시간을 보내다 보면 공부와는 거리가 생긴다. 요즘도 마찬가지다. 아무리 군 복무기간이 줄었어도 또 군 복무기간에 다양한 공부를 할 수 있게 해주어도 군대는 군대다. 군 복무에 대한 평가도 군에서 고생했다거나 부상을 당했다는 점만 고려해줄 것이 아니라 한참 공부해야 할 나이에 학업을 중단했다는 점도 고려해주어야 한다. 따라서 군 복무를 마친 사람들에게 학업의 연장이나 사회 진출에 더 좋은 여건을 제공해주는 것이, 이미 그들에게 기울어져 있는 운동장을 평평하게 만들어주는 일이다.

아무튼 전문연구원이 될 수 없다는 소식을 들은 그날은 내겐 절망의 순간이었다. 한평생 정보통신 관련 법체계를 연구하는 학자로 살려 했는데 이게 웬일이란 말인가. 정말 막막했다. 인문계 전공자는 전문연구원으로 뽑을 수가 없다는 제도도 모르고 이야기를 꺼내서 장교 지원 기회도 놓치게 만든 것도 원망스러웠다. 그래도 내게 잘해주려 했던 분들인데 결과적으로 안 좋게 되었으니 뭐라고 말도 못 하고 끙끙 앓았다.

주위 분들도 안타까워해주셨다. 아니 처음에 그런 기본적인 것도 검토를 안 하고 프로세스를 밟았냐며, 인사과를 막 뭐라 해주셨다. 하지만 충격에 빠진 내게 위로가 되지는 못했다. 좌절한 나는 내게 맞지 않은 옷을 입으려 하다가 현실이라는 회초리를 맞는 게 아닌가 하는 생각이 들었다. '그래 욕심이었던 거지. 평범한 삶을 살아온 내 주제에……'

두 번째 운은 '첫 번째 운을 잡았는가'로부터 비롯된다

그런데 이 절망의 순간부터 운이란 게 있다는 걸 실감하게 된다. 예기치 못한 갑작스러운 상황에서 연구소에 근무하는 박 팀장님과 이 연구원님이 더 당황하셨다. 잘못하면 자신들의 권유 때문에 성실하게 일만 하는 위촉연구원이 큰 고생을 할 수도 있었기 때문이다. 그래서였는지 고맙게도 이분들께서 발 벗고 나서주셨다. 혹시 인문

하마터면 편하게 살 뻔했다

계 석사가 전문연구원으로 갈 수 있는 연구소가 있는지, 그리고 혹시라도 그해 여름에 전문연구원을 선발하는지 수소문해주셨다. 자신이 아는 분들을 총동원해서 전국을 훑었다. '내가 그분들이었다면 그렇게 했을 수 있을까?' 지금 생각하면 나는 그렇게 못했을지도 모른다. 참 고마운 분들이다.

세상 빛이 밝은 것은 좋은 사람들이 살고 있기 때문이다. 언제 어디서든 뒤통수 맞을 수도 있는 것이 인생이지만, 살다 보면 나에게 생각지도 못한 도움을 주는 좋은 사람들을 만난다. 선의로 사람을 대하고 어려움에 처한 사람을 기꺼이 도와주려는 좋은 사람들을 만난다는 것은 인생에서 커다란 행운이 아닐 수 없다. 우리는 그런 사람들을 직장에서 만날 수도 있고 직장 밖에서 만날 수도 있다. 물론 그 반대의 경우도 있어서 타인에게 마음을 열기가 참 어렵지만, 좋은 사람은 늘 내 주위에 존재한다. 단지 내가 그걸 모르는 것뿐이다. 내 주위에 어떤 좋은 사람이 있는가를 아는 것도 자신의 미래를 만드는 데 필요한 일이다.

좋은 사람들과의 인연은 좋은 기회를 가져다준다. 한국전자통신연구소 분들과의 만남으로 내게 한국국방연구원(KIDA)에서 일할 수 있는 좋은 기회가 찾아왔다. 서울 홍릉에 위치한 한국국방연구원에서 전문연구원을 뽑는다는 사실을 알게 되었다. 한국국방연구원은 국방부 산하 기관이어서 그랬는지 인문계 및 이공계 전공자가 모두 지원 가능했다. 아마 당시에는 대한민국에서 인문계 전공자를 석사 전문연구원으로 뽑는 거의 유일한 기관이었을 것이다. 때마침 한국국방연구원에 근무하고 있던, 이선화 연구원의 지인이 이 소식을 전

한국국방연구원(KIDA) 모습.

세상 빛이 밝은 것은 좋은 사람들이 살고 있기 때문이다.
언제 어디서든 뒤통수 맞을 수도 있는 것이 인생이지만,
살다 보면 나에게 생각지도 못한 도움을 주는 좋은 사람들을 만난다.
선의로 사람을 대하고 어려움에 처한 사람을 기꺼이 도와주려는
좋은 사람들을 만난다는 것은 인생에서 커다란 행운이 아닐 수 없다.

좋은 사람들과의 인연은 좋은 기회를 가져다준다.
한국전자통신연구소 분들과의 만남으로
내게 한국국방연구원(KIDA)에서 일할 수 있는 좋은 기회가 찾아왔다.

한국전자통신연구소가 없었다면,
이선화 연구원과 박기실 실장님이 없었다면,
나는 아마도 지금쯤 충청도의 어느 작은 대학교에서 교편을 잡고 있었을 것이다.
그마저도 잘 풀렸을 때를 가정한 것이다.
아무튼 그랬다면 나는 세계적 수준의 연구소가 어떻게 돌아가고
그 안에서 연구원들이 어떻게 일하는지 전혀 몰랐을 것이고,
대한민국의 외교안보가 어떻게 돌아가는지 관심조차 없었을 것이다.

•
하마터면 편하게 살 뻔했다

해주었다. 당시만 해도 인터넷이 활성화되지 않아서 내가 한국전자통신연구소에 근무하지 않았다면, 그리고 이 연구원님이 없었다면 한국국방연구원에서 전문연구원을 선발한다는 소식을 알 수 없었을 것이다. 태어나서 한국국방연구원이라는 이름을 그때 처음 들어봤는데 가능키나 했겠는가.

한번 트인 운은 거기에 머무르지 않았다. 사실상 당시 유일한 인문계 전공 전문연구원 선발이었기에 경쟁이 치열할 것으로 예상되었다. 그런데 결과적으로 내가 합격자가 되었다. 나중에 들은 바로는 사실상 내정된 해외 유학파 후보자가 따로 있었다고 한다. 훗날 인연이 되어 그분을 만나 보니 나보다 훨씬 뛰어난 경력과 자질은 갖춘 인물이었다. 그런데 그분이 귀국 일정이 맞지 않아 시험을 보러 오지 못한 것이다. 갑자기 가장 유력한 후보자가 사라진 것이었다.

그러니 문제는 자연스럽게 연구원을 뽑을지 안 뽑을지로 귀결되었고, 해당 부서에서 소위 TO(자리)가 났을 때 안 뽑으면 나중에 그 TO가 사라질지 모른다는 생각에서 나를 뽑기로 결정했다고 한다. 그 덕에 나는 운 좋게 한국국방연구원의 전문연구원이 되었다. 물론 시험을 통과하는 것도 쉽지는 않은 일이었지만 이미 한국전자통신연구소에 근무한 일년 동안 나의 실력은 전국구로 성장해 있었던 것 같다.

한국전자통신연구소가 없었다면, 이선화 연구원과 박기실 실장님이 없었다면, 그리고 나보다 뛰어난 그분이 시험을 보러 왔다면, 나는 아마도 나이든 병장으로 군을 마치고 지금쯤 충청도의 어느 작은 대학교에서 교편을 잡고 있었을 것이다. 그마저도 잘 풀렸을 때를 가정한 것이다. 아무튼 그랬다면 나는 세계적 수준의 연구소가 어떻게 돌아가고 그 안에서 연구원들이 어떻게 일하는지 전혀 몰랐을 것이고, 대한민국의 외교안보가 어떻게 돌아가는지 관심조차 없었을 것이다.

물론 운만으로 모든 것을 풀어갈 수는 없다. 한국전자통신연구소에서 일하면서 배운 일하는 방법과 또 성실하게 책을 만들면서 깨닫게 된 나 스스로의 장점, 그리고 그 과정에서 나를 지켜본 직장 상사들의 마음이 모두 어우러져 새로운 기회를 가져다준 것 같다. 그리고 대학원과 연구소에서 열정적으로 일한 나의 노력이 내가 그 기회를 잡을 수 있도록 도운 것 같다. 운은 마냥 기다린다고 오는 것이 아니고 내가 만들어가는 건지도 모르겠다. 기회는 준비된 사람에게만 의미 있게 찾아온다. 그리고 운이 한 번 트이면 인생은 두 번 이상 풀린다.

2

좋은 운을 만나기 위해서는
먼저 좋은 사람이 되어야 한다

성공 이야기 뒤에는 늘 노력 이야기가 존재한다. 아무리 운이 좋아도 노력 없이 이루어지는 일은 없다는 의미일 것이다. 사실 운과 노력은 함께 어우러져야 효과가 극대화되겠지만 주변을 돌아보면 이 둘이 만나는 것은 흔치 않다. 다만 내가 준비가 되어 있으면 그만큼 나를 필요로 하는 좋은 사람들을 만나고 그 과정에서 행운이 함께 찾아올 확률이 높다는 것만큼은 부정하기 어렵다. 좋은 인연을 만나기 위해서는 먼저 내가 준비를 해야 한다. 그들에게도 내가 좋은 인연이 될 수 있기 때문이다.

노력이 나를 좋은 사람으로 만든다

한국국방연구원에서 근무를 시작했는데, 처음에는 윗분들이 나에게 일을 시키지 않았다. 희극 같은 일이지만 나에 대한 이상한 오해가 있었다. 소위 '귀공자' 아닐까 하는 오해였다. 나보다 몇 년 앞서 전문연구원으로 들어온 사람들은 대부분 부모님이 소위 사회지도층이었다. 진짜 장군의 아들이나 고위공직자의 자제였다. 나중에는 대통령 후보의 아들도 있었다. 학벌도 좋고 외국에서 공부한 사람들이 대부분이었다. 그런데 갑자기 지방대 출신이 들어오니까 사정을 모르는 분들은 내가 부모나 집안 배경으로 들어왔다고 추정했던 것 같다. 그래서였는지 처음 뵙는 분들은 일을 시키기보다는 아버지가 무슨 일을 하는지부터 궁금해했다.

지금 이런 질문을 받는다면 전략적 모호성을 유지하면서 나의 입지를 더 다지는 약은 행동을 했을지도 모르지만, 당시에는 정말 순진했다. 그래서 나는 사실대로 이야기했다. 평범한 집안의 아들이라고. 안 믿는 분들이 대부분이었다. 그만큼 1990년대 중반까지 우리 사회는 학벌이나 집안이 인생에 많은 영향을 미쳤다.

이런 일이 있을 때는 시간이 약이다. 내가 계속해서 사실대로 이야기하고 또 실제로도 큰 배경이 없는 것 같아 보이자, 몇 달 후 내가 보통 집안의 아들이라는 것이 다 알려졌다. 사람들이 나를 있는 그대로 보는 건 좋은데 새로운 문제가 등장했다. 그동안 나에게 맡기지 않았던 수많은 일들이 나에게 몰려들기 시작했던 것이다. 그간 일을 별로 안 시켰으니 이젠 일을 막 시켜도 된다는 분위기가 형성된 듯했다. 참 별일을 다해보았다. 하루에 복사만 2,000장을 한 적도 있다. 책의 한쪽 면을 제대로 복사하려면 그 면을 잘 펴서 꾹 눌러주어야 삐뚤어지지 않고 선명하게 복사할 수 있었으니 복사라는 게 결코 쉬운 일이 아니었다. '중국집 종업원은 설거지와 청소부터 시작한다고 들었는데, 막내 연구원은 복사부터 시작하는구나' 하는 생각이 들었다. 이러한 출발 과정을 거쳐 연구소의 정예인력으로 자리를 잡기까지 3년 정도 걸린 것 같다.

한국국방연구원에서 내가 경험한 또 다른 편견은 조기 퇴직 문제와 연관이 있다. 많은 전문연구원 선배들은 5년 의무복무를 마치자마자 해외로 유학을 떠났다. 일부 적성이 맞는 선배들은 연구소에 남기도 했지만 그만두는 경우가 더 많았다. 그렇게 유학을 간 선배들은 박사학위를 받고 돌아와 국내 대학교의 교수가 되었다. 잘 키워놓으면 떠나니 윗분들 입장에서는 가능하면 오래 같이 일할 연구원을 원했다. 오래 일할 것 같은 사람에게는 자신이 가진 지식과 노하우를 특별히 시간을 내서라도 전수해주었지만, 곧 떠날 것 같은 사람에게는 그런 시간과 애정을 할애하지 않았다. 그러한 윗분들의 편견에서 나도 예외가 될 수는 없었다.

하지만 나는 일하고 있는 한국국방연구원이 너무 좋았다. 무엇보다 국가안보를 위해 일하는 게 체질에 맞았다. 한국전자통신연구소에서 일하는 것과는 다른 차원의 즐거움이 있었다. 마음에 드는 일을 하니까 늦게까지 일을 해도 피곤하지 않았다. 정말 행복은 자기가 하고 싶은 일을 하는 것이라는 걸 배운 시기였다.

총각 때도, 그리고 결혼을 한 이후에도 집은 연구소에서 도보로 10분 이내에 있는 곳에 마련했다. 아침에 출근하면 밤 10시까지는 늘상 연구소에서 살았다. 고향 친구들과는 자주 어울리지 못했지만 직장 동료들과 고락을 같이하며 직장에서 거의 모든 시간을 보냈다. 선배들의 신뢰가 높아지면서 서로 나를 연구진에 포함시키려 치열한 경쟁이 벌어졌다. 5년 의무복무기간이 지나고 연구소에 남기로 했을 때도 좋아하던 상사님들과 선배님들의 모습이 아직도 선하다.

공부도 마찬가지다. 미국 유학을 가서 정확히 3년 3개월 만에 박사학위를 마치고 돌아왔는데 매일을 직장생활처럼 보냈다. 9시 이전에 학교 도서관 도착, 10시에 문 닫으면 퇴근이라는 원칙을 꾸준히 지켰다. 유학 기간 중 한 번도 한국에 방문하지 않았다. 돈을 아끼기 위해서 그런 측면도 있지만 한 달이라도 더 빨리 학위를 마치고 귀국하기 위해서였다. 매일 도서관을 가다 보니 가장 친한 사람들은 도서관 사서들이었다. 박사학위를 받고 귀국하기 전에 인사를 갔는데 몇 년 내내 도서관 문 열 때 들어와서 문 닫을 때 나가는 사람은 내가 처음이었다며 마치 자신들이 박사학위를 받은 것처럼 기뻐했다.

직장에서나 사회에서 성장하는 패턴은 비슷한 것 같다. 일하며 주변 사람들과 어울리고 그러다가 좋은 사람을 만나서 기회를 얻고 또 성장하고. 한순간 좌절하고 실패하고 또다시 기회를 잡고. 무수한 만남과 헤어짐 속에 나를 평가받고 또 내가 남을 평가한다. 나 역시 그랬다. 그동안 일하면서 만난 사람들로부터 받은 명함이 내 방 책상 서랍 2개를 꽉 채우고도 모자라 책상 위에 수북이 쌓여 있다. 그중 어떤 분은 기억할 수 있고 어떤 분은 전혀 기억하지 못할 것이다. 누가 좋은 사람인지 누가 내게 도움을 줄 사람인지 전혀 알 수 없다. 하지만 만남이 반복되고 그 과정에서 나에게 큰 힘이 되는 분들을 만나게 된다. 운이 좋았는지, 그간 좋은 분들을 많이 만났고 그분들 덕분에 남들보다 쉽게 성장했다. 하지만 분명한 건 그분들을 만나기 이전에 나도 좋은 사람이 되고자 노력했던 것 같다. 나도 상대방에게 좋

조지타운대학교 로스쿨 도서관.

매일 도서관을 가다 보니 가장 친한 사람들은 도서관 사서들이었다.

그들 사이에서 나는 도서관 문 열 때 들어와서 문 닫을 때 나가는 사람으로 유명했다.

은 사람이 되기 위해 노력했던 것이다.

요령이 나를 더 좋은 사람으로 만든다

일이란 것은 무조건 열심히 한다고 되는 건 아니다. 요령이 있어야 한다. 장사를 해도 요령 있게 손님을 대하는 법이 필요하고, 직장생활을 해도 상사가 원하는 수준을 맞출 수 있어야 한다. 연구소에 모든 것을 바치는 것처럼 일을 하면서 선배님들은 내게 더 많은 노하우를 가르쳐주셨다. 이때 배운 노하우가 평생을 가는 것 같다. 연구라는 일도 장사하는 것과 비슷한 원칙이 있다는 걸 배웠다. 그것은 바로 직장 상사를 고객 대하듯 하라는 것이다. 연구소는 물론이고 정부나 대기업이나 커다란 조직에서 일하는 사람에게 직장 상사는 고객이다.

상사가 자신의 고객이라고 생각하고 물건을 파는 것처럼 업무 서비스를 제공한다. 물건의 질이 고객을 만족시킬 수 있어야 하고, 고객이 만족할 만한 시기에 물건을 배달해야 하듯이, 업무를 제대로 적시에 해내어 상사를 만족시키는 일이 중요하다. 고객에게 파는 물건이 가격이 적절해야 하듯이, 직장 상사에게도 너무 비싸게 굴면 안된다. 일을 잘하면 자칫 거만해지기 쉬운데, 그러면 마치 서비스가 나쁜 가게에 장사가 잘 안 되는 원리처럼 결국 자신의 능력을 평가받는 데 제약이 따른다.

물론 조직 내 업무에는 가격을 매길 수 없다. 하지만 내가 겸손하게 일을 잘 마친다면 저렴한 가격에 일을 한 것이고, 상사의 지시에 순응하지 않고 이기적인 행동을 한다면 비싼 가격에 일을 한 것으로 볼 수 있다. 직장에서 "비싸게 군다"라는 말이 나온다면 결국 일을 하되 까다롭게 군다는 의미일 텐데, 일을 잘하는 사람일수록 이 점을 조심해야 한다. 하지만 비싸게 구는 것도 필요할 때가 있는데, 그건 시장에서 값비싼 명품이 더 대우를 받는 이치와 같다. 따라서 자기가 처한 상황에 걸맞게 스스로의 몸값을 조절하는 것도 생각해야 한다.

결국 일을 잘하기 위해서는 첫째, 업무를 잘 수행하는 능력이 있어야 하고, 둘째, 늦지 않게 일을 마칠 수 있는 시간 개념이 있어야 하며, 셋째, 일을 하거나 마무리 하는 과정에서 까다롭게 굴지 않아야 한다. 실제로 한국국방연구원의 윗분이든, 국방부의 상대 담당자이든 그들이 원하는 수준의 연구결과를 원하는 시기에, 그리고 그 과정에서 까다롭지 않게 업무를 처리해야 했는데, 그 점에서 나는 일을 잘했던 것 같다. 그렇게 할 수 있었던 것은 아마도 한국전자통신연구소가 당시에는 한국국방연구원보다 앞서갔던 연구소였기 때문인 것 같다. 군 관련 연구기관인 한국국방연구원이 수직적 업무체계가 강한 데 반해, 한국전자통신연구소는 팀별로 수평적 업무체계가 잘 갖추어져 있었다. 좀 더 유연하게 일을 했던 것이다. 아무튼 내 20대는 그 두 곳의 연구소에서 일을 배우며 나 스스로를 다듬어갔다.

물론 직장에서 일하는 것도 각양각색이다. 부당한 지시를 일삼는 이기적인 상관을 만나게 되면 위에서 언급한 일반적 가치는 전혀 들어맞지 않게 된다. 이때는 그 상황에 맞는 새로운 변수를 적용해서 자신의 행동을 조정해야 한다. 약간 업무의 질을 낮추는 대신 상관에게 더 잘한다거나, 업무 완료 시기를 늦추거나 때로는 비싸게 굴면서 말이다. 수학 공식과 같이 모든 일에 딱 들어맞는 업무 원칙은 존재

하지 않는다. 따라서 상황에 따라 임기응변을 잘 하는 것도 배워나가
야 한다.

하마터면 편하게 살 뻔했다

3

보상의 시기가
다르다는 걸 알아야 한다

모두가 노력을 한다. 이 과정에서 간과해서는 안 될 일이 있다. 그건 보상의 시기가 항상 일정하지 않다는 것이다. 이러한 불균형은 착시 현상을 불러온다. 그 결과 많은 상황에서 노력을 해도 보상받지 못한 다는 잘못된 가정이나 불평을 하게 된다. 그래서 포기라는 것을 쉽게 하게 된다. 물이 섭씨 100도에서 끓는다는 것을 모른 채 물 끓기를 기다리다가 지쳐서 80~90도에서 불을 꺼버리는 것과 같다.

꾸준히 살다 보면 부지불식간에 자신이 한 노력에 보상을 받게 된다. 당장 오늘이나 내일이 아니더라도 말이다. 문제는 삶의 시간이 제한적이기에 선택이 필요한 것이고, 그 결과 중요한 것은 어떤 노력 을 할 때 언제 보상을 받는지 알아야 한다. 그래야 스스로 운명을 계 획하고 상황에 따라 조정해나갈 수 있으며, 노력이 헛된 것으로 귀결 되어 자신의 인생에 충격을 주지 않게 된다.

세상일은 쉽게 풀리지 않는다. 모두가 경쟁을 하는 데 나만 용빼는 재주가 있지 않은 이상 거쳐야 할 과정이 있다. 1990년대 후반에는 1만 시간의 법칙이라는 것이 유행할 때였다. 어떤 분야의 전문가가 되기 위해서는 최소한 1만 시간의 훈련이 필요하다는 법칙인데, 직장생활의 경우 하루 10시간씩 3년을 투자하면 1만 시간이 된다. 즉, 3년은 투자를 해야 무언가 자기만의 전문성을 갖게 된다는 것이다. 그 과정에서 노하우도 쌓여가는 것은 물론이다.

내게도 마찬가지였다. 1995년에 한국국방연구원에 입사한 나는 하나씩 나의 역량을 증명해나갔다. 그러다가 1998년 하반기에는 많은 연구소 박사님들께서 나와 일하기를 희망하셨고, 자연스럽게 지방대에 대한 편견도 극복해갔다. 물론 이 정도의 노력을 하는 사람은 흔하다. 누군가 자신이 엄청나게 노력한다고 생각할 때 자기보다 더 열심히 사는 사람이 있다는 걸 잊어서는 안 된다. 노력이라면 전설적인 사람들도 많다. 하지만 그들을 다 따라갈 수는 없기에 자기 기준으로 노력의 최대치를 정하고 일탈하지 않기 위해 꾸준히 관리하며 따라가야 한다. 그렇게 하다 보면 정말이지 노력은 보상을 한다. 결과로서 아니면 과정으로서 자신의 삶에 보상을 한다. 나는 운 좋게도 결과로서 보상을 받았다. 외교안보 전문가로 인정받아 국방부와 외교부의 주요 직책을 맡았었고, 학술 세미나나 방송 출연을 가장 많이 하는 편에 속한다. 하지만 이 정도가 아니었더라도 나는 행복했을 것 같다. 내가 하고 싶은 일을 하는 것만으로도 행복할 때가 있기 때문이다.

노력에 따른 보상을 말하기에 앞서 주의할 것이 있다. 노력이 반드시 행복을 보장하는 것은 아니라는 것이다. 나는 직장 일을 하면서

하마터면 편하게 살 뻔했다

한·미 동맹의 진로
대한민국헌정회 정책연구위원회 토론
2018. 5. 15 (화) 11:00 헌정기념관 대강당

1995년에 한국국방연구원에 입사한 나는
하나씩 나의 역량을 증명해나갔다.
1998년 하반기에는 많은 연구소 박사님들께서 나와 일하기를 희망하셨고,
자연스럽게 지방대에 대한 편견도 극복해갔다.

물론 이 정도의 노력을 하는 사람은 흔하다.
누군가 자신이 엄청나게 노력한다고 생각할 때
자기보다 더 열심히 사는 사람이 있다는 걸 잊어서는 안 된다.
하지만 그들을 다 따라갈 수는 없기에
자기 기준으로 노력의 최대치를 정하고 일탈하지 않기 위해
꾸준히 관리하며 따라가야 한다.

그렇게 하다 보면 정말이지 노력은 보상을 한다.
결과로서 아니면 과정으로서 자신의 삶에 보상을 한다.
나는 운 좋게도 결과로서 보상을 받았다.
외교안보 전문가로 인정받아 국방부와 외교부의 주요 직책을 맡았었고,
학술 세미나나 방송 출연을 가장 많이 하는 편에 속한다.
하지만 이 정도가 아니었더라도 나는 행복했을 것 같다.
내가 하고 싶은 일을 하는 것만으로도 행복할 때가 있기 때문이다.

가정에 소홀했고 아내와 자식들과 함께한 시간도 매우 부족했다. 이 안타까운 현실은 나중에 내가 은퇴했을 때 내게 어떠한 문제로 나가올지 모른다. 가끔 나 없이도 잘 돌아가는 우리 가족을 보면 불안한 마음도 있다. 나중에 은퇴하면 나는 가족의 구성원으로 인정받을 수 있을까? 이런 개인적 걱정에도 불구하고 일에서만큼은 그 노력에 대한 보상을 받고 있다.

내가 일을 하면서 처음으로 노력에 대한 보상을 받았다고 느낀 건 내 기대보다 몇 년이 더 걸렸다. 1995년 연구소에 들어가서 속된 말로 '죽도록 일한' 결과의 가시적 보상은 2003년 선발된 미국 유학이었다. 이 보상을 받기까지 8년이 걸렸다. 내가 나름대로 연구소에 적지 않은 기여를 한다고 생각했던 건 1998년부터였으니, 그 이후로 5년이 걸린 셈이다.

한국국방연구원은 인재를 양성하기 위해 좋은 제도를 두고 있는데, 그것은 일년에 한 명씩 우수한 연구원을 선발해서 해외 유학을 지원하는 제도였다. 모든 경비를 지원해주는 것은 아니고 봉급의 80%를 지원해주는 것이었지만, 돌아올 직장이 있다는 것만으로도 유학생활의 불안감을 해소해주는 데 큰 도움이 되었다. 더구나 호봉도 올라가고 생활비가 나오니 정말 큰 혜택이었다. 연구원에서 역량을 인정받으면서 나는 유학 선발이 될 것으로 자신했다. 인사고과에서 항상 1, 2등을 했기 때문에 당연히 내게 기회가 올 것으로 믿었다. 하지만 나는 2001년과 2002년의 선발에서는 탈락했다.

나는 스스로 자격이 된다고 믿었지만 두 번이나 탈락했기에 좌절할 수도 있었다. 공부에는 시기가 있는데 나이를 먹어가는만큼 자비로 해외 유학을 갈까도 생각했다. 만일 내가 유학을 포기했거나 아니면 연구소에 대해 실망한 나머지 직장을 그만두고 다른 길을 걸었다면 내 인생은 달라졌을지도 모른다. 하지만 나는 기다렸다. 언젠가는 기회가 올 것으로 믿었다. 다른 동료는 직장을 그만두고 유학을 갔다. 그 친구는 자신의 노력에 대해 연구소가 보상을 하지 않는다고 생각한 것이다.

노력을 하면서 언제쯤 보상을 받을 것인가를 예측하고 기대하는 것은 자연스러운 일이지만, 차분히 기다릴 줄 알아야 한다. 나는 생각했던 것보다 3년 정도 늦게 유학에 선발되었다. 그 기회는 내가 전문가로서 살아가는 데 큰 도움이 되었다. 만일 그때 내가 직장을 그만두고 유학을 떠났다면 내 인생은 어찌되었을지 모른다.

노력에 대한 보상은 다른 형태로도 찾아온다. 한 분야에서 역량이 축적되면 다른 분야의 역량도 함께 상승하기 때문이다. 나의 경우에는 연구소에서 일만 했는데도 학문적인 역량이 향상되었는지, 유학 대신 선택한 서울대학교 법과대학 대학원 박사 과정에 들어갈 수 있었고, 운 좋게 다시 유학 선발이 된 이후 지원한 조지타운대학교(Georgetown University) 박사 과정에 입학할 수 있었다. 서울대학교에서 학부나 석사를 하지 않았는데도 어려운 경쟁을 이겨내고 박사 과정에 들어갈 수 있었다. 조지타운대학교는 국제법 분야에서는 미국에서 항상 5위권 내에 드는 최고의 명문 대학교로, 일반 변호사 과정인 JD가 아닌 법학 박사 과정인 SJD(Doctor of Judicial Science) 과정은 일년에 단 두 명만 뽑아서 경쟁이 엄청나게 치열한데도 훗날 이를 뚫고 들어갈 수 있었다.

다른 한편으로는 너무 큰 보상을 바라기보다는 자기가 해야 할 일을 묵묵히 하는 것도 중요하다. 내가 한국국방연구원에서 첫 8년 동안 유학만 바라보고 살았는가 하면 그렇지 않다. 주어진 일을 열심히 하다 보면 일상적인 보상을 받기도 하고 일상적인 실패를 맛보기도 한다. 내가 보상을 받았다고 느낄 만한 특별한 일은 내가 간절히 바라는 것에 대한 특별한 보상으로서 내게 주어지는 것이다.

특별한 보상은 인생에서 몇 번 찾아오지 않는다. 따라서 그런 보상을 전제로 노력을 한다는 것은 허무한 일이다. 자기 자신만을 닦달하며 불행하게 사는 지름길일 수 있다. 그렇게 하다 보면 결국 허무주의에 빠져 이젠 될 대로 되라는 심정을 갖게 될 수도 있다. 그건 인생에 아무런 도움이 되지 못한다. 나중에 마음을 바꾸려 해도 다시 돌이킬 수 없는 상황을 맞게 될 수도 있다.

노력에는 보상이 언젠가는 따른다

이젠 고인이 되었지만 하버드 로스쿨의 루이스 손(Louis B. Sohn)이라는 유명한 국제법 교수가 계셨다. 유대계 우크라이나 국적인데, 나치 독일을 피해 미국으로 유학을 와서 하버드대학교 교수가 되기까지의 이야기가 전설적이다. 1939년 나치가 폴란드를 침공을 하기 2주 전에 하버드대학교에 유학을 갔다. 배를 타고 대서양을 건너 기차를 타고 보스턴에 가보니 자신에게 장학금을 주기로 한 교수님은 세상을 갑자기 떠나신 뒤였다. 외톨이 처지가 된 그는 접시닦이 같은 아르바이트를 하면서 법학 석사와 박사학위를 받았다.

　보통 석사와 박사학위를 받는 데 5~7년 정도 걸리는데, 그는 장장 20년이나 걸렸다. 생계를 위한 아르바이트와 조교 역할을 하느라 시간이 유독 많이 걸린 것이다. 이 과정에서 하버드대학교 국제법 분야의 허드렛일을 혼자 다했다고 한다. 조교를 하면서 교수님들의 자료를 정리하고 저널을 편집하며 틈틈이 자기 공부를 하고 거기에 돈까지 버느라 늘 가장 먼저 학교에 와서 가장 늦게 집으로 돌아갔다고 한다. 학문을 하면서 가장 고된 일은 논문 각주를 일일이 확인하고 정리하는 것이다. 일차 자료를 찾아야 하기에 엄청난 시간이 소요되고 또 그만큼 귀찮은 일이다. 손 조교는 하버드대학교 국제법 교수님들의 논문 각주를 모두 뒷바라지했다고 한다. 힘든 허드렛일이지만 이러한 밑바닥 일을 하면서 많은 국제법 관련 글들을 모두 직접 읽었고, 훗날 이러한 노력은 그를 학계의 거목으로 만들었다. 모든 자료를 일일이 다 찾아보고 정리한 사람보다 누가 그 분야를 더 잘 알 수 있겠는가.

　이런 일을 반복하다 보니 그는 학위를 마치기도 전에 하버드대학교 국제법의 역사처럼 되었다 한다. 국제법을 공부하는 학생뿐만 아니라 심지어 교수들도 그에게 궁금한 것을 물어볼 정도였다고 한다. 그러다 보니 우크라이나 이민 청년이 자연스럽게 하버드대학교 교수가 된 것이다. 손 교수는 20년을 대학원생으로 있었지만 그 뒤 40년간 세계 국제법학계의 선구자로 살았다.

앞의 사례를 통해 노력과 보상에 대한 답을 다음과 같이 요약해 볼 수 있다. 일단 자기가 좋아하는 일을 찾아야 한다. 그리고 그 일을 열심히 정말 열심히 하다 보면 보상은 어느 시기에든 찾아온다. 좋아하는 일이기에 지금 당장 보상을 받지 않아도 행복하다. 아니 행복하지 않다 해도 그럭저럭 버틸 수 있다. 그러다가 금전적 이익이든 명예든, 아니면 자기만의 내적 기쁨이든 어떠한 형태의 커다란 보상이 찾아오면 그때 정말 행복을 느낄 것이다.

노력은 반드시 보상을 가지고 온다. 단, 보상이 내가 기대하는 단기간에 찾아오지 않을 수도 있다는 것을 잊어서는 안 된다. 인생 100세 시대다. 긴 안목에서 보면 나의 노력에 대한 보상이 십년 후나 이십년 후에 찾아온다고 해서 가치가 없는 것은 아니다. 여유를 가지고 살아야 하는 이유다.

하마터면 편하게 살 뻔했다

4 /

배우고
익히면
내가 보인다

기회를 잡기 위해서는 일단 나 스스로를 더 잘 알아야 한다. 그래야
시행착오를 줄여나갈 수 있다. 배우고 익히는 과정은 결국 나를 알아
가는 과정이다. 우리는 배움이라는 말을 공부와 직결시키고, 공부라
함은 학교에서 배우는 것으로 제한하는 경향이 있다. 배움은 공부를
통해 얻어지기도 하지만 생활 속에서 자연히 얻어지는 경우가 더 많
다. 그러한 경험과 교훈을 간직하는 것과 흘려보내는 것은 하늘과 땅
차이다.

공부는 왜 하는가? 스스로 자문할 때가 많다. 나의 경우는 연구소
라는 직장생활을 하면서 먹고 살기 위해 어쩔 수 없이 공부를 했다.
공부를 잘하는 학생도 아니었고 공부의 즐거움도 잘 몰랐다. 하지만
어찌어찌 공부를 하면서 배움은 깊어져갔다. 대학이나 다른 기관에
서의 강의도, 방송 출연도 나를 배움으로 이끌었다. 스스로 계획을

세워 한 공부든, 주변 생활에서 얻은 교훈이든 배우고 익히면서 주위가 더 잘 보이고 나 자신도 더 잘 볼 수 있었다. 이러한 과정을 통해 '나'라는 존재를 더 잘 이해했고, 활동 영역도 더 넓어져 갔다.

배움을 통해 나를 키운다

나는 학력과 관련해서는 참 다양한 경험을 지니고 있다. 충남대학교라는 지방대를 졸업하고, 서울대 법과대학 대학원을 수료했으며, 국제법 분야에서는 미국 내 탑(Top) 5 내에 드는 조지타운대학교에서 박사학위를 받았다. 학교마다 특성이 달랐고 장점이 달랐다. 그리고 그 과정에서 더 좋은 학교가 무엇인지 나 스스로 느꼈고 그러면서 나를 키워갔다.

학위를 받은 후에는 틈틈이 경희대, 고려대, 명지대, 서울대, 연세대, 중앙대 등과 같은 우수한 대학에서 강의를 했다. 이처럼 다양한 대학에서 강의를 하면서 다양한 학생들을 만날 수 있었다. 각 대학의 교수님과 학계 선배님들의 배려 덕분에 독특한 경험을 하면서 현재 팽배해 있는 학벌 사회의 문제점을 몸소 체득했고 또 가르침의 즐거움을 느낄 수 있었다.

교육의 내실이 중요하지 간판이 좋을 필요는 없다. 내 경험을 토대로 볼 때 교육은 자기에게 맞는 내용이 중요하다. 따라서 자기가 좋아하거나 좋아할 수 있는 전공을 택해야 하고, 그 전공을 공부하면서 다시 자기가 원하는 것은 무엇인지 찾아가야 한다. 선택한 전공이 맞지 않으면 다시 시작하면 된다. 시행착오를 해도 나를 알고 나를 찾아가는 과정이 중요하다. 공부를 통해 그리고 경험을 통해 내가 원

나는 학력과 관련해서는 참 다양한 경험을 지니고 있다.
충남대학교라는 지방대를 졸업하고, 서울대 법과대학 대학원을 수료했으며,
국제법 분야에서는 미국 내 탑(Top) 5 내에 드는
조지타운대학교에서 박사학위를 받았다.
학교마다 특성이 달랐고 장점이 달랐다.
그리고 그 과정에서 더 좋은 학교가 무엇인지
나 스스로 느꼈고 그러면서 나를 키워갔다.

학위를 받은 후에는 틈틈이 경희대, 고려대, 명지대, 서울대, 연세대,
중앙대 등과 같은 우수한 대학에서 강의를 했다.
이처럼 다양한 대학에서 강의를 하면서 다양한 학생들을 만날 수 있었다.
각 대학의 교수님과 학계 선배님들의 배려 덕분에 독특한 경험을 하면서
현재 팽배해 있는 학벌 사회의 문제점을 몸소 체득했고
또 가르침의 즐거움을 느낄 수 있었다.

하는 것이나 나와 맞는 것을 찾는 것이 중요하다. 남들이 만들어놓은 계획대로 사는 건 자기의 인생을 남에 맞춰 사는 것과 같다.

초등학교 6년, 중고등학교 6년, 대학교 4년, 외국 교환학생 1년, 그리고 취업이라는 공식은 모두에게 맞는 프로그램일 수 없다. 마치 모두의 키와 몸무게가 다른 것처럼 내적 성장의 속도도 다르고 자기를 알아가는 과정도 다르다. 그런데 우리는 무조건 정해진 틀을 따르는 것이 유능하다는 생각을 하는 경향이 있다. 실제로는 전혀 그렇지 않다는 것을 살면서 공통적으로 느끼는데도 말이다.

내 나이 또래가 되면 젊었을 때 1~2년은 인생에서 아무것도 아니라는 것을 공감하게 된다. 아니 2~3년, 혹은 그보다 훨씬 더 늦어져도 자기가 무엇을 하고 싶어하는지를 파악하는 것이 중요하다. 한 번 선택이 20~30년 이상, 아니 평생을 좌우하기 때문이다. 학원에 다니며 무조건 성적을 올려서 좋은 대학교 가는 것은 이미 과거의 방식이다. 단기적으로 좋은 학교, 좋은 직장을 구하는 데에는 도움이 될지 모르지만, 그렇게 주입식 공부를 한 사람은 생각을 하는 힘이 부족하다. 반드시 다른 생각이나 경험을 통해 보완해야 한다. 그렇지 않으면 학교에서 우등생이었던 사람이 직장에서 열등생이 된다.

실제 직장에서는 암기 잘하는 것보다 창의력이 있고 적극적으로 일하는 사람이 더 높은 평가를 받는다. 창의력이라는 것은 다양한 경험을 통해 길러진다. 타고나길 그렇게 타고난 사람도 있겠지만, 이런저런 일들을 해보며 쌓여진 노하우가 몸에 배어 있을 때 창의력은 증가한다. 이런 사람은 일을 할 때 보다 적극적이어서 자연스럽게 직장에서 높은 평가를 받는다. 대학이나 직장에서 공부 외에 다양한 활동을 높게 평가하는 것은 바로 이 때문이다. 하지만 우리 사회는 이러한 다양한 활동마저 계획에 맞춰 한다. 부모나 학원에서 해주는 설계가 바로 그것이다. 이렇게 해서는 생각하는 힘이 길러지지 않는다. 당연히 사회에 나와서 교과서에 없는 일을 할 때 한계에 봉착하게 된다.

한편 다른 각도의 생각도 필요하다. 사실 공부를 잘해 좋은 대학에 들어가면 안정적으로 살 수 있는 확률이 높아지는 것뿐이지 반드시 행복하게 잘사는 것은 아니다. 따라서 무작정 좋은 대학만 고집할 것이 아니라 자신이 무엇을 하고 싶어하는지 아는 것이 중요하다. 그러기 위해서는 그것을 알게 하는 교육이 선행되어야 한다. 물론 내 자식들도 자기가 무엇을 하고 싶어하는지 잘 모르고 있지만, 어느 대학을 가느냐보다는 무슨 전공을 선택할 것인가가 더 중요하다고 믿고 있다. 그래서 그냥 애들에게 별다른 스트레스를 주지 않고 키웠는데, 공부는 잘하는 편은 아니지만 정말 스트레스는 덜 받고 사는 것 같다. 재수하고 있는 딸에게 삼수해도 좋으니 하고 싶은 걸 잘 찾아보라고 말할 수 있는 아빠가 몇이나 될까. 하지만 나는 진심으로 그랬다. 물론 딸애는 내 말을 격하게 싫어했지만 말이다. 그만큼 재수는 어려운 일인 것 같다.

배움이 중요한 것은 지식을 쌓게 해주는 것뿐만 아니라 그 과정에서 나 자신을 알게 해주고 성장시켜주기 때문이다. 대학이나 대학원에서는 교수님들과 선배님들, 그리고 동료들을 통해 나는 배운다. 또한 직장이나 사회에서 만나는 사람들을 통해 새로운 경험을 쌓아간다. 이러한 배움과 경험을 통해 인생을 설계하고 나를 발전시킨다. 그리고 인생의 새로운 기회를 차곡차곡 만들어간다. 지루한 과정이지만 거쳐야 할 관문과도 같다. 이 길을 잘 지나올 때 그리고 그 속에서 나를 더 잘 알 수 있을 때 진짜 기회는 내게 성큼 다가와 있을 것이다.

나는 백점짜리가 아니었다.
그걸 알게 된 순간 백점을 맞는 법을 알게 되었다

서울대학교와 조지타운대학교의 대학원 과정 동안, 나는 교수님들과 많은 대화를 나누는 기회를 가졌다. 학생과 교수 간에 거리감이 느껴지던 학부 때와 달리, 박사 과정 때 교수님과 많은 대화를 나눌 수 있는 기회가 있었다는 점에서 내게 큰 도움이 되었다. 특히 네 분의 교수님이 큰 깨달음을 주셨다.

첫 번째 분은 이상면 교수님이셨다. 이 교수님의 대학원 수업은 학생들에게 전공서적의 일정 부분을 할당해주고 이를 정확하게 번역해와서 수업시간에 발표하게 하는 방식으로 이루어졌다. 한국국방연구원에서 8년 이상 근무하고 박사 과정을 다니게 된 것이어서 번역에는 어느 정도 자신이 있었고, 또 다른 학생들에게 뒤지지 않아야 한다는 부담 때문에 번역에 많은 정성을 기울였다. 이 교수님은 잘했다며 칭찬을 해주셨다. 나중에 성적표를 받아보니 A+였다. 성공적인 학기였다. 학기가 끝날 무렵 이상면 교수님은 나에게 한 가지 팁을 주셨는데, 이것이 나를 한 차원 더 성숙하게 만들었다.

교수님은 내가 한 번역 과제물의 평가 점수는 98점 정도 된다고 말씀하시면서 칭찬을 해주셨다. 나는 속으로 만족스러웠다. '뭐 서울대 와서 98점을 맞으면 잘한 것 아니겠어' 하며 속으로 웃었다. 그런

48

데 그 다음에 해주신 말씀이 나의 머리를 망치로 치는 듯했다.

"신 선생, 잘하긴 했는데 당신과 최고 수준의 서울대 법대생과의 차이가 뭔 줄 혹시 알아?"

나는 솔직히 그게 뭔지 잘 몰랐다. 왜 잘했다고 해놓고 이런 질문을 하시는지 당황스러웠다. 그래서 머뭇거리며 답을 드렸다.

"네, 있긴 한 것 같은데 솔직히 무언지는 잘 모르겠습니다."

있긴 한데 잘 모르겠다는 말은 사실 모르는데 왜 그러시냐는 의미와 같다. 이럴 땐 나도 넉살이 좋은 편이라는 생각을 새삼 하게 된다. 가끔 나라는 존재에 대해 잘 모르고 있다가 이런 위기의 순간에 나라는 존재에 숨어 있는 새로운 면을 발견하고 놀라게 된다. 평소에는 넉살이 좋다고 생각하지 않았는데 이런 위기의 순간에 넉살 좋게 이런 대답을 하다니.

그러자 이 교수님께서 웃으시며 말씀하셨다.

"답이 참 좋네. 하하. 그런데 말이야 신 선생, 답은 100점에 있어. 서울대 법대에서 최고 수준의 학생은 100점을 맞기 위해 모든 걸 다 걸고 100점을 못 맞으면 억울해서 잠을 못 잘 정도가 되어야 해. 일종의 정신병인지도 모르지만 그래야 최고가 될 수 있어. 98점에 만족하면 98점짜리지 절대 100점짜리가 될 수 없는 거야."

100점과 98점 단 2점 차이지만 최고 수준의 학생은 그 2점을 그냥 넘어가지 않고 반드시 개선해야 한다는 말씀이셨다. 어떤 학생은 과제를 맡으면 반드시 만점을 받아야 하기에 매번 최선의 노력을 다하는데, 어떤 학생들은 98점에 만족하고 더 큰 노력을 하지 않는다. 정신병의 일종인 강박증일지도 모르지만 아무튼 어느 분야든 이러한

49

만점을 맞아야 하는 정신자세가 최고와 최고가 아닌 사람과의 차이를 만든다는 말씀이셨다.

실제로 나는 교수님이 평가한 98점에 만족했듯이 어느 정도의 수준에 다다르면 그걸로 만족해하는 사람이었다. 조금 더 완벽하게 만들기 위해 두 배의 노력을 하기보다는 적당히 마치고 다른 일을 하는 스타일이었다. 그렇지만 그렇게 해서는 매사가 적당한 수준이지 완벽한 수준에는 이르지 못한다. 그리고 정말 완벽을 요하는 일이 주어졌을 때 그 일을 제대로 수행하지 못한다. 이 교수님의 그 말씀을 듣고 나서야 나 자신을 더 잘 이해할 수 있게 되었다. 사실 그랬으니까 너무도 쉽게 이해가 되는 말씀이었다. 그 덕분에 나는 어떤 일을 처리하는 데 있어서 내 접근 방식의 문제점을 보았고 그걸 고친 후 한 차원 더 성장할 수 있었다.

물론 지금은 조금 더 노련해졌다. 나는 내 일을 하거나 남에게 일을 시킬 때 항상 완벽함을 추구하지 않는다. 내 나름의 노하우를 통해 일의 질과 투여되는 시간의 양을 조절한다. 하지만 내가 꼭 필요하다고 느낄 땐 100점을 맞는 그런 수준에 다다를 수 있다. 물론 이것이 저절로 된 것은 아니다. 수많은 단련의 과정을 통해 어느 정도 수준에 이른 후에야 내 역량과 업무의 강도를 고려해서 적정 수준을 조정해낼 수 있게 된 것이다. 나 자신에게만 그런 것이 아니라 남과 협업을 할 때 어떻게 해야 100점을 받을 수 있는지, 현재 진행되고 있는 업무의 질은 어느 수준인지, 그리고 어느 정도로 일을 마무리해야 하는지도 이런 과정을 겪어봐야 알 수 있다. 100점을 맞아보지 못한 사람은 그 수준을 알 수 없다. 물론 모든 사람들이 100점을 맞기 위해 밤잠을 설칠 이유는 없지만, 그런 세상이 있다는 것은 알고 있어야 목표를 세우거나 또는 성과를 거두려 할 때 참고할 수 있다. 나 역시 그때의 교훈을 항상 간직하고 있다.

정인섭 교수님께도 같은 교훈을 배웠다. 정 교수님은 공부하는 사람의 자세, 즉 학자의 길은 완벽을 추구하는 것임을 촌철살인(寸鐵殺人)과 같은 대화가 아니라, 행동으로 보여주셨다.

정부 연구소나 부처에서 일하다 보면 융통성을 중요시한다. 시간에 맞추어 일을 해야 하기 때문이다. 아마도 기업에서는 이런 부분을 더욱 중요시 여길 것이다. 하지만 학문의 세계는 다르다. 시간을 더 쓰더라도 100점을 맞아야 한다. 학계에서는 많은 시간을 들여서라도 논문의 완벽성을 기하려고 한다. 이를 위해 아낌없는 사전 준비와 사후 검토는 필수다. 정인섭 교수님은 글을 쓰실 때 늘 제대로 된 연구를 하셨다. 자신의 지적 역량이나 조어 능력으로 글을 만드는 것이 아니라, 관련 사실에 근거하여 자료를 축적하고 분석하여 제대로 된 논문을 쓰셨다.

정 교수님은 답답할 정도로 융통성 없이 자료를 일일이 찾아보고 논문을 쓰셨는데, 한국에서는 여건상 이렇게 하는 것이 쉬운 일이 아니다. 미국의 좋은 학교들은 도서관에 웬만한 자료가 다 있다. 사서들이 전문성이 넘쳐서 원하는 자료를 찾아줄 때도 많다. 하지만 우리나라 환경은 그렇지 못하다. 서울대 도서관에서 자료를 찾다 보면 부족한 게 너무도 많다. 그래서 정 교수님은 학교에 자료가 없으면 국회나 정부부처의 방대한 자료를 일일이 다 찾아보시면서 논문을 작성하셨다. 죄송한 이야기지만 솔직히 옆에서 보면 숨이 막혀 질릴 정도였다. '아, 정 교수님 밑에서 논문 쓰다간 졸업을 못 하겠다'는 생각이 들 정도였다. 정 교수님은 화려하시지 않았지만 안이 꽉 차 계셨고 학생들과의 대화에서도 겉멋을 부리지 않고 늘 진솔하셨다.

정 교수님의 스타일에는 당신의 철학이 배어 있었다. 제대로 가르쳐야 자신의 제자가 사회에 나갔을 때 실수를 하지 않는다는 확신을 갖고 계셨기 때문에 그렇게 성품 좋은 분이 늘 제자를 대할 때는 엄하셨다. 아무튼 서울대 법대 대학원 국제법 전공 학생들에게는 학위 논문 통과를 위해서는 반드시 넘어야 할 높은 산과 같은 분이셨다. 학생들을 대할 때 겉으로는 늘 냉정한 모습이었지만 알고 보면 누구보다도 마음이 따뜻한 분이시다. 제자를 제대로 길러내기 위해 그러셨을 뿐, 혹여나 제자에게 안 좋은 일이 생기면 꼭 챙겨주셨다. 내가 학교에서 교편을 잡았다면 꼭 닮고 싶은 롤모델이시다. 물론 나는 스타일상 정 교수님과 같은 학자는 못 되었을 것이지만 말이다. 이 역시 나를 알아가는 과정이었다. 나는 좋은 학자감은 아니었다.

좋은 스승을 만나면 돌파구가 생긴다

좋은 스승은 단지 지식을 전수해주는 것에 머무르지 않고 제자의 인생에 무언가 돌파구를 마련해준다. 이런 경험을 통해 배움의 속도는 빨라진다. 지금은 타계하셨지만 서울대 백충현 교수님은 내게 그런 분이셨다. 백 교수님은 나를 직접 가르쳐주신 분은 아니셨다. 내가 대학원에 다니고 있을 때 서울대 대학원장을 맡고 계셔서 강의를 듣지는 못했다. 하지만 제자 사랑이 넘치시는 분이어서 개인적으로 종종 찾아뵙게 되었고 적지 않은 가르침을 받았다. 특히 내가 미국에서 박사 논문을 준비할 때 백 교수님께 결정적인 도움을 받았다. 아마 이분이 안 계셨더라면 그렇게 짧은 기간에 논문을 완성하기는 어려웠을 것이다.

내가 조지타운대학교 박사 과정에 있었을 때 백 교수님이 미국 출장을 오셨다. 미국의 수도인 워싱턴(Washington) D.C. 인근에서 독도 관련 자료를 찾으러 오셨는데, 방학 기간이어서 대학원 제자인 내가 수행을 하게 되었다. 워싱턴 D.C. 인근의 메릴랜드주 소재 칼리지 파크(College Park)라는 곳에 미국 국립문서보관소가 있다. 이곳에서 비밀이 해제된 한일관계 자료를 확인하러 오신 건데, 내가 수행하며 자료 찾는 일을 도와드렸다.

미국 정부는 정보공개법에 따라 국립문서보관소에서 정기적으로 비밀이 해제된 자료를 공개한다. 이외에도 일정 시간이 지났는데도 공개하지 않던 자료를 대외 발표 없이 슬며시 공개하는 경우도 있다. 그래서 주기적으로 자료를 검토하며 새로운 내용이 있는지를 확인할 필요가 있다. 당시 백 교수님은 독도 관련 역사 자료를 미국이 새롭게 비밀해제해서 공개한 것이 있는지 확인하러 오신 거다.

독도 문제는 우리야 당연히 우리 땅이라고 믿고 있고, 또 우리가 점유하고 있기에 별 문제가 아닌 것으로 보는 경향이 있다. 하지만 일제 식민지 시기가 끝나고 대한민국이 만들어지는 과정에서 그리고 일본이 일으킨 태평양 전쟁을 종결하는 샌프란시스코 평화조약 체결 과정에서 한국과 일본이 미국을 설득하기 위해 치열한 경쟁을 벌인 국제 문제였다. 다행히 우리는 당시 독도를 점유함으로써 유리한 상황을 만들어놓을 수 있었다. 하지만 미국의 입장은 생각보다 미묘했고 이를 파고든 일본의 노력은 집요했다. 그 결과 국제법 학계에서는 법적으로나 논리적으로 일본에 밀리지 않기 위해 꾸준히 자료를 보강하고 있다. 백 교수님의 방문은 그 일환이었다.

역사 자료를 찾는 일은 정말 지난하다. 수많은 문서더미 속에서 하나씩 읽어보고 혹시라도 새로운 내용이 있는지를 찾아내는 것은 결코 만만치 않다. 보통의 집중력으로는 할 수 없는 일이다. 아차 하면 중요한 자료가 그냥 다시 문서함 속으로 들어가버린다. 그러면 수많은 시간을 들여 자료를 검토한 노력이 물거품이 되는 거다. 그렇기 때문에 자료를 찾는 동안에는 고도의 집중력을 유지해야 한다. 마치 백사장에서 바늘을 찾는 것처럼 수십 개의 문서 박스를 뒤져 하나의 의미 있는 문서를 찾기 위해서는 고도의 집중력과 꼼꼼함이 요구된다. 덜렁거리는 성격을 가진 나에게는 정말 힘든 일이었다.

당시 백 교수님의 자료 찾는 일을 돕는 과정에서 몸은 힘들었지만 나는 내 논문을 구상할 수가 있었다. 백 교수님 덕분에 나는 자료를 찾으면서 미국이 유엔을 만드는 과정에서 무력사용 원칙과 관련하여 다른 강대국들과 어떤 비밀 협상을 했는지를 확인할 수 있었고, 그것을 분석하고 논리적으로 발전시켜 결국 박사학위를 받을 수 있게 되었다. 백 교수님은 연구자에게 있어 사실관계 확인이 중요하다는 것을 일깨워주신 스승이시다. 사회과학과 관련된 연구는 사실에 기초하고 그것을 바탕으로 규칙이나 원칙을 만드는 일이다. 이 가장 기초적인 사항을 염두에 두고 나의 논문에 적용해보니 좋은 논문이 되었다. 좋은 스승 밑에서 공부할 수 있었던 것은 내게 큰 행운이었다.

훌륭한 스승은 방향을 가르쳐줄 뿐만 아니라 때로는 내가 가지지 못한 구체적인 세부사항을 알려주기도 한다. 내가 박사학위를 받은 조지타운대학교에서는 제인 스트롬세스(Jane E. Stromseth) 교수님이 나에게 그런 지도를 해주셨다. 이분의 논문 지도를 받으면서 정말로 나는 새로 태어났다.

스트롬세스 교수님은 미국에서 가장 우수한 대학생들을 뽑아 영국 유학을 지원해주는 로즈(Rhodes) 장학생 출신이셨다. 그래서 옥스퍼드대학교에서 국제관계 박사학위를 취득하셨다. 그런데 이분은 공부 욕심이 대단하여 옥스퍼드대학교에서 국제관계 박사학위를 취득한 뒤 다시 미국으로 돌아가 예일대 로스쿨에서 국제법을 공부하셨다. 졸업 후에는 미국 대법원에서 최초의 여성 대법관인 샌드라 데이 오코너 (Sandra Day O'Connor) 밑에서 일하셨다. 이후 국무부에서 법률자문으로 일하시다가 조지타운대학교 교수가 되신 정말 대단한 커리어를 가진 분이시다. 워낙 일이 많고 바쁘신 분이시라 박사 제자를 받지 않으셨는데, 우여곡절 끝에 내가 그분의 첫 박사 과정 제자가 되었다.

스트롬세스 교수님은 내가 학문적 역량을 최대치로 끌어올릴 수 있도록 이끌어주셨다. 무엇보다도 논문 지도를 깨알같이 해주셨다. 교수님께서는 어떤 부분은 무슨 생각을 가지고 썼는지 묻는가 하면, 어떤 표현은 왜 더 정확하고 더 의미 있는 다른 표현을 사용하지 않았는지 세세한 것들을 일일이 다 지적하시면서 내 생각을 물어보고 더 좋은 방향을 제시해주셨다. 논문의 내용은 물론이고 쉼표 하나의 위치까지 봐주셨다. 이후 내 답변과 수정한 내용을 다시 평가하고 또 고쳐주시니 정말이지 성장하지 않을 수가 없었다.

조지타운대학교 제인 스트롬세스 교수님.

스트롬세스 교수님으로부터 논문 지도를 받으면서
나는 새로 태어났다.
논문에 대한 전반적인 통찰력을 키워주면서도
논리적 완결성을 유지할 수 있는
피가 되고 살이 되는 조언들을 해주셨다.
배움의 길은 스스로 가는 것이지만
좋은 스승을 만나면 그 역량이 일취월장할 수 있다.

하마터면 편하게 살 뻔했다

구체적인 부분뿐만이 아니었다. 거시적 관점에서 논문의 방향성과 내가 해결해야 할 과제를 짚어주시는 데 있어서도 그 내공의 깊이를 헤아릴 수 없을 정도였다. 논문에 대한 전반적인 통찰력을 키워주면서도 논리적 완결성을 유지할 수 있는 피가 되고 살이 되는 조언들을 해주셨다. 미국, 아니 세계 최고의 국제법 학술지라 할 수 있는 《미국 국제법 저널(AJIL, American Journal of International Law)》의 편집인 중 한 분이신 이유를 알 수 있었다.

정말 바쁘게 사시는 분이셔서 나는 내 논문을 그렇게 꼼꼼히 봐주실 줄은 생각도 못 했다. 세계 최고 국제법 학술지의 편집인이 내 논문을 고쳐주시고 의견을 주시니 이런 행운이 또 어디 있겠는가. 그 세심한 배려에 감동을 하지 않을 수 없었다. 내가 모자란 능력을 가지고도 글쓰기와 토론에 자신감을 갖게 된 이유는 모두 이때 스트롬세스 교수님께 지도를 받고 대화를 하며 갖추어간 학문적 소양 덕분이라고 생각한다. 배움의 길은 스스로 가는 것이지만 좋은 스승을 만나면 그 역량이 일취월장(日就月將)할 수 있다. 정말이지 대학원 논문지도는 이래야 한다.

배울수록 내가 보인다

내 박사학위 경험이 그러했기에 학위를 마치고 돌아와 한국에서 대학교나 대학원 강의를 나갈 때마다 학생들에게 많은 것을 알려주기 위해 노력했다. 외부 강사일 뿐 그 학교의 교수는 아니었지만 내가 배운 그대로 학생들에게 돌려줘야 한다는 마음가짐으로 성의 있게 강의를 했다. 물론 한계는 있었다. 내 직업이 연구소에서 외교안보 문제를 연구하는 것이고, 또 늘 일이 많다 보니 충분한 시간을 학생들과 나눌 수가 없었다. 하지만 비록 짧은 시간이라도 학생들과 대화를 나누다 보면 내 나름대로 느끼는 점들이 있다.

대학교에서 강의를 하면서 들게 된 또 다른 생각은 배움이 늘어날수록 그리고 남에게 전할수록 나를 잘 볼 수 있다는 것이다. 가르치는 건 묘하다. 일반적으로 대중 앞에 서면 그 많은 사람들을 다 알아보기가 어렵다. 그런데 강당에 서면 강의를 하는 와중에도 학생들의 움직임이 보이고 그들의 생각이 느껴진다. 누구는 강의에 만족하고 있고 누구는 무언가를 얻어가고 있으며, 누구는 듣기 싫은 데 억지로 앉아 있는 것이 느껴진다. 그러면서 나의 어떤 설명이 학생들의 호응을 얻고 어떤 설명이 학생들의 실망을 불러일으키는지 파악할 수 있다.

이와 동시에 학생들에게 강의를 하면서 그들로부터 질문을 받고 답을 해주는 과정에서 나는 다시 배운다. 내가 잘 아는 것 같은 문제인데도 의외의 질문에 당황하기도 하고, 답을 해주는 과정에서 내 생각을 정리하기도 한다. 마치 어떤 외교 이슈가 발생했을 때 기자들의 전화를 받고 설명을 해주며 나 스스로를 정리해나가는 것과 같다. 이러한 강의와 질의응답 속에서 내 수준을 스스로 깨닫고 나의 장단점도 알게 된다. 그러면서 나를 배우고 한 단계 더 성장시켜간다. 물론 중요한 것은 지적 호기심이다. 이 지적 호기심이 있어야 배움이 즐겁지, 그것이 없다면 그저 지겹기만 하다.

지적 호기심이 빠진 공부는 시간이 지나면 남는 게 없다. 고등학교에서의 공부는 대학을 가기 위함이고 대학에서의 공부는 취직하기 위함으로 생각한다면 그 공부가 오래갈 수 없다. 대학에 가면 고등학교 때 배운 것을 기억하지 못하고 대학을 졸업하면 대학 때 배운 걸 잊어먹는다. 이런 식의 공부는 성공의 수단일 뿐, 실망이 더 클 때가 많다. 원하는 대학에 가는 사람이 몇 퍼센트나 되며, 원하는 직장을 가는 사람이 얼마나 되겠는가. 따라서 이러한 목적으로 공부를 하면 나를 잊어갈 뿐 얻는 것이 별로 없다.

제대로 된 공부는 나를 알아가는 수단이기도 하다. 제대로 된 공부는 생활에 직접 보탬이 되기보다는 자신의 삶을 풍부하게 해준다. 자기자신을 잘 알면 자신의 삶에서 더 현명한 선택을 할 수 있다. 자신에게 찾아오는 기회는 자신을 다양한 길로 이끌 수 있다. 나를 잘 알아야 되돌아볼 때 후회를 하지 않는다. 따라서 공부는 지식을 배우는 것일 뿐만 아니라 자기자신을 알아가는 과정임을 알고, 그러한 지식과 경험에 기초해서 자신의 미래를 설계해야 한다.

5

세상은 치밀한 꿈을 꾸는
성실한 자의 것이다

학교와 사회생활을 하며 똑똑한 사람들을 너무도 많이 본다. 외교안보 분야가 머리가 좋지 않고서는 버틸 수가 없는 영역이고 그래서인지 소위 공부 잘한 사람들을 참 많이 보면서 살아왔다. 하지만 머리가 좋다고 다 성공하는 건 아니다. 또 성실하다고 다 성공하는 것도 아니다. 머리가 좋고 성실한 것은 성공의 요건이지 성공을 보장해주는 것은 아니다. 오히려 자기의 현실을 잘 알고 어떤 미래를 살 것인가를 생각하고, 그 길을 위해 치밀하게 준비하는 삶이 필요하다.

꿈을 꾸려면 치밀하게 꾸어야 한다. 막연하게 내가 무엇이 되었으면 하는 꿈은 치밀한 꿈이 아니다. 지금 나의 모습은 어떠하며, 무엇을 더 함으로써 자신의 부족함을 채울 수 있는지, 잘못된 습관들을 어떻게 하나씩 고쳐나갈 것인지 먼저 치밀하게 파악하고 나의 꿈을 실현하기 위한 구체적인 계획을 세워야 한다. 그 다음에는 이행 단계다. 계획만으로는 성공할 수 없다. 어렵지만 성실히 계획을 이행해야만 비로소 꿈이 실현된다. 치밀한 계획 및 준비와 성실한 이행이야말로 자신의 꿈을 실현하는 첩경이다.

더 큰 꿈을 더 구체적으로 세워야 한다

나는 대학교에 정규 강의를 가면 학기 중에 시간을 나누어 학생들과 식사를 한 번씩은 했다. 일단 내가 강의를 가는 이유가 나 스스로 배우러 가는 길이었기에, 학생들과 소통하면서 그들이 무슨 생각을 하는지 배우고 나의 부족한 부분을 메우려 한 측면도 있다. 또 젊은 학생들과 대화를 하면 내 자신의 어린 시절이 생각나서 행복한 측면도 있었다.

함께 식사를 하면서 학생들은 자신의 고민을 나에게 이야기한다. 무엇을 준비하고 있는데 이게 가능할지, 그 방향으로 인생의 진로를 정해도 좋을지 초롱초롱한 눈으로 내게 물어본다. 나는 말하는 것을 좋아하는 체질이라 내가 경험을 통해 아는 것에 대해서는 성심껏 잘 설명해준다. 물론 내 경험이나 역량이 미치지 못하는 것에 대해서는 질문에 제대로 답해주지 못할 때도 있다. 하지만 이런 대화의 과정에서 학생들이 늘 정보의 부족에 허덕이고 있다는 것을 느낄 수 있었다.

내가 강의했던 어느 학교의 한 학생 이야기다. 수업 중 발표도 잘하고 첨단 기법을 활용해서 보고서도 잘 작성한 우수한 학생이 있었다. 어느 날 그 학생과 함께 식사를 하면서 나는 꿈이 뭐냐고 물었다. 그랬더니 7급 공무원이라는 것이다. 물론 7급 공무원도 좋은 직업이다. 요즘은 많은 우수한 인재들이 몰려서 합격하기가 쉽지 않다. 하지만 나는 그렇게 뛰어난 잠재력을 지닌 학생이 7급 공무원이 되려 한다는 것이 못내 아쉬워 되물었다.

"왜 너 같이 뛰어난 잠재력을 가진 학생이 7급 공무원이 되려 하니? 왜 더 큰 꿈을 꾸려 하지 않는 거니?"

그랬더니 돌아온 답변이 너무도 허무했다.

"엄마가 편하게 살라고 7급 공무원 되래요!"

공무원이 편하게 산다는 것은 편견이다. 많은 공무원들이 몸 바쳐 열심히 일하고 있는 것이 오늘 우리의 현실이다. 하지만 공무원 생활과 민간인 생활을 해본 경험을 고려할 때 민간의 생활이 더 고된 것은 사실이다. 그럼에도 불구하고 민간인 생활은 자신의 역량을 더 발휘할 기회가 부여되고 그만큼 더 성장할 수 있다. 그 학생은 7급 공무원이 아니라 더 고급 공무원이 되는 꿈을 품어도 될 만한 잠재력을 지고 있어 보였지만, 편안한 삶만을 추구한 나머지 목표를 낮게 잡고 있었던 것이다.

그래서 물었다.

"왜 어머니께서는 7급 공무원을 좋아하시니? 고시를 볼 수도 있는데?"

"제가 다니는 학교에서 고시에 합격하는 건 쉽지 않아요. 몇 분 계시긴 한데 아무래도 엄마는 더 쉽게 합격할 수 있는 걸 선택하라고 하시는 거죠. 그리고 공무원이 되면 연금 나오니 생활도 고시 출신이나 7급이나 큰 차이는 없다고 하시더라구요."

말문이 막혔지만, 그건 사실이었다. 실제로 현실이 그런 것을. 도전을 하기에는 우리의 삶이 그렇게 녹록지 않은 게 현실이다. 편하게

하마터면 편하게 살 뻔했다

살라는 어머니의 말씀이 틀린 것은 아니다. 실제로 공무원 조직에서 일하다 보면 고급 공무원이 대우를 더 잘 받지만, 더 힘든 일을 하고 더 어려운 결정을 하고 결국 그 때문에 더 바쁘게 지낸다. 아마도 이 학생의 어머니는 그런 공무원 사회의 원리를 잘 알고 있었던 것 같고, 자신의 아들이 괜한 고생을 하지 않으면서 생계 걱정 없이 잘 살기를 바라셨던 것 같다. 그런데 한편으로 나는 왠지 화가 났다. 왜 이 친구처럼 뛰어난 친구가 자신의 꿈의 크기를 낮춰서 설계하는지 안타까웠다. 이 친구가 선택한 길이 우리나라에게는 손실로 느껴졌다.

물론 삶은 자기가 선택하는 것이다. 하지만 창의력 넘치고 재기 발랄한 뛰어난 학생이 편안한 공무원을 꿈꾸는 게 싫었다. 그로부터 상당한 시간이 흐른 뒤여서 당시 그 학생이 7급 공무원 시험에 합격 했는지는 모른다. 다만 수업을 통해 본 그의 능력을 보면 충분히 합격하고도 남음이 있다고 본다. 그 학생이 공무원 생활에 만족하고 있을 수도 있다. 공조직이 주는 여러 혜택을 누리며 행복한 생활을 하고 있을 것이다. 그렇다고 보면 그의 선택은 나쁘지 않을 수도 있다. 하지만 나는 그 학생이 더 큰 도전을 했으면 하는 아쉬움을 버릴 수 없다. 전 세계를 누비며 자신의 역량을 발휘할 수 있는 잠재력을 지닌 사람이라고 생각했기에 아쉬움이 클 수밖에 없었다.

이 일이 있은 후 기회가 있을 때마다 늘 학생들에게 해주는 말이 있다. 꿈을 더 크게 꾸어야 하고, 그 꿈을 더 치밀하게 준비해야 한다는 것이다. 꿈을 더 크게 꾸라는 말은 자신의 역량의 최대치를 목표로 해야 한다는 말이다. 더 큰 세상으로 나아가서 더 큰 인물이 되기 위해서는 목표를 높게 가져야 한다. 그래야 그 과정에서 자신이 해야 할 일을 계획하고 노력하며 또 배우게 된다.

물론 무조건 높은 꿈을 꿀 필요는 없다. 하지만 자신의 역량에 맞은 꿈을 꾸고 그것을 실현하기 위해 실제로 부딪쳐보고 직접 경험해서 깨달아야 한다. 그 과정에서 자기가 계획한 것이 실현 가능한 것인지, 아니면 전혀 현실과 동떨어진 것인지를 확인하면서 다시 한 번 배우게 된다. 목표를 이루는 것도 중요하지만 안 될 경우 자신의 한계를 아는 것 역시 중요하다. 계획을 꼼꼼히 수립하면 할수록 성공할 확률도 높아지고 실패하더라도 자기자신을 더 잘 알 수 있는 기회를 갖게 된다.

치밀하다는 것은 정말 자기가 무엇을 원하는지, 그 길에 다다르기 위해서는 어떤 일들을 해야 하는지, 시간을 얼마나 들이고, 내 능력의 한계치 범위 내에 있는지 이러한 것들을 꼼꼼히 파악하는 것이다. 그러한 계산 없이는 자신이 가야 할 길을 정확하게 알 수도 없고, 갈 수도 없다. 어쩌다 보니 하게 된 일은 꿈이 아니다. 자신이 그러한 일을 하고 있다면 다른 일을 통해 자신의 삶을 보충해줄 필요가 있다. 마치 비타민이 부족한 사람이 비타민 영양제를 먹어가며 자신의 부족한 부분을 채우듯 말이다. 문제는 치밀한 계획은 어느 정도 경험이 있어야 세울 수 있다는 것이다.

대학이 중요한 이유는 학생들이 대학을 다니는 동안에 인생을 설계할 수 있기 때문이다. 강의를 듣는 그들의 눈빛에서 그리고 간간이 그들과 나누는 대화에서 그들의 목마름을 느낄 수 있다. 문제는 이십대 초중반의 나이는 세상을 잘 모를 때라는 것이다. 세상에 대한 정보와 경험이 너무도 부족한 것이다. 학교에서는 나름대로 취업정보다 뭐다 제공하고 있지만 제한적인 정보를 일방적으로 전달하는 수준이어서 그들의 요구에는 한참 부족해 보였다. 그러다 보니 가까운 사람들의 의견에 따라 자신의 진로를 정하는 경우가 허다하다.

어느 대학이 좋은 대학인가?

사회생활을 하다 보면 솔직히 이름값 높은 대학이 좋은 평가를 받는 건 부인하기 어렵다. 하지만 내 인생을 돌아볼 때 나를 가장 많이 성장시킨 것은 학부인 충남대였다. 서울대나 조지타운대는 어느 정도 갖추어진 내 능력을 향상시키는 데 큰 도움을 주었다. 하지만 천안 촌놈의 머리를 깨어주고 꿈을 구체적으로 꿀 수 있게 도와준 것은 학부 과정이었다. 그런 면에서 내 인생에서 가장 도움이 된 대학은 충남대학교였다.

돌아보면 내가 다니던 시절 충남대학교 교수님들은 매우 훌륭하셨다. 지금도 그렇다. 서울 소재든 지방 소재든 대부분의 대학교 교수님들은 훌륭하시다. 다들 좋은 학교를 나오셔서 박사학위를 받고 이제 고등학교 갓 졸업한 학생들을 가르치니 능력을 기준으로 하면 학생들에 비해 넘쳐난다고 볼 수 있다. 그래서 어느 대학이든 교수의 질이 문제가 되지 않는다고 생각한다.

오히려 그런 양질의 교수님들이 얼마나 학생들을 위해 자기의 시간을 할애해주는가, 그리고 학교 차원에서 얼마나 학생들을 배려하고 있는가가 더 큰 영향을 미친다고 생각한다. 문제는 학부 과정에서 교수님들과의 의미 있는 시간을 얼마나 갖는가에 있다고 본다. 대부분 수업을 듣거나 형식적인 행사 시간 외에는 교수님들과 시간을 갖지 못한다. 학생과 교수의 상호 교류는 사실상 학부에서는 거의 없다고 볼 수 있다. 한국의 모든 대학이 그러하니 학생들도 특별히 기대하지도 않는 것 같다.

그러고 보면 오히려 학생들에게 교수와 더 많은 대화의 시간을 주고, 여러 진로 상담의 기회를 더 많이 주는 학교가 더 좋은 학교일 수 있다. 요즘 들어 많은 대학교들이 취업 알선에 교수진을 투입하고 있지만, 아직도 부족하다. 동시에 자기와 맞는 학교를 선택하는 것도 중요하다. 학업 능력이든 가정 형편이든 어떠한 이유에서든 누구에게나 자기에게 맞는 학교가 있다.

모든 사회는 경쟁의 세계이고 개인의 미래는 미리 알 수 없지만, 한 가지 분명한 것은 도전하는 사람이 많을수록 그 사회가 성공할 확률이 높다는 것이다. 그렇기 때문에 학생들이나 청년들이 보다 큰 꿈을 꿀수록 다양한 정보와 동기부여를 해줘야 한다. 이러한 도움이야말로 이들에게 부여하는 최고의 복지일지도 모른다. 이를 위해 대학이나 교수, 그리고 부모님의 지도가 필요한 데, 부모님의 지도는 개인적 경험이라는 한계가 있기 때문에 교육기관이 나서서 전문적인 상담을 제공하고 젊은이들이 꿈을 설계해나갈 수 있는 획기적인 프로그램을 마련해야 한다.

성실한 이행은 치밀한 계획보다 더 중요하다

계획을 세웠으면 성실히 이행해야 한다. 이건 진리의 영역에 가깝다. 아무리 능력이 뛰어나고 계획이 훌륭해도, 또 그걸 이행할 여건이 좋아도, 노력 없이는 안 된다.

물론 운이 작용하는 경우도 크다. 나 같은 경우는 운이 작용해서 높은 진입장벽을 생각보다 쉽게 통과했다. 하지만 그 이후에 나는 전문가가 되기 위해 언제 어디서 학위를 마치고 그 이후에 어떠한 일을 할지, 어떤 선택을 통해 내가 취해야 할 행보를 정할지 끊임없이 고민하고 무엇보다도 이를 이행하기 위해 최선을 다했다. 그게 삶의 모든 것인 것처럼 나를 바쳤다. 가정에도 소홀했고 일벌레처럼 살았다. 행복과는 별개인지도 모른다. 하지만 그런 노력의 결과 조금이나마 한 영역에서 이름을 얻게 되었다. 성실하지 못하면 자신의 꿈을 이루지 못한다. 성실해도 안 되는 경우가 있다. 하지만 분명한 것은 성실이 뒷받침해주지 않는 꿈은 결국 무너지게 되어 있다는 것이다.

내 수업을 들었던 또 다른 학생의 이야기다. 이 친구는 수업을 들을 때나 수업 이후에도 꾸준히 질문하고 자신이 생각하는 바를 올바로 이야기하는 장점이 있었다. 태도도 좋은 소위 말하면 모범생과 같은 이미지였다. 이 친구의 꿈은 로스쿨에 진학하는 것이었다. 그것도 자신이 현재 다니고 있는 대학교보다 더 들어가기 어려운 서울대 로스쿨에 진학하는 것이었다.

그래서였는지 이 친구는 로스쿨에 어떻게 가야 하는지 아주 구체적으로 질문하고 또 질문했다. 행동에도 잘 옮겼다. 내가 무슨 이야기를 해주면 그걸 기반으로 자기가 어떤 계획을 세우고 그에 따른 실천을 하는지도 소상하게 이야기해주었다. 그리고 그에 대한 나의 반응과 조언을 다시 또 자신의 계획에 반영해서 고쳐나갔다.

나중에는 그렇게 상담을 해주었던 내게 로스쿨 지원에 필요한 서류까지 검토를 부탁했다. 솔직히 그 당시에는 기분이 별로였다. '아, 이 학생이 나를 처음부터 이런 목적으로 활용하고자 접근했나' 하는 생각이 들 정도였다. 그럼에도 불구하고 나는 이 친구가 자신의 삶을 성실하게 준비한다는 느낌을 받았고, 그래서였는지 성의를 다해 도와주었다. 그 결과는 합격이었다. 나중에 합격했다는 인사와 함께 와인 한 병을 가지고 왔는데, 내 인생에서 가장 맛있게 마신 포도주였다. 물론 '김영란법' 시행 이전의 일임을 밝혀둔다.

이렇듯 누가 도와주면 학생들은 훨씬 더 치밀한 꿈을 꿀 수 있고, 그 계획에 기초해서 더욱 성실하게 임할 수도 있다. 이런 문화가 우리 대학에 우리 사회에 필요하다. 취업준비생에게 현금을 주는 일을 평가절하할 필요는 없다고 보지만, 그보다는 그들이 어떻게 사회의 일원으로 정착해나갈 수 있는지에 더 큰 관심이 필요하다. 그들의 능력과 희망사항을 고려할 때 어떠한 선택을 할 수 있고, 그 길을 가기 위해 준비해야 할 것들이 무엇인지를 알려주는 것이 더 큰 도움이 될 것이다. 그런 것들을 세세히 전달해주고 그 계획을 성실히 이행할 수 있도록 여러 가지 방식을 동원해서 지원한다면 더 많은 학생들에게 더 좋은 기회가 찾아올 것이 분명하다.

노력은 자신의 여건을 뛰어넘게 한다는 데 의미가 있다. 많은 이들이 여건을 이야기한다. 돈이 없어서, 아니면 머리가 안 돼서 나는 못한다고 한다. 하지만 여건이 안 되는 것은 당연한 일로 봐야 한다.

하마터면 편하게 살 뻔했다

세상에 모든 것을 갖춘 자가 얼마나 있겠는가. 돈이 없어서 로스쿨에 가지 못하면 돈을 먼저 벌면 된다. 그 이후에 도전을 해볼 수 있다. 몇 년 걸린다고 그래서 안 된다고 생각하는 사람이 있을 것이다. 그런데 앞에서도 강조했지만 살아보면 인생 몇 년은 아무것도 아니다. 내 나이가 만으로는 50도 안 되었는데 어떤 친구들은 벌써 세상을 떠나기도 한다. 늦게 취직해서 직장생활을 20년도 못 하는 친구들도 있다. 하지만 어떤 선배들을 보면 70이 넘어도 일하는 사람들이 많다. 몇 년이 뭐가 그리 중요하겠는가.

기회를 공정하게 만들어야 한다

실제로 강단에서 그리고 직장에서 요즘 젊은이들의 모습을 보면 옛날보다 너무 지친 삶을 살고 있다. 취업을 위해서는 인생에 별로 도움이 되지 않는 과도한 스펙을 쌓아야 하고 시간에 늘 쫓기며 살고 있다. 나는 대학에 입학한 후 정신 차리고 공부하겠다고 1학년 때부터 하루 종일 도서관 생활을 했다. 그랬더니 친구들과 선배들이 난리였다. 이상한 놈 취급을 받았다. 그 당시엔 1학년은 놀다가 군대에 가는 게 관행이던 시절이었다. 지금은 대부분이 1학년 때부터 공부를 한다. 하지만 이들은 지치도록 공부해도 미래는 내가 대학에 다니던 시절보다 더 불투명하다. 무엇이 잘못되어 이럴까?

먼저 학교에서나 나라에서도 이들의 꿈을 키워주지 않는다. 이래서는 더 나은 세상을 만들 수 없다. 학교는 학생들의 꿈을 얼마나 크게 키워주고 또 얼마나 정교하게 다듬어주는가? 직장은 직원들의 꿈을 얼마나 키워주고 또 그들이 자신의 삶을 영위할 수 있는 경제적

부와 사회적 위치, 그리고 개인적 삶을 얼마나 보장하는가? 학교는 수업을 가르치기만 하면 제 역할을 다한 것처럼, 직장은 봉급을 주면 그 의무를 다한 것처럼 그렇게 쉽게 자기의 의무를 내려놓는다. 어느 정도면 원하는 것을 어디까지 이룰까를 돕는 경우는 드물다.

소위 '예측 가능성'이 있어야 사람들이 계획을 세우고 그 계획을 이해하며, 성과가 없어도 좌절하지 않는다. 하지만 우리는 예측 가능성이 불투명하다. 그것을 제도적으로 알려주지 못하고 있다. 아니, 보다 근본적으로 제도 설계가 잘못되어 있다. 학교에서는 선생님이 너무 바쁘고, 또 학생 수가 많다. 다른 한편으로는 선생님도 교육대학교를 나와서 학교에서 가르치는 게 주업인지라, 사회에서 무슨 일을 어떻게 계획하고 이행해야 원하는 것을 이룰 수 있는지 알 수 없다. 학생들이 학원을 가고 돈을 들여 컨설팅을 할 수밖에 없는 이유다. 이래서는 젊은이들을 도울 수 없다.

기울어진 운동장도 심각한 문제다. 세상살이가 상대적인 것이라서 완벽하게 평평한 운동장만이 존재할 수 없다. 어느 정도 살다 보면 그간 쌓아온 경험으로 인해 내게도 어느 정도의 특권이 부여되고 나 스스로가 기울어진 운동장에서 수혜를 보게 될 때도 있다. 하지만 한 가지에서만큼은 반드시 평평한 운동장을 만들어줘야 한다. 그게 학업과 취업의 기회다.

공부하는 능력은 각각 다르다. 그래서 다른 대학에 갈 수도 있다. 하지만 어느 대학이든 공정한 규칙에 의해 학생을 선발해야 한다. 그런데 알다가도 모를 것이 요즘 대학입시다. 학부모도 선생님도 아니 학생을 뽑는 대학교의 교수들도 어떤 경로로 대학에 갈 수 있는지를

하마터면 편하게 살 뻔했다

모두 알기 어려운 세상이다. 그러다 보니 지식이나 경제력에 따라 일부 계층만이 혜택을 볼 수가 있다.

대학에서는 대학의 자율에 맡기라고 한다. 하지만 대입 방식이 다양할수록 대학에 자율성을 부여할수록 공정과는 거리가 있을 수 있다. 모든 사람의 특성과 역량에 맞게 대학에 진학하는 것은 불가능하다. 그렇다면 가능하면 복잡하기보다는 단순한 방식이, 그리고 모든 학생들이 한꺼번에 치르는 시험이 그나마 객관적인 평가 기준이 될 수 있다. 과거 대입방식이 주입식 교육에 학원만 양산했다고 비판하고 있지만 지금도 주입식 교육이고 학원비는 더 들어가고 있다. 공정한 입학 방식에 더 큰 비중을 두고 대학 교육의 질 향상에 중점을 두어야 한다.

취업의 기회는 더 중요하다. 어느 직장이든 개인의 배경을 우선시해 더 자격이 있는 사람을 밀어내서는 안 된다. 대학 이름 그 자체가 개인의 능력의 서열을 의미하는 것은 아니다. 게다가 입학 시점의 개인의 능력과 졸업 시점의 개인의 능력은 다르다. 따라서 개인의 능력이 아니라 대학 이름만으로 개인을 평가하는 것은 옳지 않다. 오히려 대학에서 얼마나 자기에게 맞는 공부를 했느냐, 그리고 계획을 세우고 꿈을 키워왔느냐가 더 중요하다. 취업은 단순히 지적 능력의 성적순으로 결정되지 않는다. 대부분의 기업들도 이 점을 잘 알고 있다. 지금도 기업의 채용제도가 어느 정도 개선되고 있지만 기업 스스로를 위해서라도 반드시 바꿔나가야 한다.

물론 사기업의 경우는 자율적인 결정이 불가피하다. 그게 시장경제의 기초기 때문이다. 하지만 공공기관이나 대기업에서 특정 지역이나 학연을 이유로 특혜를 주어서는 안 된다. 시험 과정이든 면접 과정이든 개인의 배경은 철저히 가리고 그 직장의 공정한 선발 기준에 따라 능력 있는 인력을 채용하도록 해야 한다. 제한된 직장의 수로 인해 아무리 노력해도 모두가 기회를 얻지는 못하겠지만, 이 사회를 평평하게 만드는 객관적이고 공정한 기준은 반드시 있어야 한다. 나 역시 운 좋게 평평한 운동장을 만나게 되어서 한국국방연구원에 취업할 수 있었다. 그 이후 노력으로 이만큼 성장할 수 있었다. 취업 기회의 공정함이야말로 이 사회가 반드시 이루어가야 할 중요한 가치다.

청년들도 학교나 지방자치단체, 그리고 중앙정부에 공정한 취업 기회를 요구하는 목소리를 내야 한다. 정치적인 이슈에 대해서는 학생들도 적지 않은 목소리를 내고 있다. 북한 문제, 미국 문제, 일본 문제에 대해서 학교에서 많은 논의를 하고 일부 학생들은 행동에 옮긴다. 광화문에 가면 김정은을 서울에 초청하자는 데모를 미국 대사관 앞에서 하는 모습을 볼 수 있다. 하지만 진로에 대한 상담을 늘여달라고 학생들이 단결해서 투쟁하는 모습은 보기 어렵다. 학교나 정부에 공정한 취업 기회를 달라고 요구하는 사례도 많지 않다. 미래 설계 문제를 소극적으로 생각하면 자신의 기회는 제한된다. 따라서 재학생이나 졸업생들이 더 적극적으로 자신의 미래 문제에 대해 논의하고 이를 학교나 정부에 요구해야 한다.

나는 치열하게 사는 사람이 좋다. 남에게 기대지 않고 스스로 설 수 있도록 철저하게 준비하고 끊임없이 노력하는 사람이 좋다. 그런 사람들이 많으면 많을수록 세상이 발전한다. 그런 사람들이 더 많이 나올 수 있도록 사회가 먼저 돕고, 자리를 잡은 사람들이 다시 다른 이를 도울 때 우리 사회는 더 좋은 세상이 될 수 있다.

공무원 제도 개선 필요성

공무원 조직은 민간 조직보다 안정적일 필요가 있다. 그래야 불편부당한 정부 업무가 실현되기 때문이다. 하지만 공무원이라는 직업이 편한 삶으로 비춰져서는 안 된다. 이런 인식이 퍼지게 된 것은 어느 순간부터 공무원의 임금이 중소기업 수준 이상이 되고, 공무원의 연금이 노후를 보장받는 안정적인 수단이라는 인식이 형성되면서부터다. 하는 일의 강도나 직무상 스트레스는 일반 근로자가 더 많이 받는데 처우는 공무원이 좋다는 인식을 하기 때문이다. 나 역시 공무원 생활을 해봤지만 공무원 봉급이 그리 높은 것은 아니다. 어쨌든 그래야 우수한 인재들이 국가의 일을 하게 되니 이런 현상이 꼭 나쁜 것만은 아니다.

하지만 세상이 바뀌고 있다. 공무원이 계획과 법을 만들어 나라를 이끌던 시절은 지났다. 이젠 시장과 민간 기업이 앞서가는 시대다. 그렇다면 우수한 인재들은 민간에서 경제를 살리고 공무원은 그 아래에서 민간을 떠받치는 역할을 해야 한다. 대부분의 부가 시장에서 창출되기 때문이고, 한국 사회 내에서의 경쟁뿐만 아니라 국제 사회에서의 경쟁에서도 살아남아야 하기 때문이다. 오늘날 유능한 대학생들이 공무원이 되고자 하는 것은 공무원의 삶이 일과 생활에 균형을 가져다주는 편안하고 좋은 직장이라는 인식 때문이다. 나라에 봉사하기 위해 공무원이 되고자 하는 학생들도 많겠지만, 수십 만에 달하는 공시생들이 나라 걱정만으로 생겨나지는 않았을 것이다.

그렇다면 공무원 조직도 개혁이 필요하다. 그 첫 출발은 공무원 업무의 효율화에 있다. 실제로 정부 조직 내에 어느 업무는 고도의 지적 능력이 필요한 영역도 있지만 그렇지 않은 부분도 존재한다. 고도의 지적 능력이 필요한 분야에서는 그런 인재를 뽑고, 싱가포르처럼 민간 대기업 수준의 처우를 해줘야 한다. 반대로 단순히 증명서 발급과 같이 고도의 지적 능력을 필요로 하지 않는 직종의 경우는 공무원 경험을 희망하는 사람들에게 보다 유연하게 개방될 필요가 있다. 젊은이들이 2~3년간 공무원 생활을 하면서 다음 자리를 준비할 수 있는 디딤돌로 만들거나, 은퇴한 분들이 국가에 봉사하는 자리로 돌리는 것이 더 효율적일 수 있다. 제도적으로는 쉽지 않겠지만 경직된 공무원 제도에 대한 변화가 필요한 시기가 되었다.

6

편견을
깨야 한다

세상에는 다양한 편견이 존재한다. 모두의 삶이 다르기에 평가 기준이 다양하고 그러다 보니 상황을 단순화시키게 된다. 대입은 수능, 유학은 토플과 같이 소위 객관적 기준이라는 걸 만들게 된 이유다. 소위 스펙이라는 것도 이러한 객관적이라고 하는 기준에 호소하기 위한 것으로 볼 수 있다. 문제는 실제로 사람의 역량이나 자세는 이러한 획일적 기준에 따라 평가될 수 없다는 점에 있다. 우리가 아주 일반적으로 객관적이라고 생각하는 기준에도 편견은 존재한다. 그 편견은 개인적 성향에 더해서 사회에 깊이 뿌리내리게 된다. 개인적 성향에 더해진다 함은 소위 높은 기준을 가진 사람일수록 그 기준을 요구한다는 것이다. 예를 들면, SKY 출신이 그 수준에 못 미치는 사람에 대해 잘못된 인식을 가질 수 있는 경향을 말한다. 아무튼 편견은 개인의 다양한 창의적 소양을 발현하지 못하게 한다. 그래서 젊은

75
•

이들의 기회를 차단한다.

　이러한 편견은 사회나 조직 자체를 망친다. 그 사회를 경직되게 하며, 조직의 발전을 가로막는다. 이러한 편견에 사로잡혀 획일적인 기준에 따라 인재를 선발하면 사회나 시장의 다양한 요구를 수용하는 데 한계가 있기 때문이다. 따라서 제도적 차원에서 이러한 편견을 깨야 하며, 개인적 차원에서도 보다 유연한 생각을 가져야 한다. 학연이나 지연에 얽매인 생각은 결국 자기가 몸담은 조직을 망치게 된다는 것을 알아야 한다. 다행스럽게도 일부 기업에서는 다양한 시도를 하고 있다. 이러한 노력이 점차 확산될 때 세상의 기회가 열린다. 다른 한편에서 이 땅에 사는 젊은이들은 사회의 편견을 깨기 위해 노력해야 한다. 스스로 당당해져야 하고 자기의 목소리를 내야 한다. 기존의 규칙에 순응해서는 아무런 발전이 없다. 자기가 기회를 만들고 쟁취하고 또 자신의 역량을 보여줄 때 사회와 조직은 변화해간다.

편견에 주눅 들지 말라

　한국국방연구원에서 일을 시작했을 때 어느 정도 실력을 인정받기 전까지 나 역시 한 가지 편견과 싸워야 했다. 그것은 지방대 출신이라는 편견이었다. 그 편견 때문에 나는 나의 잠재적 역량을 의심받았다. 그래서인지 한동안 중요한 연구 업무는 맡지 못했고 단순한 행정 업무만 맡아 했다. 외교안보 분야의 일이 좋아지기 전까지 나는 이런 편견을 극복하기 위해 치열하게 일했던 것 같다. 나만의 자존심이 있어서 사람들과 부딪치지 않으면서 남들이 따라오기 어려운 성과를 보여줌으로써 지방대라는 편견을 깨고 싶었다. 그래서 앞서 언급한 것처럼 3년간 1만 시간 넘게 일했고, 그 결과 전문성을 갖추는 시간을 앞당길 수 있었다. 맛있는 음식이 나왔을 때 배불러도 꾸역꾸역 먹는 것처럼, 위에서 시키는 일들을 묵묵히 해냈다.

어느 정도 시간이 지난 후 나는 어떠한 일이든 맡겨주기만 하면 잘 마무리해낼 수 있는 실력을 갖췄다. 나에게 일을 맡기면 최소한 문제가 생기지 않는다는 인식을 직장 상사와 동료에게 심어주었다. 아무리 일이 몰려도 내가 가진 모든 시간을 던져 연구에 몰두했다. 과로를 자주 해서 몸에 탈이 날 정도였지만 그 과정에서 선배님들의 신뢰는 더욱 두터워졌다. 자연스럽게 나와 연구를 같이하고자 하는 선배님들이 몰렸다.

편견이 깨지면 그 편견에 대한 보상이 뒤따른다. 아마도 편견을 지녔던 자신의 평가가 잘못된 것임을 인지하기 때문인 것 같다. 그래서인지 일단 편견을 극복해낸 이후에는 오히려 나에 대한 평가가 높아짐을 느꼈다. '이 친구는 생각보다 잘 하네' 하는 평가는 '이 친구에게 그동안 미안했네'라는 생각으로 이어진 것 같다. 그래서였는지 나 스스로도 '내가 혹시 실수를 하더라도, 내가 하고 있는 업무의 양이나 그간의 성과를 고려하여 선배님들이 용서해주시겠지'라고 생각할 정도였다.

주요 국책연구기관, 그것도 서울에 있는 인문계 연구기관에서 지방대 출신으로 활약하는 사람은 많지 않다. 권위 있는 회의에서 강의를 하거나 토론을 하면 사회자가 나의 약력을 소개한다. 그런데 어떤 경우는 내가 졸업한 대학원과 박사학위를 받은 학교는 소개하면서도 학부를 소개하지 않는 때가 있다. 이 역시 편견 때문일 것이다. 아직도 한국 사회의 현실이 바뀌지 않은 탓이다.

물론 이러한 현실을 무조건 나쁘게 볼 일은 아니다. 솔직히 어느 시점에서 사람을 평가한다는 것은 매우 어려운 일이다. 그동안 살아온 길을 볼 수밖에 없는데, 학력이 그동안 살아온 길을 가장 객관적으로 평가할 수 있는 기준이라고 보기 때문이다. 나 역시 여러 기관에서 직원을 선발하는 일에 참여해봤지만 같은 실력으로 보이면 소위 더 이름값이 높은 학교를 선호했던 것 같다. 내가 지방대를 나와서 가능하면 그런 친구들의 장점을 더 사려고 했지만, 능력이 더 좋다는 것을 증명하지 못했다면 그걸 넘어서는 평가를 해줄 수 없었다. 조직에서 위임받은 인사선발권을 이행하는 것이 나의 의무였기 때문이다.

그렇다고 지원자의 입장에서 이러한 사회적 편견에 좌절할 필요는 없다. 그게 단시간에 해결될 수 있는 문제가 아니라면 그것을 이 세상을 구성하는 또 하나의 원리라고 여기고 자신에 대한 편견을 실력으로 극복해내면 된다. 오히려 바꿔야 할 것은 지원자가 아닌 조직이다. 조직이 발전하기 위해서는 인재가 필요하다. 하지만 조직에 맞는 진정한 인재를 선발하는 것은 쉽지 않은 일이다.

어느 조직이나 직원을 선발할 때 보다 일을 잘 할 것 같은 사람을 선발하고자 한다. 하지만 평가하기가 매우 어려운 것이 사람이다. 이러한 역량은 하루이틀 보아서는 평가하기가 매우 어렵다. 적어도 한 달을 두고 지켜보면서 누가 더 나은지를 파악하면 그 차이를 확연히 볼 수도 있겠지만, 하루도 아니고 몇 시간에 이뤄지는 면접으로는 잘 구분이 안 된다. 면접 역시 그날의 컨디션에 따라 성적이 달라지기 때문이다. 그러니 소위 '스펙' 좋은 사람이 유리한 거다.

하지만 이러한 방식의 인력 선발이 과연 조직을 위해 얼마나 좋은 것인지 모르겠다. 실제로 일을 해보면 학벌보다는 열정이, 그리고 인성이 훨씬 더 큰 역할을 한다. 요즘 들어 대기업들이 소위 일류 대학 졸업자만을 선호하지 않고 더욱 신중한 과정을 거쳐 인재를 선발하는 채용 풍토가 조금씩 나타나고 있는데 앞으로 더욱 확산될 것으로 전망한다.

인재 선발의 기준이 개인의 능력이 아니라, 대학의 이름이나 지연과 학연이 되어서는 안 된다. 한국 사회에서 소위 SKY 대학 출신이 능력도 좋다는 편견이나 자신과 고향이 같거나 출신 학교가 같으면 상식을 초월해서 혜택을 주는 나쁜 관행은 사라져야 한다. 아직은 갈 길이 멀지만, 이러한 대학에 대한 편견을 깨뜨리고 지연과 학연에 얽매인 잘못된 풍토를 바꿔야만 공정한 기회가 찾아온다.

편견을 깨려면 교육이 바뀌어야 한다

좋은 학교는 좋은 학생들이 가는 학교일 수도 있지만 다른 한편으로는 좋은 선생님들이 계신 학교다. 이러한 기준에 따르면 우리나라에는 지방에도 좋은 학교가 많다. 내가 나온 충남대와 같은 지방 국립대는 우리나라 전국 대학 서열을 기준으로 할 때 최상위권으로 볼 수 없다. 대학을 서열화하는 것 자체도 잘못이지만, 그 기준을 무엇으로 하느냐에 따라 그 서열은 얼마든지 달라질 수 있다. 나는 충남대학교를 다니면서 좋은 교수님들을 만날 수 있었고, 그들로부터 공부에 대한 동기부여를 받았다. 교수님들은 나에게 전문가로서의 삶을 살아야 한다는 동기부여를 해주셨고, 계속 공부해야겠다는 마음을 먹게 해주셨다. 그곳의 선배님들도 내가 내 꿈을 키우는 데 도움을 주셨다. 이처럼 학생들에 대한 대학이나 교수들의 동기부여를 기준으로 한다면, 충남대학교는 좋은 학교가 아닐 수 없다.

대학의 다양한 측면을 고려하지 않고 단편적인 기준으로 대학을 줄 세워 서열화함으로써 대학에 대한 편견을 갖게 만드는 것은 심각한 문제가 아닐 수 없다. 그래서 대학 서열의 상위권 대학, 소위 명문대학이 아니면 자신이 다니는 대학이 좋은 대학인 줄 모르고 자신이 다니는 대학에 대한 자부심을 느끼지 못하는 경우가 많다. 졸업한 후에도 마찬가지다. 이 점이 한국과 미국의 가장 큰 차이인 것 같다.

미국에도 학벌은 존재한다. 소위 아이비리그로 대변되는 사립명문과 주별로 주립대학교가 명문에 속한다. 그리고 이러한 명문대학교를 졸업하는 길이 사회적 성공을 보장해주기도 한다. 하지만 미국은 편견이 덜하다. 미국이라는 나라가 이민자로 만들어진 나라여서 이러한 선입견이 덜 한 측면도 있겠지만 아메리칸 드림으로 대변되는 성공의 방정식은 학벌에 기초하지 않기 때문이다. 누구라도 기회를 찾아 노력하면 성공의 길이 열릴 수 있다는 단순한 인식이 편견을 해소시켜주는 소화제의 역할을 하고 있다.

반면 한국은 좁은 땅에 많은 인구가, 그것도 대대로 자자손손 살다 보니 학연과 지연이 많은 역할을 한다. 특히 고학력 사회로 변화하면서 지연보다 학연, 특히 학벌이라는 것이 중요한 역할을 하는 경우가 많다. 그러다 보니 너도나도 좋은 학교를 가기 위해 코피 터지는 경쟁을 하고 있다. 결국 편견을 깨려면 교육이 바뀌어야 한다.

80
•

한국과 미국 대학의 차이점

한국의 대학도 좋은 편이지만, 그래도 아직 미국의 대학을 따라가지는 못한다. 교육의 내용은 크게 다르지 않다. 미국 대학에 비해 저렴한 한국의 학비도 장점이다. 하지만 공부를 지원하는 수준이나 진로에 대한 서비스는 비교할 수가 없다. 조지타운대학교의 학생 서비스는 한국의 대학과는 비교할 수가 없을 정도로 좋다.

미국의 대학들은 학생이 공부를 하는 데 부족함이 없도록 아낌없이 지원해준다. 도서관에 없는 책을 신청하면 반드시 구비해서 통보해주고, 발간된 지 수십 년이 지나 절판되어 구하지 못할 경우에는 친절하게 설명해주고 그 책이 있는 다른 도서관을 알려준다. 진로 지원 프로그램도 훨씬 더 잘 운영되고 있다. 다양한 진로 상담을 통해 도움을 주고, 외부 기관의 행사를 학교에서 개최하여 학생과 취업 대상 기관 간의 다리를 놓아준다.

그중에서도 한국의 대학과 미국의 대학 간의 가장 큰 차이는 학생을 대하는 교수의 태도에 있다. 먼저 문화적 차원에서 차이가 난다. 한국에서는 아무리 좋은 학교라 해도 교수님 예하 위계질서라는 것이 있다. 군사부일체라는 유교적 전통이 있어왔기에 어쩔 수 없는 일이겠지만, 미국은 그러한 위계질서가 없다. 미국 대학의 교수는 제자를 지도하는 데 있어 좀 더 평등한 관계에서 훨씬 더 구체적이고 자세하게 도움을 준다.

제1장 삶의 기회 만들기

교수와 학생 간의 대화 기회에서 큰 차이가 난다. 우리나라 대학에서는 교수가 학생들을 지도할 기회가 많지 않다. 대학원에서는 한 강의에 아직도 수십 명이 수강을 하는 경우가 있다. 교수가 학생을 지도하는 기회나 면담 시간도 제한적이다. 이름 있는 학교의 교수님들은 매년 대학원 지도 학생들을 받으신다. 그러다 보니 여러 명 제자를 거느리는 교수님도 많다. 반면 미국의 대학은 교수에게 학생과 대화를 나눌 시간을 따로 할당하게 만든다. 첫 수업시간에 교수는 자신과 대화를 나누기 위해서는 어느 시간에 연구실로 오라는 공지를 꼭 해야 한다. 수업을 듣는 학생 수도 적다. 박사 과정 학생 수는 더 적다. 그러니 지도를 보다 꼼꼼하게 해준다.

좋은 학교란 학생을 성장시키는 학교다. 이러한 관점에서 볼 때 우리나라 교육계의 각성이 절실히 필요하다. 우리는 자문해봐야 한다. 학교는 얼마나 학생을 성장시키고 있는가? 우리나라의 고등학교는 대학교를 보내기 위한 중간 과정 같다. 학교에서 대학입시를 위한 과목만 배우지 인성이나 교우관계를 배우는가? 결국 원하는 대학은 반도 못 들어가는 것이 현실인데, 그나마 모두에게 도움이 될 수업은 빼먹는다. 대학을 졸업한 후 수학은 공부를 안 해도 사는 데 지장이 없었다. 아마 대학을 졸업한 3분의 2는 수학을 따로 공부하지 않고 살 것이다. 하지만 역사나 사회, 그리고 컴퓨터와 같은 지식은 대학을 졸업한 이후 더 필요하게 된다. 하지만 이들 과목이 학교 교과목에서 대입에 차지하는 비중은 높지 않다. 무언가 설계 자체가 잘못되어 있다.

게다가 학교 수업만으로 대학을 가는지도 의심스럽다. 자식을 키워보았지만 공부를 잘하면 잘할수록 학교보다는 학원에 의존하는 것이 우리의 현실 같다. 나의 편견이었으면 좋겠지만 그게 아니라면 우리는 반성을 해야 한다. 수십조의 교육예산을 운용하며 중고등학교에 막대한 예산을 지원하고 있는데, 학생들에게 얼마나 만족감을 주고 있는가? 자립형 사립고 문제로 시끄러운데 많으면 많을수록 좋은 거지 왜 없애려 하는가? 평균화된 인간을 만드는 것이 교육의 목적이 아니다. 다르면 다르게 살되 개성을 찾게 하는 것이 중요하고 이를 위해서는 다양한 목적의 다양한 학교를 만들어야 한다.

더 큰 문제는 갈수록 불평등과 불공정이 더 심화되고 있다는 것이다. 고등학교 학벌주의보다는 대학의 학벌주의가 취업 기회의 불평등과 불공정을 더 초래하고 있다. 불평등하고 불공정한 취업 기회는 도전을 꿈꾸는 젊은이들을 실망시킨다. 이 문제를 해결하기 위해 먼저 해야 할 일은 취업의 장(場)에서 운동장을 평평하게 만드는 일이다. 그리고 철저하게 실적에 따라 평가하여 학연과 지연이 작용할 여지를 없애는 것이다. 사회 전체가 능력으로 평가받는 분위기를 만들어가야 한다. 학벌지상주의가 현실에서 사라지면 비정상적인 학력 경쟁이 사라지고 학생들이 자유롭게 창의적으로 생각할 수 있는 여유를 갖게 될 것이다. 그런데 이 사회는 어찌된 일인지 거꾸로 가고 있는 것 같아 안타깝다.

대학 교육도 변화가 필요하다. 대학 수업이 학생들의 인생에 얼마나 도움이 되는지, 대학이 학생들의 요구에 얼마나 호응을 해주는지 반성하고 더 큰 도움을 주기 위해 변해야 한다. 학생들이 쌓지 못한 경험을 전수해주는 기회를 많이 만들어야 하고, 사회인으로서 어떻게 생활해나가야 하는지 가르쳐야 한다. 요즘은 인터넷을 통해 얻는 지식이 전통적 방식의 지식 확보보다 훨씬 더 효율적인 경우도 많다. 이러한 변화를 학교가 수용하고 학생들에게 더 나은 서비스를 제공해야 한다.

그런 점에서 앞으로 국내 대학교에서 더 강화해야 할 부분은 유명한 교수님을 모시거나, 자연과학이나 사회과학 논문 인덱스(index)에 기고를 더 하는 것이 아니라, 학생들이 갈 길을 잘 상담해줄 친절한 선생님들을 모시는 것일지 모른다. 이런 선생님들이 많이 계신 곳이 더 좋은 학교다. 아직 어린 학생들에게 경험을 넓히고 꿈을 그릴 기회를 주어야 한다. 지식은 중요하지만 대학교 다닐 때 배운 지식으로 삶을 사는 사람은 많지 않다. 나의 경우에도 대학원 수준의 수업이 생계와 직결되었지, 학부의 공부는 어느 정도 지식과 식견을 넓히는 수준이었던 것 같다. 학생들의 요구에 맞는 교육과 상담이 우리 대학교들에 더 깊고 넓게 뿌리내려야 한다.

교육을 통해 편견을 깨는 인식전환이 필요하고 그 내용을 21세기에 맞게 고쳐나가야 한다. 대학 교육은 단지 로스쿨, 외무고시, 취업이나 대학원 진학 등을 위한 준비 과정이 아니라 자신의 삶을 어떻게 채워나갈 것이고 또 그것을 위해서 어떤 준비를 해야 하는지를 배우는 과정이어야 한다. 학생들에게 실질적으로 도움이 되는 학교로

하마터면 편하게 살 뻔했다

의 개편이 절실하다.

　어느 대학교가 학문적 성과를 중시 여기면 그에 부합하는 대학원을 발달시켜야 한다. 하지만 학부 과정에서는 아직 사회생활을 해보지 못한 어린 학생들에게 다양한 경험을 전수해주는 지원을 확대해야 한다. 그래야 학생들이 자신의 진로를 정하는 데 도움을 받을 수 있고, 본인의 필요에 따라 전공 지식에 대한 깊이를 더해갈 수 있다.

7

꿈은
상황에 맞게
고쳐나가면 된다

어찌 보면 나는 고독하게 산다. 매일 대부분 혼자서 일만 하며 산다. 과거의 기준이나 통념적 차원의 관점에서 보면 나는 그리 행복하지 않은 위치에 있는지도 모른다. 내 딴에는 내 생각대로 말하면서 살자고 65세 정년이 보장되는 자리를 박차고 나와 계약직이 되었다. 그 결과 공무원 연금도 못 받는다. 하지만 나는 행복하다. 세상을 바라보는 눈높이가 달라졌다. 모든 것이 다 보장되어야 하는 삶은 어렸을 적 쫓던 신기루였는지 모른다. 성장을 하면서 세상을 바라보는 시각이 달라졌다. 그리고 이제는 옳다고 생각하는 이야기를 들어줄 사람들이 아직 남아 있다는 것만으로도 충분히 행복하다. 결국 행복은 자신이 살기 나름인 것 같다. 그 과정 속에서 자신의 꿈은 조정되기도 한다.

　나는 아침 7시경에 집을 나와 8시 전에 연구소에 출근한다. 시간을 아끼기 위해 차를 직접 몰고 온다. 돈이 아깝지만 시간이 더 아까워서다. 연구소에 도착하면 연구실로 간다. 혼자 쓰는 네 평짜리 방에서 하루를 보낸다. 매일 아침 국내외 뉴스와 자료를 검토하고 주요 외교안보 이슈들을 챙긴다. 오전부터 그날 써야 하는 글을 쓴다. 자료를 읽거나 생각하며, 연구보고서나 세미나 발표자료, 신문 칼럼 등을 작성한다. 기본적으로 혼자 살아가는 삶이다.

물론 사람들과 접하는 일도 많다. 하루 종일 언론사 기자들의 전화를 받는다. 하루 평균 10통 이상이다. 한 5분씩만 통화를 한다고 해도 1시간 가량은 기자들과 전화를 하며 현안을 설명하고 그 과정에서 다시 나도 배운다. 윗분들이 찾으면 가서 보고를 하고 연구원 운용에 필요한 회의에도 참석한다. 어쩌다 연구실로 찾아오는 손님을 만나기도 하고 연구소에 외국 전문가들이 찾아오면 한반도 문제를 서로 토의하기도 한다. 하지만 이런 회의나 여럿이 하는 일들은 혼자 하는 일의 5분의 1도 안 된다.

그렇게 하루를 보내면 다시 밤이 찾아온다. 밤이면 연구소는 더 고요해진다. 그래서 밤에도 나는 늘 연구실에 머문다. 저녁 식사 후에도 연구실로 돌아와 글을 쓴다. 왠지 이때 작성하는 글이 가장 잘 써진다. 고요함 속에서 낮에는 발휘할 수 없는 집중력이 살아난다. 그러다가 한 11시가 되면 집에 돌아간다. 연구자는 정말 혼자 살아가는 인생이다.

하지만 즐거운 마음으로 산다. 일단 일이 재미있고 다양한 활동을 하며 내 안에 쌓일 수 있는 스트레스를 날려버린다. 두 가지가 재미있다. 먼저 방송일이다. 아무 때고 방송사에서 연락이 오면 출연을 한다. 바빠도 방송은 꼭 한다. 재미있기 때문이다. 만나는 작가님, 기자님, 앵커님과 대화와 소통을 하며 다른 세상을 보고 배운다. 그 다음 재미있는 것은 식사시간이다. 대부분 혼자 생활을 하기 때문에 식사는 여럿이 같이 할 때가 더 많다. 수다는 나의 힘. 혼자 사는 삶의 즐거운 한때가 바로 식사시간이다.

많은 젊은이들이 직업 안정성을 희구한다. 좋은 직장을 구하고 그래서 안정적인 소득과 여가를 원한다. 안정적인 가정을 원한다. 그래서 안정을 찾기 전에는 결혼을 하지도 않는다. 그러다 보니 혼자 사는 사람도 많다. 하지만 여전히 사는 건 쉽지 않다. 그 첫 관문이라고 할 수 있는 취업이 녹록하지 않기 때문이다. 많은 이들이 선호하는 대기업이나 금융권, 연구기관 또는 전문직, 방송언론인과 공무원 등을 직장으로 잡는 인구는, 매해 쏟아져 나오는 취업 희망세대의 10분의 1도 되지 않는다. 그러니 여기저기서 불만이 터져 나오고 헬 조선이라는 말이 회자된다.

사실 이런 문제는 정치가들의 유무능 문제가 아니다. 우리 사회가 안고 있는 구조적 문제다. 한 번에 해결될 문제가 아니다. 그럼에도 이 문제가 너무 치열한 양상을 보이는 것은 정치권에서 이 문제를 상대를 공격하기 위한 수단으로 삼기 때문이다. 지난 정부 당시 헬조선을 주장하던 현 정부의 경제 상황은 과거보다 그리 나아진 것 같지 않다. 고용도 그렇다. 그렇다면 우리 사회가 안고 있는 구조적 문제에 대한 처방이 잘못된 것이다. 여야 모두 정치적 이유에서 그것을 인정하기 싫겠지만, 이러한 아집이 길어지면 길어질수록 국민의 신뢰를 더 많이 잃게 된다. 이제부터라도 정신 차리고 더 잘하길 기대

하마터면 편하게 살 뻔했다

한다.

우리 사회의 취업 문제가 안고 있는 구조적 문제점은 경제의 구조가 과거와 달라졌다는 데 기인한다. 대량고용·대량생산의 제조업이 줄어들고 있기 때문이다. 1990년대 중반까지만 해도 한국은 제조업을 기반으로 고도성장했다. 웬만한 대학 졸업장이면 대기업이나 금융권에 어렵지 않게 취직했다. 하지만 소위 IMF 구조조정을 겪은 이후 한국 사회는 변했다. 신자유주의를 받아들여 고도의 효율화를 이루어냈고, 이러한 변화에 적응에 성공한 기업들은 막대한 이익을 거두며 승승장구했다. 하지만 효율화가 되면 될수록 인력 수요는 줄어들었다. 컴퓨터와 정보통신의 발달로 인해 이러한 추세는 더욱 빨라졌고, 그 결과 오늘날 취업난을 겪고 있다.

물론 구직자들의 높아진 눈높이도 한몫한다. 과거에는 중소기업의 근무를 회피하지 않았다. 중소기업과 대기업의 근무 여건 차이도 크지 않았다. 하지만 중소기업이 걸음마 성장을 할 때 대기업은 뜀뛰기 성장을 거듭했고, 그 결과 급여 및 복지와 같은 근무 여건의 차이는 1990년대 초중반과 비교할 수 없게 되었다. 중소기업이 공무원보다 급여가 적은 상황이 비일비재하다. 이는 1970~1980년대 이전과 비교할 수 없다. 국가경제의 성장과 함께 공무원의 급여 및 복지 수준도 향상되었는데, 상대적으로 중소기업이 뒤처지게 된 것이다. 그러니 젊은이들이 중소기업에서 일하는 것을 희망하지 않는 것이다.

자기가 선택한 삶에 만족하는 것이 행복한 삶이다. 무슨 부처님 같은 소리냐고 할 수도 있겠지만 실제 그렇다. 내가 치밀하게 준비해서 어느 직장에 몸을 담게 된 이후에도 또 다른 삶을 추구하기 위해 또 다른 노력을 하기도 한다. 하지만 어느 순간이 지나면 자기의 눈높이에 맞는 행복을 볼 수 있다. 아마 내가 한국국방연구원에 계속 근무했다면 직급이 높아져 실장이나 센터장 보직을 맡게 되는 것에 만족하며 행복해했을 가능성이 높다. 국립외교원 교수로 평생을 살았다면 제자들이 외교 현장에서 활발히 활동하는 것을 보면서 만족해하며 살았을 것이다. 이처럼 자기의 선택에 따라 행복의 기준점은 얼마든지 달라질 수 있다. 꿈꾼 대로 살지 않았다고 불행한 것은 아니다.

생각이 바뀌면 꿈도 바뀐다. 그 꿈에 맞추어 살면 행복을 느낄 수 있다. 자기가 생각한 대로 사는 사람이 얼마나 되겠는가. 결국 모두가 자기를 조절해가며 사는 인생이다. 많은 이들이 취업을 준비하다가 어느 곳에 자리를 잡게 되면 그 속에서 만족과 행복을 찾을 수 있다. 물론 만족하지 않고 더 나은 삶을 향해 새롭게 도전할 수도 있다. 그래야 발전이 있다. 하지만 어느 순간이 지나면 사회적 성공도 주변과의 경쟁도 무의미한 상황이 온다는 사실을 알아야 한다. 이때는 자기가 만족하는 것이 무엇인지를 찾는 일이 더 중요한 순간이 된다. 그렇지 않으면 자신의 하루하루가 견디기 힘들어 행복한 삶을 살기는 불가능해진다.

안정된 직장을 추구하는 젊은 날이나 더 좋은 삶을 추구하는 중년기를 거치는 과정에서 자신만의 삶의 방식을 개척해야 한다. 내가 무엇을 원하고 무엇에 만족하며 살 수 있는지, 그리고 내게 주어진 상황에서 내가 할 수 있는 일은 무엇이고 내가 해서는 안 되는 일은 무엇인지 고민하고 고민하다 보면 내 삶의 눈높이가 만들어진다. 직장을 구하기 전에 치밀한 계획이 필요한 것처럼 직장을 구한 이후에도 치밀한 고민은 필요하다.

삶은 자기 마음대로 되지 않는다. 그렇기에 자기가 좋아하는 일을 찾아야 한다. 그 기쁨의 원천이 직장일 수도 있고, 가정일 수도 있고, 친구일 수도 있고, 아니면 나 스스로 생각의 나래를 펴는 일일 수도 있다. 아무리 힘든 시간을 보내다가도 자기가 좋아하는 일을 찾게 되면 소소한 행복을 느끼게 된다. 따라서 성공을 위해 치열하게 노력할 것을 권하지만, 자신에게 행복을 주는 것이 무엇인지를 꼭 찾아내야 한다. 그리고 자신이 처한 상황에 맞게 자신의 꿈을 능동적으로 바꾸어가면 된다. 이솝 우화 속의 신포도와 같이 꿈을 바꾼 명분을 찾을 필요도 없다. 자기가 하고 싶은 일을 자기의 능력 범위 내에서 추진하면 된다. 정말이지 살아보면 행복은 살기 나름이다.

제2장

✿

나를 가꾸는 방법

✿

목계지덕(木鷄之德)이라는 말이 있다. 장자(莊子)에 나오는 글이라고 하는데, 싸움닭에 관한 이야기다. 중국 주나라 선왕이 닭싸움을 좋아해 혈통 좋은 닭을 구해 기성자라는 이름의 저명한 투계 조련사에게 싸움닭을 만들어달라 했다. 왕은 10일이 지나자 기성자에게 맡긴 닭이 싸움이 가능한지를 물었다. 하지만 기성자는 닭이 강하기는 하나 교만해서 아직 부족하다고 했다. 또 10일이 지나자 왕이 다시 물었다. 기성자는 닭이 교만함은 버렸지만 주변 소리나 그림자에 너무 쉽게 반응하기에 아직 최고가 아니라고 답했다. 또 10일이 지나자 왕은 또 물었다. 기성자는 교만함을 버리고 평정심을 갖추었지만 아직 눈초리가 너무 호전적이라고 답했다. 그리고 또 10일이 지나자 이번에는 기성자가 답했다.

"이 닭은 교만함을 버리고, 인내심과 평정심을 갖춘, 게다가 조급함도 버려 감정까지 숨길 수 있도록 훈련시켜 마치 나무로 만든 닭과 같습니다. 어느 닭이라도 그 모습만 봐도 도망갈 것입니다."

그 닭은 싸우지도 않고 바라보기만 해도 승리했다고 한다. 내가 원하는 것을 이루기 위해서는 준비가 되어 있어야 한다. 그러기 위해서는 먼저 나를 가꾸어야 한다.

8

/

자기자신을
넘어서기 위해서는
'알'을 깨야 한다

모든 사람들이 삶을 영위해가기 위해 치열한 노력을 하고 있다. 그 결과로 인해 만족감을 느끼기도 하고 좌절하기도 한다. 하지만 무언가 어려운 일이나 불가능할 것만 같은 꿈을 이루기 위해서, 또 한 분야의 전문가가 되기 위해서는 자기자신을 극복해내는 어느 순간을 맞아야 한다. 마치 스스로 알을 깨고 나오는 것 같은 그 순간을 느껴야 한다.

　누군가가 자신의 능력의 한계치에 달하는 높은 목표를 잡았는데 아직 자기가 알을 깨고 나오는 것 같은 느낌을 갖지 못했다면, 아직은 조금 부족한 것이다. 그 차이가 종이 한 장 차이라도 일을 하다 보면 스스로 그 차이를 느낄 수 있다. 그 무거움을 극복하고 무언가 깨달음을 얻는다면, 목표를 이루든 이루지 못하든 의미 있는 도전을 한 것이다.

중요한 것은 이러한 자기만의 한계를 깨닫는 것은 지극히도 개인적인 문제라는 것이다. 누구는 몇 년을 밤새 일해도 알을 깨고 나왔다는 느낌을 갖지 못하지만, 누구는 일주일만 해도 그걸 느낄 수 있다. 따라서 객관적 기준치에 얽매이지 말고 주관적인 판단 하에서 자기를 극복해내는 그 순간을 위해 노력해야 한다.

미국의 명문대학교 학위가 다 그렇지만 나 역시 조지타운대학교 법학전문대학원(Georgetown Law Center)에서 법학박사(Doctor of Judicial Science)[*] 학위를 받는 일은 정말 쉽지 않았다. 내가 나 스스로를 평가할 때 공부보다는 일을, 일보다는 노는 걸 더 잘하는 사람으로 생각할 정도로 나는 공부를 싫어했다. 공부는 나에게 있어 일종의 먹고사는 문제가 되었기에 하는 것뿐이지, 종종 나는 왜 내가 학자의 길을 갔는지 한탄한다.

그런 내가 공부를 잘하는 사람들의 경쟁 장소인 학교에서 박사학위를 받기까지는 참으로 어려운 과정의 연속이었다. 한창 어려웠을 때에는 공부에는 무능한 남편이 어떻게든 박사학위를 받아보겠다고 발버둥 치는 것을 보다 못해 아내가 울음을 터뜨릴 정도였으니 말이다. 누구에게나 앞날이 보이지 않는 막막한 때가 있는데, 이때가 아마 그때였던 것 같다. 아무튼 네이티브 스피커(native speaker) 수준이 아닌 콩글리쉬 수준의 영어를 구사하는 유학생의 미국 박사 과정

은 쉽지만은 않았다. '아, 그냥 한국에서 공부할 걸 괜히 여기까지 와서 내 인생에 태클이 걸리나' 하는 생각이 매일 아침 일어날 때마다 반복되던 시절이었다.

미국의 로스쿨은 일반적으로 3년짜리 변호사 양성 코스인 법무박사(Juris Doctor) 과정을 의미한다. 하지만 로스쿨에서도 교수진 양성을 위해 대학원의 필요성을 인식하고 있어 따로 석사 과정인 LL.M과 박사 과정인 S.J.D. 과정을 두고 있다. 외국의 학생들이나 변호사들은 상당수가 자국에서 법학 학위를 가지고 있고, LL.M 과정을 수학한다. 당시 조지타운 로스쿨의 경우는 연간 200명 이상의 LL.M 과정 학생을 선발한다. 그래서 석사 과정 자체는 국제정치나 정치학 전공 대학원에 비해 상대적으로 입학이 어려운 것은 아니다. 하지만 박사 과정에 들어가는 것은 그야말로 하늘의 별따기다. LL.M 출신들이 모두 S.J.D. 과정에 들어가지는 않는다. 변호사 시험을 보고 실무 쪽으로 가는 사람들이 더 많다.

다만 S.J.D. 박사 과정을 두고 있는 학교는 미국 내 약 20여 개 정도의 유명 로스쿨 정도다. 그러다 보니 석사 과정과 달리 박사 과정은 경쟁률이 장난이 아니다. 워낙 적은 수의 대학만이 박사 과정이 있으니 쏠림현상이 있다. 내가 박사 과정에 들어가는 해에 조지타운 로스쿨에는 박사 과정 지원자가 약 60명이었다고 들었는데, 결국 단 2명만이 선발되었다. 그러니 30 대 1의 경쟁률을 뚫고 내가 입학한 것이다.

나는 속된 말로 토종이다. 지금은 큰 도시가 되었지만, 내가 자랄 때 천안은 인구 10만 내외의 작은 소도시에 불과했다. 나는 천안 촌놈이고 영어 알파벳도 중학교 가서야 배웠다. 그러니 당연히 영어가 약하다. 네이티브 근처에도 못 간다. 콩글리쉬 발음에 그냥 메시지를 전달하는 수준이다. 이런 영어로는 미국의 학교에서, 그것도 토론을 중심으로 수업을 진행하는 미국의 로스쿨에서 두각을 나타내기 어려웠다. 하지만 이가 없으면 잇몸으로 산다고 하지 않던가. 그동안 축적한 지식과 9년간 일했던 한국국방연구원의 연구 경험이 나에게는 있었다. 국제법과 관련해서는 서울대 박사 과정에서 배운 것들이 있고 논문을 쓰는 노하우는 한국국방연구원 생활을 통해 이미 익히고 미국에 갔다. 결국 부족한 영어를 기존의 지식과 경험, 그리고 한국인의 장점이라 할 수 있는 '열정적 노력'을 통해 극복하는 그런 과정을 겪었다.

한국이나 미국에서 박사학위를 받는 과정은, 물론 일부 차이는 있어 보이지만, 근본적으로 비슷하다. 요구하는 학점을 잘 이수하고 논문을 잘 써서 위원회를 통과해야 한다. 이 과정에서 자신을 얼마나 잘 부각시키고 또 글을 얼마나 논리정연하게 만들어나가는지가 관건이다. 하지만 그것 못지않게 중요한 것은 지도교수와 나의 관계를 어떻게 만들어가야 하는가다. 그 관계에 따라 박사학위를 받나 못 받나가 결정되기도 하고 박사학위 취득에 몇 년이 걸리는가도 결정된다.

같은 이유에서 조지타운대학에 유학을 가서는 내가 지도교수로 점찍어 놓은 제인 스트롬세스 교수의 눈에 들어야 했다. 그렇지 않으면 나를 제자로 받아주지 않을 것이고, 지도교수를 구하지 못하면 박사학위 취득은 불가능해진다. 그렇기에 나는 스트롬세스 교수의 수업을 최선을 다해서 들었다. 남들보다 능력이 탁월해서 제자로 만들고 싶은 학생. 나는 그런 학생이 되어야 했다. 전혀 나답지 않은 그런 나를 만들어야 했다. 그야말로 내 지적 역량의 모든 것을 총동원한 시기다.

스트롬세스 교수의 수업은 세미나 수업으로 발표와 토론으로 진행되었다. 한 학기 중에 발표 순번이 두 차례 정도 돌아오는데 보통 4~5쪽의 간단한 발표문을 작성해서 발표하고 이를 교수에게 제출했다. 수업시간에 적극적으로 토론을 해야 하는데 영어가 딸려서 토론으로 두각을 나타내기 어려웠던 나는 반드시 보고서를 잘 써야 했다. 만일 내 글마저도 스트롬세스 교수의 마음에 들지 않으면 나는 박사 과정을 제대로 마치기는커녕 박사 과정에 제대로 들어갈 수조차 없었다. 그래서 나는 학기에 두 번 제출하는 발표문을 남들과 차별화하려 했다. 남들이 4~5쪽을 내면 나는 20쪽을 냈다. 남들이 약식 보고서로 내면 나는 논문처럼 각주를 다 달아서 냈다. 그렇게 차별화를 시도했고, 두 번 모두 20쪽이나 되는 논문으로 제출했다. 영어 토론이 상대적으로 약했기 때문에 양질의 보고서 작성이라는 내 장점을 최대한 살리겠다는 접근이었다. 보고서의 질과 양으로 나는 박사 과정 입학의 승부수를 걸었다.

특히 박사 과정 지원을 앞두고 제출한 두 번째 발표문은 내 박사 학위 지원서의 연구계획서와 같은 성격이었다. 스트롬세스 교수가 논문을 발표했던 인도적 개입(Humanitarian Intervention)*과 관련해

---

* 유엔 헌장상 무력 사용은 자위권이나 안전보장이사회의 승인을 얻지 못하면 불법이다. 1990년대 후반 구 유고슬라비아 지역의 일부였던 코소보에 인도적 재난 상황이 발생했는데, 러시아의 반대로 안전보장이사회의 무력 사용이 불가능했다. 이에 북대서양조약기구(NATO) 국가들이 일방적인 폭격을 감행했는데 이를 인도적 개입으로 부르면서 법적 근거를 확보하려는 노력이 있었다.

서 쟁점이 되는 법리 중 아직 해결하지 못한 부분을 내가 채워나가는 형식으로 작성했다. 나도 관심이 있는 분야였지만 스트롬세스 교수의 관심을 끌기 위함이었다. 자기가 풀지 못하고 앞으로 해결해야 할 과제로 제시했던 영역을 제자가 박사 과정 연구를 통해 채워나가겠다는 데 싫어할 교수가 있겠는가. 주제 자체는 마음에 들어 하셨다. 일단 의도는 성공했지만 그게 다는 아니었다. 스트롬세스 교수는 무력 사용과 인도적 개입 분야의 세계 최고 전문가 중 한 사람이었다. 당연히 그의 논문도 세계적 수준의 글이었다. 세계 최고의 국제법 저널인《미국 국제법 저널(American Journal of International Law)》의 편집위원 중 한 분이셨기에 그 수준에 맞는 글을 쓰기가 쉽지 않았다. 그런 교수님의 연구를 논리적으로 보완하는 일은 쉽지 않았다. 자료를 찾고 또 찾아도 매번 제자리인 느낌이었다.

하지만 지성이면 감천이라고 했던가. 백충현 교수님을 모시고 미국 국립문서보관소에서 비밀이 해제된 자료를 찾았던 경험이 내게 영감을 주었다. 기존의 이론을 보완할 수 있는 새로운 자료를 찾아 접근하며 그간 잘 알려지지 않은 사실관계를 발견하고 이를 통해 유추되는 학설의 변화 가능성을 탐구했다. 이를 위해 국립문서보관소에서 유엔 헌장 협상 당시 강대국들의 입장과 관련해서 비밀 해제된 자료가 있는지를 다시 찾아보았다. 그 결과 스트롬세스 교수가 제시한 이론을 보완할 수 있다는 것이 내 박사 논문 제안서의 핵심 내용이었다. 마지막 발표에서 이러한 접근의 필요성과 법적 함의를 잘 정리해서 발표했고, 결국 나중에 박사학위까지 받을 수 있었다.

내가 하고자 하는 이야기는 스트롬세스 교수 수업의 마지막 발표

전날의 일이다. 박사 과정 진입을 위해서는 워낙 중요한 일이었기에 나는 발표 전날까지 수많은 시간을 들여 보고서를 완성해놓고도 고치기를 반복했다. 늘 그랬듯이 도서관이 문을 닫는 밤 10시에 집으로 돌아와 책상 앞에 앉았다. 아마 11시 정도 되었을 것이다. 노트북을 펴고 출력하기 전에 내용을 마지막으로 들여다보는데 여전히 부족한 점이 보이는 것이었다. '아, 이런. 그렇게 고쳤건만…….' 나는 다시 작업을 시작했고 마치 한숨도 쉬지 않을 것처럼 문서를 고쳐나갔다. 그런데 논문이라는 것이 보면 볼수록 고칠 게 보이는 거다. 하지만 다음날 수업을 위해 미친 듯이 수정하고 또 수정해갔다. 어느덧 보고서 수정은 모두 끝났고 나는 깊은 안도의 한숨과 함께 고개를 들었다. 자연스럽게 벽에 걸려 있는 시계를 보았다.

그런데 그 순간 놀라서 의자 뒤로 자빠질 뻔했다. 길어야 한두 시간처럼 느껴졌는데 이미 새벽 6시였고 해가 이미 떠서 주변은 환했다. 약 7시간을 화장실도 가지 않은 채 눈 한 번 떼지 않고 글을 고쳤던 것이다. 박사학위 문턱이라는 절실함과 간절함 때문이었는지, 아니면 긴장해서였는지 전혀 피곤하지도 않았다. 신기할 정도였다. '시간이 이렇게도 흐르는구나.' 한국국방연구원에 입사한 이후로 정말 열심히 일하고 공부해왔다는 자부심이 있었는데, 이런 경험은 처음이었다.

그리고 그 순간 내 안에서 무언가가 나를 뚫고 나오는 느낌이 들었다. 마치 알을 깨고 내가 다시 태어나는 것과 같은 느낌! 그 느낌을 아직도 잊을 수가 없다. 동시에 나 스스로에게 '아, 이제 이 정도면 나는 할 만큼은 했다'는 생각이 들었다. 소위 진인사대천명(盡人事待天

미국 유학 당시 워싱턴 D.C.의 아파트.

나는 2층 왼쪽 집에 살았다.

늘 나는 대학교 도서관이 문을 닫는 밤 10시에 집으로 돌아오곤 했다.

바로 이 집에서 어느 날 나는 밤을 새우며 보고서를 완성하고는

알을 깨고 다시 태어나는 것과 같은 느낌을 경험했다.

알을 깨고 나온 느낌이 든 그날 이후,

세상에 불가능한 일은 없다는 자신감이 늘 내 가슴 한쪽에 자리 잡고 있다.

한 분야에서 최고가 되고자 한다면 자기만의 알을 깨고 나와야 한다.

하마터면 편하게 살 뻔했다

命)의 마음이랄까. 이 유학의 길에서 성공하지 못하고 돌아간다 해도 이렇게 노력하면 앞으로 못할 일이 하나도 없을 것이라는 자신감도 들었다. 알을 깨고 나온 느낌이 든 그날 이후, 세상에 불가능한 일은 없다는 자신감이 늘 내 가슴 한쪽에 자리 잡고 있다. 물론 세상은 자신감만 가지고 살 수 있는 건 아니라는 것을 나이를 더 먹으며 깨닫게 되었지만, 그 당시에 그 강렬한 느낌으로 인해 아직도 '하면 할 수 있다'는 마음이 내게는 존재한다.

스트롬세스 교수님께 그 알을 깬 보고서를 제출한 이후부터 나의 조지타운 생활은 탄탄대로였다. 영어도 잘 못하는 학생을 제자로 받아야 할지 은근히 걱정하시는 듯했던 스트롬세스 교수는 그날 이후로 내 역량에 대해 전혀 의심하지 않으셨다. 박사 과정에 들어가서도 그 주제로 논문을 완성했고, 그것도 졸업 마지막 해 새 학기가 시작되기도 전에 이미 완성된 논문 초안을 교수님께 제출했다. 박사 논문을 심사받기 열 달 전에 이미 논문 초안이 완성된 것이다. 요즘 유행어로 '세상에 이렇게 걱정 없는 박사 과정 학생은 없었을' 것이다.

스트롬세스 교수님은 논문을 다 읽어보신 후 내게 제출한 내용이 학위를 받기에 충분하다고 하셨다. 그 이후로 교수님의 날카로운 지적 사항을 보완했고, 교수님의 권유로 영국과, 프랑스, 러시아에 가서 그 나라의 관련 자료들을 확인했을 뿐 초안의 골격 그대로 학위 논문을 마쳤다. 모두가 알을 깬 그 자신감에서 나온 것이라고 생각한다.

사실 세상을 사는 모든 사람들이 알을 깨고 나올 필요는 없다. 그 고통을 알 필요도 없다. 지나고 난 후의 일이니 편하게 글을 쓸 수 있지 정말 다른 사람들에게 권하고 싶지도 않다. 심지어 자식들에게도 요구하지 않고 살아왔다. 힘들었기 때문이다. 하지만 자기가 목표한 바를 성취하기 위해서 자신을 던질 각오가 되어 있는 사람들은 자기가 갇혀 있는 틀을 깨야 한다. 자기만의 알을 깨야 한다. 알을 깨봐야 그 기분을 알고 그 자신감을 느낄 수 있다. 내 박사학위 논문은 알을 깼다고 느꼈던 그날 이미 완성된 것과 마찬가지였다.

어느 분야에서든 이러한 자기만의 느낌과 확신이 있어야 전문가가 될 수 있다. 그때 그 느낌이 비록 과대망상이나 환각 증상이었다 해도 그 기억으로 인해 나는 어디에서도 당당할 수 있었다. 그리고 박사학위를 받고 돌아온 이후에도, 그 자신감을 유지하며 활동해왔다. 정말이지 한 분야에서 최고가 되고자 한다면 자기만의 알을 깨고 나와야 한다.

하마터면 편하게 살 뻔했다

9

눈높이가
능력을 키운다

무슨 일을 할 때는 내 목표를 어디에 두는가가 중요하다. 높은 기준을 설정하고 이를 달성하기 위해 노력할수록 성공 가능성이 높기 때문이다. 결국 어떠한 목표이든 일단 세우게 되면 그 일과 관련하여 나를 만드는 기준점이 된다. 하지만 눈높이가 높을수록 피곤하게 산다. 지나치게 되면 망가지는 경우도 생긴다. 욕망과 욕심으로 자기를 파괴하는 것이다. 따라서 개인의 능력과 눈높이, 이 둘 간의 조화를 만들어가야 한다. 쉽지 않은 일이다. 인간이 이기적인 존재이기 때문이다. 경험을 해보지 않고는 가늠할 수 없는 인생의 앞날에서 자연스럽게 무언가를 하고자 하는 욕망이 앞서기 때문이다. 원하는 것을 먼저 생각하기 때문에 능력으로 채우지 못하고 포기하거나 실패하는 경우가 허다하다. 경험을 통해 또는 외부의 조언을 통해 자기만의 눈높이를 정하고 그걸 이루기 위해 나를 던져야 한다.

공부도 취업도 눈높이가 중요하다

고등학교 3학년 여름의 일이다. 어렸을 때 나름 공부를 잘하는 편이었던 나는 건방진 생각을 했다. 스스로 머리가 좋다고 생각했고 모든 일을 내가 원하는 대로 풀어갈 수 있다고 생각했다. 지금 생각해보면 참 어리석었다. 아무튼 그런 생각을 하다가 고3 여름방학에 처음으로 인생에서 좌절이라는 걸 느꼈다.

사연은 이랬다. 고등학교 1학년 때 부모님이 대전으로 이사를 가실 때만 해도 나는 공부를 잘하는 편이었다. 천안북일고등학교에 입학을 할 때는 반에서 1등이었다. 그런데 막상 학기가 시작되니 그 전해에 입학해서 건강상의 이유로 1년을 쉰 중학교 선배가 같은 반에 있었다. 고입학력고사 200점 만점에 200점을 맞은 천재였다. 그랬으니 뭐 학기 중에는 2, 3등도 만족할 만한 성적이었다.

그런 와중에 부모님께서 가정 형편 때문에 대전으로 이사를 가시게 되었다. 일반적인 상황이라면 나 역시 전학을 가야 했는데 학교 측의 설득으로 학교에 남았다. 학교에서 운영하는 기숙사에 들어가게 된 것이다. 부모님께서 학교에서 담임선생님과 교감선생님을 만나 뵙고 들은 말씀인데, 나중에 좋은 대학교를 가서 고교를 빛낼 학생으로 보고 있으니 전학보다는 기숙사에서 지내는 것이 낫다고 설득하셨다고 한다. 아무튼 그렇게 나는 부모님께서 대전으로 이사 가실 때 북일고 기숙사에 남게 되었다.

문제는 그 이후에 발생했다. 나는 내가 똑똑해서 공부를 잘한 줄 알았는데, 실상은 부모님께서 공부를 시켜서 억지로 공부를 하는 학생이었지 알아서 공부하는 스타일이 아니었던 것이다. 부모님의 철

하마터면 편하게 살 뻔했다

저한 통제에서 벗어나자, 나는 공부보다는 이런저런 노는 일들에 빠져들었다. 사실 청소년기에는 놀아야 한다. 놀아본 사람이 노는 즐거움을 안다. "노세, 노세, 젊어서 노세"라는 노랫말이 틀린 말이 아니다. 아무튼 그 덕에 즐거운 고교 생활을 보냈다.

수업시간의 공부는 머리를 바탕으로 따라가고 친구들과 그야말로 '청춘'을 즐겼다. 물론 모든 수업을 따라가는 것은 불가능했다. 그래서 수학을 버렸다. 수학이 가장 공부를 많이 해야 하는 과목이었기 때문이다. 또한 다수 인문계 학생들의 특성처럼 수학을 좋아하지도 않았다. 그 결과, 내 성적은 기형적으로 변했다. 영어와 국어는 점수가 잘 나오는 편이었지만 수학은 점수가 점점 더 떨어졌다. 그로 인해 내 성적은 반에서 4, 5등으로 밀리게 되었다. 나는 이렇게 생각했다. '일단 즐겁게 보내고, 수학은 고 3때 하자. 나는 충분히 따라잡을 수 있을 거야.'

그런데 이게 웬일인가. 인생은 뜻대로 되지 않았다. 내가 수학을 공부하기로 마음먹은 고3 여름방학에 수학만 미친 듯이 하려는데 공부가 안 되는 것이었다. 단기간에 따라잡기에는 기초가 너무 부족했던 것이다. 모르는 문제를 풀려 하니 머리가 지끈거리고 진도는 나가지 않았다.

그렇게 씨름을 하는 도중 여름 장맛비 내리는 창밖을 허탈하게 바라보는데, '아, 내 고등학교 공부는 실패했구나' 하는 생각이 들었다. 태어나서 처음 느끼는 좌절이었다. 우울했다. 내 눈높이만 높았지 내 생활은 그 눈높이를 따라가지 못했던 것이다. '앞으로 어떻게 해야 하나.' 부모님께서 실망하실 걸 생각하니 걱정이 되어 한숨만 나왔다.

그 당시 나는 대학입시에 대한 제대로 된 구체적인 계획이나 생각이 없었다. '그냥 남들 따라가다가 고 3때 미친 듯이 공부해서 뒤집는다. 그러면 원하는 대학에 갈 수 있다.' 이렇게 막연하게 생각했을 뿐, 나의 수준이 어느 정도이고 소위 SKY 대학에 가려면 얼마나 공부해야 하는지 몰랐다. 내 자신에 대한 내 머리에 대한 막연한 믿음만으로 살았던 것이다. 그렇기에 실패를 두려워하지 않았다. 하지만 나는 환상 속에 살고 있었던 거다. 그러니 친구들과 야간자율학습시간에 땡땡이를 치고 만화방에 가고, 영화관에 가고, 여자 친구도 사귀고 그랬어도 왠지 잘될 거라는 자신이 있었다.

대입 수준을 모르는 철부지의 눈높이로 명문대학 입학을 당연시했던 나의 잘못된 계산은 고3 여름방학의 좌절과 함께 종말을 고했다. 그리고 나는 부모님의 선택에 맞춰 대전에 있는 충남대학교를 택했다. 지금 생각하면 재수를 하지 않은 게 다행이라고 생각한다. 정신 차리고 재수를 했다면 학력고사 성적이 더 좋게 나왔을 테지만, 그랬다면 나는 충남대학교에서 내가 배운 소중한 것들을 배우지 못했을 것이다. 다니고 보니 내가 공부했던 충남대학교는 내 수준보다 훨씬 좋은 학교여서 나를 성장하게 해주었고, 그 덕분에 나는 서울에서 경쟁력을 갖고 살아갈 수 있었다. 그러고 보면 이 역시 운이라고 할 수 있는데, 실패가 가져다준 교훈이 오히려 도움이 된 것이다. 실패는 어릴 때 할수록 인생에 도움이 된다는 말이 틀린 게 아니다.

다행스럽게도 충남대에서 만난 선배님들과 교수님들의 조언으로 내가 필요한 수준의 눈높이를 적절하게 세울 수 있었다. 고등학교 시절에는 선배들과 소통할 수 있는 시간이 없었다. 같은 학년 그것도 같은

하마터면 편하게 살 뻔했다

반 친구들과 함께 보내는 시간이 대부분이다. 반면에 대학은 선배들과의 교류가 넓다. 소위 서클과 같은 다양한 모임이 존재하고 심지어 수업을 같이 듣기도 한다. 그 덕에 다양한 선배를 만날 수 있고 그분들의 경험을 공유할 수 있다. 당시 충남대에는 지방대의 한계를 극복하기 위해 열심히 공부하는 선배님들이 계셨고, 그분들을 통해 어느 수준이 되어야 어느 직장에 갈 수 있는지를 대략적으로 알게 되었다. 나는 그 수준을 이루려고 노력했고, 그래서 경쟁력을 유지할 수 있었다.

아무튼 나의 조정된 눈높이는 나를 보다 성실한 사람으로 만들었다. 부모님의 성원과 격려, 그리고 그 이면에 있는 '정신 차리고 공부 열심히 하라'는 압박 덕분에 대학을 졸업할 때에는 어느 정도 경쟁력을 갖춘 사람이 되었다. 지금은 연락이 끊긴 선배 한 분이 생각나는데, 매일같이 새벽에 제일 먼저 도서관에 도착해서 창가 전망 좋은 자리를 잡으며 공부하던 분이다. 그분이 자기 맞은편 자리를 하나 더 잡아서 내게 주셨는데 모르는 사람이 맞은편에 앉아서 왔다 갔다 하면 불편해서 그랬다고 하셨다. 반은 사실인 것 같고 반은 그래도 열심히 공부하려는 후배가 예뻐 보여서 그랬던 것도 같다.

도서관에서 함께 많은 시간을 보내다 보니 이런저런 이야기를 들을 기회가 많았다. 그 덕에 공부하는 방법과 나아갈 진로를 파악할 수 있었고, 정말 대학 생활에 많은 도움이 되었다. 내가 1학년 때 4학년이서서 오랜 기간을 함께하지는 못했지만 참 고마운 분이다.

어디서든 누가 무언가를 하다 보면 도움을 주는 사람들이 있다. 학교에서도, 직장에서도 그런 사람은 늘 존재한다. 다른 사람에게서 여러 가지 도움을 받게 되지만 가장 중요한 것은 그들의 경험과 '노하우'라고 생각한다. 그들의 값진 경험과 노하우를 경청하고 그것에 비추어 나와 내가 하고자 하는 것에 대한 눈높이를 맞추는 것이다. 물론 일을 해내는 것은 온전히 나의 몫이다. 그러니 다른 사람의 경험과 노하우를 경청하고 그 속에서 내가 배울 것을 배우라고 권하고 싶다. 내게 기꺼이 자신의 경험과 노하우를 이야기해주는 타인은 좋은 삶의 스승이다. 단순히 지식보다는 사회 속에서 그들이 쌓아온 경험과 노하우를 배우는 것이 삶에 더 큰 보탬이 된다. 하나뿐인 인생에서 개인이 경험하고 느낄 수 있는 것은 한계가 있기 때문이다. 그래서 불편해도 누군가와 함께하는 시간을 갖는 것이 좋다.

직장에서는 상관과 경쟁하라

나는 학교 다닐 때의 경험을 기반으로 직장생활을 하면서 그때그때 내가 원하는 일들의 목표를 세웠고 차근차근 실력을 쌓아나갔다. 그러다 보니 종종 좋은 기회를 맞게 되었다. 운 좋게도 여러 직장을 다녀본 덕분에 많은 것을 누려도 보았다. 짧은 시간 동안 내가 크게 성장할 수 있었던 곳은 국방부였던 것 같다. 장관 정책보좌관으로 2009년 여름부터 2010년 가을까지 근무했는데, 박사학위를 받은 지 얼마 안 되어서였다.

외교안보를 공부하는 사람에게 국방부는 정말 좋은 조직이다. 전쟁을 대비하는 기관인 만큼 효율적 운용에 중심을 두고 톱니바퀴가 맞물리듯이 착착 돌아간다. 사실 정부 부처인 만큼 공무원 조직의 특성이 두드러질 것 같지만, 요즘과 달리 내가 국방부에 있던 시절만 해도 주요 보직에 현역 군인과 예비역 군인이 보임하고 있었던 만큼

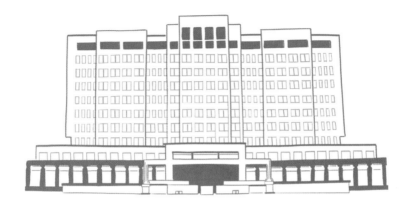

외교안보를 공부하는 사람에게 국방부는 정말 좋은 조직이다.

전쟁을 대비하는 기관인 만큼 효율적 운용에 중심을 두고

톱니바퀴가 맞물리듯이 착착 돌아간다.

매주 월요일마다 장관 주재로 주간회의를 개최하곤 했는데,

그때마다 나는 엄청난 경험을 했다.

정부가 어떻게 돌아가는지 장관 수준에서 문제를 바라볼 수 있었기 때문이다.

그래서였는지 지금까지 머문 조직 중

내가 공헌한 것보다 더 많은 것을 배운 곳이 바로 국방부다.

자기가 할 수 있는 최대치의 목표를 세우고 그 길을 가기 위해 최선을 다할 때

성공의 가능성이 높아진다는 걸 국방부 근무를 통해 배웠다.

군의 특성이 두드러졌다. 또한 60만 대군을 관리하는 정부 부처다 보니 군사외교, 국방전략, 국방예산, 국방건설, 국방인력관리, 군 복지 등 다양한 기능이 한데 모여 있었다. 그래서인지 마치 전 정부 부처를 모아놓은 것 같은 느낌이었다. 매주 월요일마다 장관 주재로 주간회의를 개최하곤 했는데, 그때마다 나는 엄청난 경험을 했다. 정부가 어떻게 돌아가는지 장관 수준에서 문제를 바라볼 수 있었기 때문이다. 그래서였는지 지금까지 머문 조직 중 내가 공헌한 것보다 더 많은 것을 배운 곳이 바로 국방부다.

국방부에서는 참 많은 일들을 배웠다. 국가안보의 개념부터 실무에 이르기까지 사실 그 전까지 연구소에서 경험한 일의 속도나 강도는 비교도 안 될 만큼 바쁜 일들의 연속이었다. 당시를 생각하면 그저 감사할 따름이다. 하지만 업무 역량을 키우는 일 이외에도 국방부에서 배운 가장 중요한 교훈이 하나 있는데, 이 교훈은 당시 권오성 정책기획관에게 들었다.

권오성 국장은 당시 육군소장이었는데 훗날 육군참모총장까지 역임하셨다. 생각이 깊으면서도 창의적이고 업무 스타일이 호방하신 멋진 군인이었다. 윗분에게 할 말 못할 말을 잘 가려서 하시면서도 아랫사람들에게 언로를 열어두어 불만도 자주 경청하셨다. 속으로야 자기보다 내용을 모르는 사람들이 말도 안 되는 불만을 털어놓고 있다고 생각하셨을지 모르지만, 정말 아랫사람의 말을 잘 들어주셨다. 또 야전형 군인이면서도 의외로 감성적이기도 했다. 멋진 시구나 글귀에 감동하는 그런 군인이었다. 단문을 좋아하셔서 소설가 김훈의 장편소설『남한산성』을 거의 외우다시피 하셨다. 우리나라를 위해서는 총장직을 마치고 더 큰 일을 하셨어야 했는데, 관운이 거기까지셨나 보다. 참, 여러 면에서 아쉽다.

권 장군님께서 내게 주신 교훈은 "상관과 경쟁하라"는 것이었다. 국방부에서 내가 맡은 일이 장관 정책보좌관이다 보니 정책실과 많은 일을 하게 되었다. 자연스럽게 권 장군님과도 많은 시간을 보내게 되었는데, 이분의 일솜씨가 속된 말로 장난이 아니었다. 보고서면 보고서 브리핑이면 브리핑, 당시 자타공인 육사 34기의 선두주자라는 말이 그냥 만들어진 게 아니구나 하는 생각이 들었다. 과거나 지금이나 대한민국 군에는 인재가 참 많다. 가끔 국민을 실망시키는 일들이 군에서 발생하는 것은 그러한 인재가 날개를 펴지 못하게 만들기 때문이지 절대로 인재가 없어서는 아니다.

분위기가 좋은 어느 날 권 장군님께 "어떤 마음으로 일하시기에 이렇게 일을 잘 하시냐"고 물었다. 정말 궁금했기에 이분과 같이 있을 때 배워야지 하는 마음에서 나온 말이었다. 그랬더니 주저하지도 않고 하시는 말씀이 "나는 장관과 경쟁하는 마음으로 일을 한다"는 것이었다. 장관 밑에서 일하지만 내가 장관이라고 생각하고 장관의 눈높이에서 일하며 현직 장관보다 더 일을 잘하려고 한다는 것이다. 듣고 보니 정말 마음에 와닿는 말이었다.

직장에서 생활을 할 때 가장 힘든 것이 윗사람과의 관계다. 그런데 그 관계가 정말 묘하다. 칭찬받는 일보다는 혼나는 일이 많다. 잘하다가도 하나 잘못하면 관계가 틀어지기도 하고, 또 일방적으로 시키는 대로만 한다고 좋은 평가를 받는 것도 아니다. 매번 칭찬을 듣다가도 능력이 없다고 혼나기도 하고, 때로는 아주 평범한 이야기인데도 자기의 마음에 든다고 칭찬을 받는다. 한마디로 윗사람에게 맞추기가 여간 힘든 일이 아니다. 특히 뛰어난 사람일수록 상관과의 갈등에 고민을 많이 하는데, 자기 자신에 대한 자부심이 강하기 때문으로 보인다. 나는 엘리트들이 이런 문제로 직장에서 도태되거나 그만두는 것을 정말 많이 보아왔다.

나는 윗분들과는 잘 지내는 편이었다. 일단 직장에서 남들보다 두 배로 일한다는 각오로 일을 했기 때문이기도 하지만 웬만해서는 윗분의 뜻을 거스르는 일을 하지 않았기 때문이기도 하다. 하지만 때로는 의견이 다를 때도 있기 마련인데, 이때는 가급적 부드럽게 이야기하면서 윗분의 심기를 거스르려 하지 않았다. 돌아보면 참 순한 직원이었던 것 같다. 하지만 이런 내 스타일이 만족스럽지만은 않았다. 무언가 지금보다는 더 적극적인 내가 되어야 한다는 생각을 내심 갖고 있었다. 그러던 차에 "상관과 경쟁하라"는 말을 듣게 된 것이다.

상관과 경쟁하기 위해서는 일단 나의 능력이 뛰어나야 한다. 상관은 아무래도 근무를 더 오래했고 또 앞서 고위직에 올라간 사람이니만큼 능력이 뛰어나다고 보아야 한다. 세상 살다 보면 능력보다 아부를 잘해서 승진하는 경우도 없지는 않다. 그것도 조직생활에서 아무나 할 수 없는 생존 능력이라고 할 수도 있다. 상관보다 업무 처리 능력이 더 뛰어나거나 적어도 동급이어야 경쟁이 가능하다.

동시에 상관과 경쟁하기 위해서는 주변을 더 살펴야 한다. 실제로 상관이 고려해야 할 일들이 더 많기 때문이다. 일 외적인 것으로 보면 별로 중요한 것은 아니라고 보기 쉽지만, 실제 상관과 경쟁한다는 생각으로 일을 하다 보면 이게 의외로 복잡한 일이다. 예를 들어,

하마터면 편하게 살 뻔했다

과장과 실무 직원의 관계를 보자. 특정 업무에서는 실무 직원의 능력이 과장만큼 되는 경우도 있다. 국방부 북한정책과에서 북한의 도발을 담당하는 직원은 그 분야에서만큼은 노력 여하에 따라 과장보다 더 잘 알 수 있다. 하지만 과장은 그 일만 하는 게 아니다. 북한과 대화를 진행하는 업무도 있고, 또 과원들을 진급시켜야 하는 관리 임무도 있다. 자신의 진급을 위해 국장에게 잘 보여야 하는 일도 있다. 따라서 상관과 경쟁하는 일은 생각보다 쉽지 않다. 하지만 상관과 경쟁한다는 마음으로 일을 처리하다 보면 그만큼 생각의 폭이 넓어지고 일의 맥락을 이해하는 데도 도움이 된다.

상관과 경쟁을 하려면 상관의 눈높이에서 사물을 바라봐야 한다. 국방부 장관 정책보좌관이라면 먼저 내가 장관이라면 무엇을 해야 하는가를 고민해야 한다. 그 맥락 속에서 나에게 지시된 사항은 어떻게 처리해야 할까, 이 일을 시킨 배경은 무엇이고 또 파급효과는 무엇인가, 다른 부처의 입장은 어떻고 국방부 장관으로서 대응해야 할 일은 무엇인가, 그리고 그 결과가 대통령이나 국방부 조직에 어떤 영향을 미칠 것인가를 생각해봐야 한다. 단순히 지시사항을 이행하는 것이 아니라 상황과 맥락 전반을 고려해야 한다는 것이다. 자연스럽게 이런 일을 반복하다 보면 내 역량이 발전하는 것을 느낄 수가 있다. 상관의 눈높이에서 일을 하기 때문에 전에 보이지 않던 고려 요소를 생각해보게 된다. 그러면 내가 상관이 되었을 때 이미 경험을 해본 사람처럼 일할 수 있다.

마지막으로 상관과 경쟁하기 위해서는 용기도 필요하다. 내가 그 자리에 있다면 이렇게 처리해야 한다는 인식을 갖게 되기에, 상황에 따라서는 직언을 해야 하는 때도 있을 것이다. 아무리 상관의 눈높이에서 일을 한다 해도 다른 결정이 필요하다는 생각을 했을 때 그것을 말하지 못한다면 그건 상관과 경쟁하는 것이 아니다. 그건 상관 흉내 내기에 불과하다. 상관과 생각이 다를 때 이것을 말하는 용기가 있어야 진정으로 경쟁할 수 있다. 자신의 생각을 속으로만 품고 있을 것이 아니라 보고나 토론을 통해 설득하여 올바른 결정을 내릴 수 있도록 보좌할 때 진정으로 상관과 경쟁하며 내가 성장하는 것이다.

내가 국방부에서 정책보좌관으로 있으면서 모신 두 분의 장관은 정말 대단한 분들이셨다. 두 분 모두 군 출신으로는 드물게 그 옛날 경기고등학교를 졸업하신 명석한 두뇌의 소유자셨다. 게다가 30년 넘는 군생활로 국방 분야 업무에 대한 풍부한 이해와 지식이 있었고, 4성 장군 출신으로 수십만의 군을 지휘한 경험이 있어서 리더십 면에서도 배울 점이 너무도 많았다. 어느 면으로나 내가 경쟁으로 이길 수 있는 상대가 절대 아니었다.

하지만 이분들과 경쟁한다고 마음을 먹고 일을 하면서 나 스스로 성장하는 것을 느낄 수 있었다. 전에 생각하지 않았던 요인들까지도 고민하며 더 나은 결과물을 만들기 위해 노력했다. 그 결과 나는《매일경제》신문에 실린 장관 정책보좌관 제도 기사에 '우리나라에서 손꼽히는 몇 안 되는 성공적인 정책보좌관'으로 이름을 올릴 수 있었다.* 물론 이런 평가가 나를 말해주는 것은 아니다. 때로는 언론의 평

---

*《매일경제》2017년 12월 24일자 기사 https://www.mk.co.kr/news/politics/view/2017/12/849643/

가도 편향적일 수 있지만 아무튼 좋은 평가를 받은 것은 기쁜 일이다.

국방부 근무를 통해 눈높이가 나의 발전에 힘이 된다는 어찌 보면 평범한 진실을 배웠다. 물론 세상살이는 늘 좋고 긍정적인 것만은 아니다. 기대에 못 미치는 경우도 많다. 상당수의 고위관료나 장군들이 국방부의 주요 보직을 맡아왔지만 목표치만 높이 잡고 행동으로 실천하지 못하다가 다음 보직을 받아 떠나거나 진급이 안 되어 은퇴하는 경우도 많이 보았다. 특히 너무 거창한 목표를 잡을수록 실패할 확률이 높았다. 정부 기관의 특성상 어쩔 수 없는 부분도 있지만 청와대의 구호를 그대로 받아 옮기거나 자기가 통제할 수 없는 일들을 하겠다고 나설 경우 실패할 확률이 높았다.

자기가 할 수 있는 최대치의 목표를 세우고 그 길을 가기 위해 최선을 다할 때 성공의 가능성이 높아진다는 걸 국방부 근무를 통해 배웠다. 권오성 장군님과의 인연은 내가 오늘날 성장하는 중요한 밑거름이 되었다. 아직도 무슨 일을 할 때마다 그분의 교훈을 되새기며 늘 감사해하며 살고 있다.

10
/
아파야
성장한다

성장은 그냥 찾아오는 것이 아니다. 마치 어느 정도 키가 자라면 더 자라지 않는 것처럼, 자기가 원한다고 해서, 노력한다고 해서 무조건 성장을 하는 것도 아니다. 자기만의 알을 깬다고 해서 모든 문제가 해결되는 것은 아니다. 아무리 열심히 일해도 통찰력이란 것을 갖게 되는 특별한 계기가 자주 찾아오지 않는다. 우연인지 필연인지, 좋은 일이든 나쁜 일이든 평소와 다른 순간을 맞고 그 속에서 처절히 몸부림 칠 때 새로운 것을 얻을 수 있다. 그 기쁨이나 아픔이 나를 성장으로 이끄는 것이다. 천안함 폭침은 우리 모두에게 너무나도 슬프고 뼈저리게 아픈 일이었다. 그런 아픔은 우리 정부나 군이 잘못된 부분을 돌아보고 재정비하여 성장하는 큰 계기가 되었다. 나에게도 그런 운명과 같은 존재였다.

하마터면 편하게 살 뻔했다

2010년 3월 26일 저녁 나는 지인과 식사를 하고 국방부로 돌아와 평소와 같이 일을 하고 있었다. 보통 11시 전후로 퇴근을 해왔기에 평소와 같이 자료를 읽으며 다음 주에 올릴 보고서를 정리하고 있었다. 정말 특별하지 않은 하루였다. 그런데 집에서 전화가 왔다. 방송에서 우리 해군 함정이 가라앉고 있다는 보도가 나왔다는 것이다. 염려 말라는 말로 아내를 진정시키고 나는 장관실로 갔다. 상황은 당초 생각보다 아주 심각했다.

정책보좌관으로서 나는 군사외교나 대북정책과 관련된 업무를 맡아 했다. 민간인이었기에 자연스럽게 군사작전과 관련된 일은 하지 않았다. 작전 관련 업무는 장관실 군사보좌관이 담당했는데, 군대도 짧게 다녀온 내가 배우는 입장이었지 이래라 저래라 할 입장은 아니었다. 올라가보니 군사보좌관실은 이미 비상이 걸려 정신없이 돌아가고 있었다. 그 순간부터 천안함을 인양하고 보고서를 발간할 때까지 발생했던 수많은 일들이 아직도 연속사진처럼 내 뇌리에 각인되어 있다.

지금 돌이켜보면 가장 먼저 떠오르는 생각은 당시 우리 군이 준비가 덜 되어 있었다는 점이다. 먼저 보고체계가 제대로 작동되지 않았다. 뒤늦게 알게 된 일이지만 천안함 함장은 작전계선으로 합동참모본부에 먼저 보고하지 않고 해군본부에 먼저 보고했다. 이러니 국방부나 합참 차원의 초기 대응이 지연될 수밖에 없었다. 물론 당시에 함장이 경황이 없어 어뢰 공격에 따른 폭침인지 아니면 암초 충돌에 따른 좌초인지 파악이 덜 된 측면도 있었을 것이다. 작전 차원의 문제면 합동참모본부에, 정비 차원의 문제면 해군본부에 보고하게 되어 있었던 것으로 기억난다.

하지만 최초 보고의 문제가 다가 아니었다. 군의 실수는 연이어 이어졌다. 사건 발생 시각부터 보고 시각까지 군의 발표는 수차례 혼선을 빚었고, 사실관계 확인도 수차례 번복되었다. 예를 들면, 인근 지역의 열상장비(TOD, Thermal Observation Device) 존재 여부도 군 당국에서는 일차적으로 부인을 했는데 군 복무를 그 지역에서 한 예비역 병사들의 제보로 밝혀졌다. 국방부의 실수는 이후 천안함 폭침에 사용된 것으로 보이는 1번 어뢰의 발견이나 그 이후 다국적으로 구성된 진상조사단의 어뢰 폭침 발표에 대한 국민적 불신으로 이어졌다. 그 결과, 미군 잠수함과의 충돌설이 나오는 등 천안함 괴담이 인터넷을 통해 한국 사회에 확산되었다. 북한에게 공격을 받고도 국민들로부터 의심을 받는 최악의 상황이 만들어진 것이다.

만일 그날의 공격이 우리 해군 군함에 대한 어뢰공격이 아니라 한국에 대한 북한의 전면적 남침이었다면 어떻게 되었을까? 북한의 전면적 기습공격이었다면 그 피해는 더 컸을 것이고 우리 군은 더 우왕좌왕했을지도 모른다. 우리의 보고체계는 서류상으로는 완벽했을지 모르지만 실전 상황에서는 기대에 훨씬 못 미쳤다. 사실관계 확인만으로도 상당한 시간이 소요되었다. 북한의 공격이었다는 최종 판단도 너무 늦었다. 증거를 수집하고 전문가들의 평가를 받은 이후에야 공식 발표를 했다. 그리고 수개월이 지난 후 우리가 취할 수 있었던 조치는 외국 전문가의 참여 하에 천안함 보고서를 발간하고, 유엔에서 사실관계를 발표하고 항의하는 것이 다였다. 그 흔한 유엔 안전

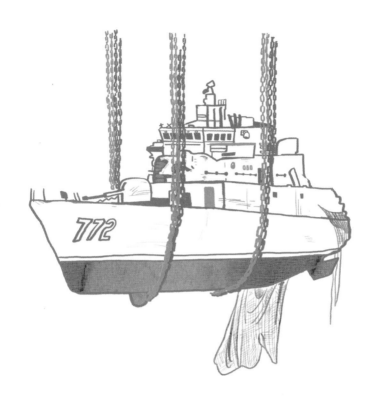

찢겨버린 천안함의 모습을 보며 아들을 잃은 슬픔에 울부짖던
유가족의 모습이 아직도 생생하다.
나라를 위해 헌신한 젊은 청년들을 잃은 비극은 너무도 가슴이 아픈 상처다.
나는 그때 국방부에서 일하고 있었다.
아무런 도움이 되지 못했던 나는 죄인이다.
그 죄를 갚기 위해서라도 더 열심히 일해야 했다.
나름대로는 튼튼한 안보를 위해 목소리 높여 열심히 살아왔지만,
아직도 가야 할 길이 멀다.
내 경력을 마무리 짓는 훗날,
천안함 유가족들에게 조금이나마 빚을 갚았다고 말할 수 있는
내가 될 수 있기를 바란다.

보장이사회 결의는 근처에도 가보지 못했다.

당시에 만일 미군이 공격을 받았다고 한다면 어떻게 했을까를 생각해보았다. 그래서 친하게 지내던 미군 장교에게 만일 미군이었다면 어떻게 했을 것으로 보는지 물었다. 그의 답은 매우 분명했다.

"일단 지휘관의 판단이 보다 정확하고 신속했을 것이다. 인근 지역에 대한 보다 철저한 감시정찰을 할 것이고 이 과정에서 북한군의 활동이 목격되었다면, 폭침일 가능성에 무게를 두고 대응했을 것이다. 이상한 군사적 활동이 목격되었다면 바로 공격했을 것이고, 만일에 당시 그러한 판단을 하지 못했는데 이후 공격받은 것이 확인되었다면 나중에라도 북한 선박 하나는 가라앉힘으로써 미국의 힘을 보여주었을 것이다."

무서운 말이었다. 하지만 군은 그런 정신을 가지고 있어야 했다. 그래야 함부로 넘보지 못하기 때문이다. 비록 문민 대통령이 상황의 안정을 위해 군의 건의를 거부하고 군사적 대응을 못하게 막을지라도 일단 군은 철저한 응징에 관한 준비와 건의가 필요했다. 하지만 천안함 폭침 당시 우리는 그런 준비가 되어 있지 못했다. 이후 연평도 포격 도발을 다시 겪은 후에야 대응 절차를 손보고 강력한 보복을 준비하기 시작했다.

우리 군을 사랑하고 많은 군인들이 국가를 위해 헌신하고 있는 점은 존경하지만, 아직도 군의 고위 책임자들은 정무적 판단을 너무 많이 한다. 2019년 5월 4일과 9일 북한은 단거리 탄도미사일 발사했다. 사진도 공개했다. 하지만 우리 군은 단거리 발사체라며 이를 탄도미사일이라고 말하지 못했다. 윗선의 지시가 있었거나 아니면 윗분의 심기를 건드리지 않기 위해 미리 알아서 소위 '마사지'한 것이다. 국방백서에도 나오는 단거리 탄도미사일인데 북한이 사진까지 공개한 이후에도 이를 탄도미사일로 부르지 못하니 어찌된 일이란 말인가. 결국 지난 7월 북한의 추가 도발이 있은 후에야 여론에 떠밀려 탄도미사일로 부를 수 있게 되었다. 아직 우리 군이 제대로 서기까지는 시간이 필요할 것 같다.

천안함 폭침 당시에는 몰랐지만 지금 생각해보면 우리 군은 너무 순하고 모범적이었다. 천안함 폭침 직후에 우리 군에서 북한을 공격하는 구체적 계획이 만들어지는 것을 보지 못했다. 반면에 당시 만난 주한미군 측에서는 한국군이 과잉대응을 하지 않을까 걱정하는 모습을 보았다. 우리 군함이 공격받았는데 우리는 보복 공격을 생각하지도 않고 미국은 한국이 보복할까봐 걱정하고. 이게 대체 무슨 상황이란 말인가. 당연히 보복 작전을 검토해야 했고, 그러한 우리의 입장이 북한에 전달되어 도발 주체를 처벌하게 하거나 다시는 도발할 것을 생각지도 못하게 했어야 했다. 그래야 상황 악화를 막기 위한 미국의 보다 적극적 관여도 북한의 사과도 그나마 얻어낼 수 있었을지 모른다.

천안함 폭침 이후 유사시 여론 관리의 문제도 본격적으로 제기되었다. 군의 발표가 국민들로부터 불신을 받는 상황에 직면하고 나서야 이런 문제를 막기 위해 어떤 점을 개선해야 하는지 관심을 갖게 되었다. 이때부터 군은 전략커뮤니케이션(SC, Strategic Communication)에 대한 관심을 갖고 국민과 소통하는 법을 보다 심도 있게 연구하게 되었다. 나는 이 과정을 곁에서 지켜보았는데, 이때 곁눈질로 배운 지식이 훗날 방송을 하는 데 큰 도움이 되었다. 정부는 무슨 사고가 있을 때 감추려 하면 안 된다. 있는 사실을 그것도 가능하면 신속히 전달해야 하고, 국민의 수준에서 이해할 수 있게 메시지를 쉽게 풀어내야 한다. 하지만 당시 그런 준비가 되어 있지 못했다.

우리 군의 하드웨어는 잘 갖춰진 편이다. 컴퓨터를 통한 지휘통제가 잘 이루어지고 현장의 상황을 국방부나 합참의 상황실에서 실전중계 보듯이 볼 수 있다. 하지만 소프트웨어는 더 잘 갖춰야 한다. 2010년 이후 더 많은 노력을 기울인 것은 잘 알고 있지만, 실전에서 작동할 수 있도록 하기 위해서는 더욱 강력한 정신력과 준비태세가 되어 있어야 한다. 그러지 않고서는 천안함 폭침 같은 일은 언제라도 다시 발생할 수 있다.

천안함 폭침이 내게 가장 큰 영향을 미친 부분은 북한에 대한 인식이다. 그들은 같은 민족이고 대화의 상대방이지만 군사적으로는 우리를 위협하는 적이다. 같은 민족이니까 위협을 가해오겠냐는 안이한 생각으로 대적관을 포기하거나 간과하면 결국 우리의 형제자매가 목숨을 잃는다. 대화를 통해 평화를 정착하는 것이 중요하지만, 대화의 진행은 확실한 근거와 상호 행동에 기초해야 한다. 그런 대화야말로 남북관계를 질적으로 발전시키는 진짜 대화다.

최근 들어 북한이 핵을 가지고 있어도 우리에게 사용하지는 않을 것이라는 말을 하는 사람들이 늘어나고 있다. 핵도 없는 우리가 무슨 자신감으로 핵이 있는 북한을 걱정하며 포용한다고 하는가. 그들이 가난한 것은 그들의 체제 탓이다. 그 체제를 포기하지 않을 경우 우리의 선의는 북한 정권에게 이용의 대상일 뿐이다. 변했다면 변한 것을 보여주어야 신뢰가 쌓이는 것이다. 설마 북한이 또 공격을 할까.

설마 민간인을 공격할까. 우리는 우리의 상식에 비추어 북한을 생각해서는 안 된다.

영화 〈싸움의 기술〉을 보면 배우 김윤식의 명언이 나온다. "싸움에는 반칙이 없다"는 말이다. 전쟁도 마찬가지다. 모든 전쟁의 규범은 승자에 의해 만들어졌다. 국방을 튼튼히 하려면 상대의 반칙에 대한 대응책까지도 마련해야 한다. 그래야 우리 힘으로 평화를 지킬수 있다.

찢겨버린 천안함의 모습을 보며 아들을 잃은 슬픔에 울부짖던 유가족의 모습이 아직도 생생하다. 나라를 위해 헌신한 젊은 청년들을 잃은 비극은 너무도 가슴이 아픈 상처다. 나는 그때 국방부에서 일하고 있었다. 아무런 도움이 되지 못했던 나는 죄인이다. 그 죄를 갚기 위해서라도 더 열심히 일해야 했다. 나름대로는 튼튼한 안보를 위해 목소리 높여 열심히 살아왔지만, 아직도 가야 할 길이 멀다. 내 경력을 마무리 짓는 훗날, 천안함 유가족들에게 조금이나마 빚을 갚았다고 말할 수 있는 내가 될 수 있기를 바란다.

아파야 성장하는 이유는 아픔 속에서 평소 하지 못하는 생각을 할 수 있기 때문이다. 북받치는 감정이 새로운 에너지가 되기도 하고, 평상시에 하지 않았거나 못했던 행동까지도 고민하게 된다. 극한에 달하는 상황에서 무언가 해법을 찾기 위해 생각의 폭과 깊이를 더하다 보니 자연스럽게 성장하게 된다. 감정적인 영역에서나 지적인 영역에서나 자신을 더욱 성숙하게 만든다. 물론 아픔을 겪지 않는 것이 최선의 상황이겠지만, 아프다고 고민을 멈추고 좌절해서는 안 된다. 오히려 그 아픔을 어려움을 헤쳐나갈 동력으로 만들어야 한다.

마찬가지 이유에서 천안함 폭침으로 인한 쓰라린 아픔이 없었다면 오늘의 나는 없었을 것이다.

11

/

일을 할 때는
적당히가 아니라
제대로 하라

일할 때 가장 빠지기 쉬운 실수가 적당히 하는 거다. 그냥 위에서 시키는 대로 하거나 전에 하던 대로 일을 하는 경우가 대부분이다. 사람인 이상 매번 최선을 다하기도 힘들다. 강약조절이 불가피한 게 직장생활이고 사회생활이다. 일이 주어졌을 때 최선을 다해 역작을 만들어내면, 언젠가는 내게 도움이 된다. 따라서 일을 할 때 제대로 하는 것이 중요하다.

직장인들은 바쁘다. 일을 마치면 새로운 일을 받고 그 일이 끝나면 또 새로운 일이 시작된다. 심지어 지금 하고 있는 일이 끝나지도 않았는데 또 새로운 일이 밀려든다. 같은 일도 빨리 마치면 유능하다는 소리를 듣는다. 직장생활을 하면서 흔히 듣는 말이 "세상에 공짜 월급은 없다"이니 생각은 다 비슷한 것 같다.

나 역시 바쁘게 산다. 매일같이 글을 쓰고 인터뷰를 하고 방송에 출연한다. 열심히 사는 게 생활화되어서인지 그럭저럭 버티고는 있는데, 모든 일에 최선을 다하는지는 의심스럽다. 실제로 작년 한 해에만 내 코멘트가 2,000회 이상 언론에 인용되었다. 나도 이렇게 많이 했는지는 몰랐는데 내가 몸담고 있는 아산정책연구원에서 확인한 공식적인 통계 자료다. 사실 너무 바쁘게 생활하다 보니 주변 사람들에게도 잘 못하고 글도 더 신중하게 쓰지 못하는 건 아닌지 걱정을 한다. 실력을 다 발휘해도 모자랄 판인데, 70~80%만 발휘해 넘기면 명작이 안 나온다. 그렇기에 글을 쓰거나 인터뷰를 할 때는 내 역량을 100% 쏟으려고 노력한다. 그래야 후회하지 않기 때문이다.

학자라면 전성기가 있다. 박사학위를 갓 취득한 30대에는 엄청 열심히 논문을 쓴다. 각주나 표현 하나하나도 꼼꼼히 따진다. 논문 한 편에 드는 시간도 엄청나다. 하지만 논문 주제와 관련한 전반적인 학식은 원로 학자에 비해 부족하다. 세상을 보는 시각이 좁은 것이다. 그렇지만 그 분야를 더 많이 공부해가면서 더 깊이 있는 글을 쓰곤 한다. 각주의 수는 줄지만 글의 수준은 높아진다. 하지만 이런 현상이 지속되면 이제 어느 순간부터는 학술적 가치보다는 현상을 분석하거나 정책적인 사안을 중심으로 실용적인 글을 쓴다. 이 틀에서 나도 벗어나지 못했다.

나는 학교가 아닌 정책연구소에서 주로 일을 해서 학술논문을 그리 많이 쓰지는 못했다. 정책분석연구보고서를 주로 썼고, 이론의 영역보다는 현상분석과 정책적 함의를 주로 다루었다. 학술논문은 학계에 계신 선배님들의 요청에 따라 가끔 쓰게 되었다. 돌아보니 더 젊었을 때는 엄청나게 많은 각주를 달면서 열심히 정성껏 썼던 것 같고, 나이가 들면서부터는 정성은 전보다 떨어지지만 전체를 보는 시각이나 균형감각이 좋아진 글을 쓰는 것 같다.

방송 출연이나 언론 인터뷰보다 학술논문을 더 많이 써야 되는 것이 아닌가 하는 질문을 받기도 하고, 나 스스로도 그런 생각을 할 때가 있었다. 하지만 YTN에 있는 왕선택 기자의 조언이 나를 방송으로 이끌었다.

"신 박사, 학술논문 쓰면 몇 명이나 읽을 것 같은가? 100명 읽겠나? 하지만 방송에 나오면 시청률이 1%만 되어도 수만 명이 보는 거라네."

왕선택 기자는 외교안보 전문기자다. 기자 생활의 바쁜 일정에도 틈틈이 공부를 해서 박사학위를 받았고 수준 높은 학위 논문을 작성한 배울 점이 많은 학자이기도 하다. 나와는 약간 시각이 다른 측면이 있지만 그래도 존경하는 분이다. 그랬기에 더 신중히 생각해보았다.

곰곰이 생각해보니 실제 그렇다. 한반도 안보 문제를 주제로 학술논문을 잘 써도 읽는 사람이 100명이 채 되지 않는다. 물론 그보다는 더 많을 수도 있지만 정말 500명이 읽는 학술논문이면 대박이라고 할 수 있다. 하지만 방송에 출연해서 한반도 문제를 잘 해설하면 그 혜택은 수만 명 볼 수 있다. 그래서 나는 기회가 주어지면 방송 출연을 하고 있다. 우리의 주변 정세나 안보 문제와 관련한 더 정확한 분석을 시청자들에게 전달하기 위해 더 열심히 매진하고 있다. 왕 기자님 덕분에 방송은 내가 보람을 갖고 일하는 한 분야가 되었다.

하지만 가끔 아주 가끔이지만 과거 내가 심혈을 기울여 썼던 글을 누군가가 평가를 해줄 때 학자로서의 기쁨을 느낀다. 신문 칼럼도 많이 쓰는 편이지만 학자로서 학술적인 내용을 신문 칼럼에 담기는 어렵다. 관련된 주제와 관련한 내 개인의 생각과 통찰력을 담는 데 주력한다. 하지만 학술논문은 일단 규모가 다르다. 학술적 가치를 지니기 위해서는 관련 주제를 처음 다루거나 기존의 이야기를 집대성하며 자기의 의견을 발전시켜야 한다. 그리고 그 분야의 글들을 잘 정리해서 다른 학자들에게 자료에 접근할 수 있는 기회를 제공해야 한다. 그러니 그만큼 시간이 많이 걸린다.

얼마 전의 일이다. 모 언론사에 근무하는 기자 한 분이 내가 오래 전에 쓴 논문을 읽고 전화를 주었다. 《서울국제법연구》라는 학술지에 기고했던 "탈냉전기 평화협정 관행을 통해 본 한반도 평화협정에의 시사점"이라는 논문이었다. 2007년 12월에 나온 글이니 10년도 더 된 글이다. 그 기자분이 대학원에서 북한을 전공하고 있는데 수업 시간에 발표할 글로 찾아보다가 내 글을 읽게 되었다면서 전화를 준 것이다.

최근 북한과의 대화 분위기가 조성되면서 평화체제 문제가 주목을 받고 있는 상황에서 내가 12년 전에 쓴 논문을 읽게 되었다고 한다. 그 당시는 내가 박사학위를 받고 얼마 안 된 시기였을 때다. 그러다 보니 논문을 제대로 쓰기 위해 많은 시간을 할애했던 기억이 난다. 아무튼 그 기자가 보내온 문자 메시지에 "10년도 더 되었는데 아직도 배울게 많습니다. 존경합니다"라는 표현이 있었는데, 학자로서의 정체성을 실로 오랜만에 일깨워주는 고마운 말이었다. 잘 쓴 글은 10년이 지나도 사람들이 읽고 평가한다던 은사님의 말씀이 다시 생

하마터면 편하게 살 뻔했다

각났다. 정말 글을 쓸 때는 제대로 된 글을 써야 한다.

이것은 어디서 무엇을 하든 마찬가지다. 일할 때 제대로 하면 누군가에게 도움이 되고, 나에게도 결과적으로 도움이 된다. 제대로 된 일은 언젠가는 빛을 본다. 직장에서의 경쟁이든, 사회에서의 친교행위든 무슨 일을 할 때 누군가는 나를 평가한다. 하다못해 초등학교 동문회 등산모임에 가서도 일해야 할 때 한 걸음 물러나서 설렁설렁 시간을 보낸다면 그런 나의 모습 역시 누군가가 보고 있다는 것을 알아야 한다. 하물며 직장에서는 더 설명할 필요가 없다.

세상에서 경쟁은 나 혼자만 하는 것이 아니다. 나도 달리지만 내 옆에 있는 다른 사람도 달린다. 내가 천천히 달리면 남이 나를 앞서 가는 것이고 내가 더 열심히 달려야 같이 달리는 남보다 앞서가는 것이다. 굳이 매번 앞서 달릴 필요는 없다. 하지만 자기가 무엇인가 이루고자 하는 영역에서 최고가 되기 위해서는 정말 열심히 달려야 한다. 무언가 제대로 하기 위해서는 자신의 모든 것을 쏟아부어야 한다. 그래야 자신이 원하는 것을 조금이나마 이뤄갈 수 있다.

12

10년 후를 바라보며
준비하라

사람은 살면서 많은 선택의 기로에 놓이게 된다. 지금 당장의 이익이냐, 아니면 긴 안목에서 내가 원하는 미래냐를 놓고 어려운 선택을 해야 하는 경우가 있다. 이런 상황에서 무엇에 우선순위를 두어야 할 것인가는 그때그때 다를 수밖에 없다. 먼 미래만을 바라보며 살다가 현실적인 어려움에 부닥쳐 좌절해버리면 더 이상 먼 미래는 생각지도 못하는 상황이 발생할 수도 있다. 따라서 먼 미래는 내가 무슨 일을 추진함에 있어 견뎌낼 힘이 있을 때 바라볼 수 있는 것이다. 그리고 그럴 힘이 있다면 적어도 10년은 바라보고 일을 추진해야 한다.

군에서는 단기는 5년 이내, 장기는 15년 이상을 상정하고 정책을 준비한다. 당장 정책을 옮기더라도 '기획-계획-예산-이행'을 고려하면 최소한 5년은 잡아야 그 효과를 예상할 수 있기 때문이다. 장기 정책의 경우는 환경 변화를 예상해야 한다. 환경 변화에 따른 전쟁양

상의 변화와 무기체계의 변화를 반영해야 하기 때문이다. 그리고 무기획득을 결정한 이후에도 실제 배치까지는 상당한 시간이 소요되기 때문에 5년이나 15년을 염두에 두고 준비를 하는 것이다.

이러한 철저한 준비가 있어도 실패하는 경우가 많다. 예측이 빗나가는 경우도 있기 때문이다. 하지만 확실한 것은 체계적인 준비 없이 추진된 정책은 대부분 실패로 돌아간다는 점이다. 정부가 바뀌었다고 해서 모든 정책을 한 번에 확 바꾸기 어려운 것은 바로 이 때문이다. 그렇기에 장기적인 관점에서 체계적으로 정책을 준비해야 성공할 수 있다. 인생도 마찬가지다.

훗날을 염두에 두고 투자하라

나에게 미국 유학은 상당한 도전이었다. 유학을 결심할 당시 나는 서울대 대학원 박사 과정에 다니고 있었다. 사실 서울대에서 박사과정을 밟기 전에는 연구원에서 1년에 한 명을 선발해 해외 유학을 보내는 장학제도를 통해 미국에 박사학위 공부를 하러 갈 수 있기를 희망했다. 하지만 여러 이유에서 내가 희망했던 두 해에 나는 선발되지 못했다. 결국 나는 국내에서 공부하는 것을 택했다. 어차피 연구소 생활을 하는 만큼 박사학위는 불가결한 요소였기에 이왕이면 국내 최고 대학이라 할 수 있는 서울대에 한 번 다녀보는 것도 좋을 것 같아서 지원을 했고 결국 합격했다. 그 덕분에 서울대에서 박사 과정을 수료하며 앞서 언급한 것처럼 많은 배움의 기회를 얻었다.

서울대에서 박사 과정를 하고 있을 당시 다시 한 번 유학 선발의 기회가 찾아왔다. 함께 일하던 김구섭 박사님이 연구원의 부원장이

133

되셨고 해외 유학을 추천하셨다. 성적이야 늘 최상위였고 연차도 더 쌓여 오래되었으니 지원만 하면 될 상황이었다. 하지만 이미 나는 30대 중반을 향하고 있었고, 서울대 대학원을 다니고 있었기에 미국에 갈 경우 박사학위는 더욱더 늦어질 수도 있는 상황이었다. 비용도 만만치 않았다. 연구원 지원이라는 것이 학비 지원 없이 봉급의 80%만을 지원하는 것이라서 자비도 상당히 써야 했다. 공부하는 시간이 길어지면 그간 모아놓은 돈을 모두 사용해야 할 지경이었다. 집안 형편이 넉넉한 편이 아닌 나로서는 고민이 될 수밖에 없었다.

서울대 박사학위만 해도 한국 사회에서 살아가는 데 충분했다. 한국국방연구원에서 평생을 보낼 생각을 했기에, 이젠 나이도 있는데 돈을 더 써가면서 외국을 나가야 하는지 고민이 되었다. 하지만 고민을 거듭한 끝에 더 큰 미래를 생각하기로 했다. 이왕 이 분야에서 최고가 되려면 해보지 못한 경험을 해볼 필요가 있겠다. 그래야 10년 후에도 후회하지 않을 것이라는 생각이 들었다. 언제나 내편이 되어준 아내 역시 걱정을 하면서도 지지를 보냈다.

그렇게 결심을 해서 미국에 유학을 가게 되었고, 서울대 대학원 박사 과정의 경험에 더해 조지타운대학교라는 외교안보 분야에서는 세계 최고라 자부하는 학교에서 공부한 것이 오늘의 나를 만드는 데 큰 도움이 되었다. 시간과 돈은 더 투자했지만 그래서 더 긴장했고 더 노력했다. 그 결과, 정확하게 미국에 간 지 3년 3개월 만에 박사학위를 마치고 돌아왔다.

공부를 여러 곳에서 해보니 배우는 것은 다 거기서 거기라는 걸 알 수 있었다. 국내 학위와 해외 학위를 구분할 필요는 없다고 본다.

다만 공부를 함에 있어 학교의 지원과 학생들이 생각하는 방식이 한국과 미국이 다르다는 것은 부인할 수 없다.

한국에서는 주요 논문에 나오는 각주와 관련된 서적, 특히 영문 서적을 찾아보기 어려웠다. 소위 원서의 부족으로 논문을 쓸 때 직접 확인하지 못하고 다른 글을 통해 간접 확인을 하게 된다. 하지만 미국 주요 대학은 그렇지 않다. 학비가 비싸서 도서관이 잘 갖추어진 덕분에 각주에 필요한 서적을 도서관에서 찾으면 신기하게 99.9%가 있다. 어쩌다 한두 권 빠진 게 있다면 도서관 사서에게 이야기하면 바로 구매해준다. 그러니 각주에 필요한 원서들을 모두 다 읽어볼 수 있었고, 그렇게 쓰는 논문의 질이 다른 건 어쩌면 당연한 일일 수밖에 없다.

미국이 한국과 다른 또 한 가지는 학생들이 생각하는 것이 다르다는 것이다. 미국 대학에는 세계 각국의 학생들이 모이다 보니 어떤 문제를 바라봄에 있어 참 다양한 시각이 존재한다. 이는 국제적 관점에서 문제를 바라볼 수 있는 좋은 기회가 된다. 미국 대학의 수업은 토론 중심을 이뤄진다. 미리 제시된 숙제를 읽고 와서 수업시간에 이에 대해 토론을 한다. 물론 교수가 단순히 강의로 진행하는 수업도 있지만 이런 경우는 드물고, 토론 중심 수업이 대부분이다.

수업에 참여하는 학생들은 수업시간에 자기의 생각을 이야기해야 한다. 그렇기에 사전에 공부를 하고 자기의 생각을 정리하고 그것을 말하는 법을 자연스럽게 체득하게 된다. 특히 나와 생각이 다른 사람들을 접하면서 '아, 왜 저 사람은 저렇게 생각할까' 하는 경험을 하게 된다. 정말 중남미 학생과 동북아 학생과 동남아 학생과 유럽 학생이 모두 생각하는 방식이 다르다. 워낙 다른 것들을 많이 보다 보니 남을 더 쉽게 이해하게 되고 그 과정에서 내 논리를 가다듬게 된다.

가르치는 교수님의 차이는 사실 크지 않다. 미국의 교수들이 영어를 더 잘할 뿐이다. 서울대 교수님들이 조지타운대 교수님들보다 국제법 지식이 더하면 더했지 못하지 않다. 다만 차이가 있다면 우리나라의 교수님들은 아주 교과서적으로 국제법에 접근하는 데 반해 조지타운대 국제법 교수님들은 국제 문제를 보다 미국적으로 바라보며 실용적으로 가르친다.

예를 들면, 국제법 수업에서 한국의 경우 국제법의 법원(法源)을 먼저 배운다. 국제법의 존재 형식을 의미하는 법원은 조약과 국제관습법 등으로 구성된다. 한국에서는 이들의 개념을 확인하고 국제법을 잘 준수해야 한다는 내용부터 수업이 시작된다.

그런데 미국에서의 국제법 수업은 달랐다. 지도교수 수업의 첫 강의는 '국제법을 어떻게 활용해야 하는가'였다. 과거 하버드대학교 교수였고, 케네디 대통령 당시 법률자문을 맡았던 에이브러햄 헤이즈(Abraham Hayes) 교수가 이야기한 국제법의 국가행위 통제 기능, 정당화 기능, 그리고 조직화 기능을 배운다. 어떻게 국제법을 활용해서 국가들의 행위를 통제하고 정당화하고 새로운 조직을 만들 것인가로부터 시작하는 것이다.

큰 차이가 아닐 수 없다. 한국 대학에서는 '기존의 국제법을 어떻게 지킬 것인가'로부터 수업을 시작하는데, 미국 대학에서는 '국제법을 어떻게 활용해서 국제질서를 만들어나갈 것인가'로부터 수업을 시작한다. 이러한 차이가 생각의 영역과 국제 문제를 바라보는 인식의 폭을 넓혀준다.

　이런 점들을 고루 생각해볼 때 미국 유학이 내 인생에 도움이 되었다고 본다. 열심히 공부하고 관찰하지 않았다면 이러한 차이는 느끼지 못했을 것이다. 마찬가지로 국방부나 외교부에서 실무를 할 때 미국 정부 관료들을 만나보면 이들이 생각하는 방식이 우리와 다르다는 것을 느낄 수 있다. 우리는 미국과 북한 문제에 대해 협의할 때 북한만 생각하고 이야기하지만, 미국은 중국이나 일본 등 주변국의 관계까지 생각하며 그들과의 관계 속에서 북한 문제를 보려는 경향이 있다. 이러한 미국의 입장과 정책을 이해하는 데 미국 유학 생활은 큰 도움이 되었다. 그래서 나는 10년 앞을 보고 유학을 선택한 것은 옳은 판단이었다고 생각한다. 10년 후를 내다본 투자가 성과를 거둔 것이다.

눈앞의 이익만을 좇지 말라

　내가 오늘 걷고 있는 길과 다른 길을 갈 수 있었던 선택의 기회가 미국에서도 있었다. 박사 논문을 검토해주던 스트롬세스 교수님께서 어느 날 갑자기 뜬금없는 말씀을 하셨다.

　"범철, 너 미국에서 가르칠 생각은 없니? 캔자스에 자리가 있는 것 같은데."

　미국에 남아서 미국 대학교에서 교편을 잡고자 한다면, 마침 캔자스에 있는 로스쿨에서 국제법 교수를 뽑는데 추천을 해줄 수 있다는 것이었다.

스트롬세스 교수님께서 얼마나 심사숙고하고 물으셨는지는 알 수 없지만, 평소 교수님의 성품상 그냥 이야기했을 리는 없어 보였다. 실제로 유학생들이 박사학위를 받으면 미국에 눌러앉는 경우가 많았다. 그만큼 미국은 살기 좋은 나라고 또 좋은 대학이 많은 나라이기 때문이었다. 또한 미국의 로스쿨은 일반 대학교보다 교수의 봉급도 높았다. 그 결과 눈앞의 이익을 좇아 내 한 몸 편하게 살고자 했으면 미국의 대학 교수는 좋은 선택이 될 수 있었다. 때마침 아내도 임신을 해서 미국에서 출산을 하지 않으려면 한국에 돌려보내야 했다.

하지만 나는 정중히 거절했다. 그때 당장의 이익이 아닌 10년 후를 생각했다. 미국 생활을 해본 사람들은 잘 알겠지만, 미국 대학 교수 제안은 귀가 솔깃할 정도로 꽤 괜찮은 제안이다. 미국에서 가르치다 보면 연구소에 다니는 것보다 한국의 대학으로 영입될 가능성도 더 높다. 앞에서 언급한 것처럼 급여 조건도 괜찮다. 이런 점들을 고려할 때 당장은 미국에서 교편을 잡는 것이 좋아 보일 수도 있었다. 하지만 10년 후에도 내가 만족할 수가 있을까 하는 문제를 놓고 고민했다. 몸만 편하지 내가 생각하는 꿈이나 내 나라에 대한 기여는 1%도 할 수 없는 직장이었기 때문이다. 그래서 스트롬세스 교수님의 따뜻한 제안을 거절했다. "한국을 사랑해서 미국에서 배운 것을 내 나라를 위해 풀어가면서 살고 싶다"고 했다. 내가 단호하게 답하니 그날 이후로 교수님도 더 이상 묻지 않았다.

스트롬세스 교수님의 입장에서는 내가 당신의 첫 제자였기에 미국에서 교편을 잡게 해주어야 한다는 의무감에서 물어본 것일 수도 있었다. 아무튼 내가 그때 미국에 남았다면 나는 미국 중부 지역 어

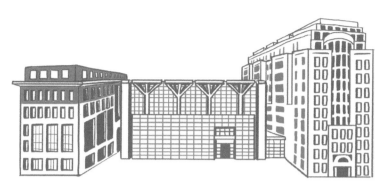

조지타운대 로스쿨.

조지타운대학교라는 외교안보 분야에서는 세계 최고라 자부하는 학교에서
공부한 것이 오늘의 나를 만드는 데 큰 도움이 되었다.
시간과 돈은 더 투자했지만 그래서 더 긴장했고 더 노력했다.
그 결과, 정확하게 미국에 간 지 3년 3개월 만에 박사학위를 마칠 수 있었다.

미국에서 배운 것을 내 나라를 위해 풀어가면서 살기 위해
스트롬세스 교수님의 미국 대학 로스쿨 교수 제안도 거절하고 한국행을 선택했다.

내가 그때 미국에 남았다면
나는 미국 중부 지역 어딘가에서 학생들을 가르치면서
내가 좋아하는 야구나 농구 경기 보는 것을 인생의 낙으로 삼으며
편하게 살았을 것이다.

그러나 나는 한국을 선택했다.
한국에 돌아와서 지난 10여 년간 엄청나게 바쁘고 힘든 시간을 보냈다.
미국에 남았더라면 더 여유롭고 편안하게 살 수 있었겠지만,
나는 지금의 내 생활에 만족한다.
그리고 지금 이 순간에도 다음 10년을 위한 선택을 또다시 고민하고 있다.

제2장 나를 가꾸는 방법

딘가에서 학생들을 가르치면서 내가 좋아하는 야구나 농구 경기 보는 것을 인생의 낙으로 삼으며 편하게 살았을 것이다. 스포츠를 좋아하는 나는 행복했을지 모른다. 그러나 나는 한국을 선택했다. 한국에 돌아와서 지난 10여 년간 엄청나게 바쁘고 힘든 시간을 보냈다. 미국에 남았더라면 더 여유롭기에 편안하게 살 수 있었겠지만, 나는 지금의 내 생활에 만족한다. 그리고 지금 이 순간에도 다음 10년을 위한 선택을 또다시 고민하고 있다.

모든 이에게 10년 후는 다가온다. 그리고 지금 생각과 달리 10년이 경과하는 과정에서 많은 변화를 겪게 될 것이다. 지금 당장이 아닌 10년 후를 생각하는 것이 허망할 수도 있다. 하지만 중요한 것은 태도다. 내가 어떤 인식에 기반해서 나의 태도를 만들어가는가. 내가 10년 후를 생각하는 태도를 내 몸에 배게 한다면 나는 당장의 이익보다는 미래를 위해 살 수 있다. 그리고 그런 선택을 하다 보면 당장 어려움이 닥쳐도 꿋꿋하게 이겨나갈 수 있게 된다. 지금 눈앞의 이익과 편안함만을 좇는다면 당장의 어려움은 피할 수 있을지 모르지만, 10년 후에는 후회하게 될 것이다. 인생은 단거리 달리기가 아니고 마라톤이다. 삶을 획일적으로 말할 수는 없지만, 주어진 여건이 비슷하다면 당장의 이익과 편안함만 추구할 것이 아니라 멀리 내다보고 자신의 행동을 결정하는 것이 필요하지 않을까.

13

/

시야를 넓혀야
미래가 보인다

사람들의 시야는 의외로 제한되어 있다. 자기가 주로 보는 곳만 보고 다른 곳은 잘 살펴보지 않고 사는 경향이 있다. 관심 없는 일들에 대해서는 눈 감고 모르는 사람에 대해서는 냉정하다. 일을 할 때도 비슷하다. 자기가 관심이 있는 영역이 아니면 살피지 않는다.

하지만 자신의 영역에서 한 차원 더 성장하기 위해서는 시야를 넓혀야 한다. 그래야 자기가 하는 일의 의미나 범위를 알 수 있고, 다른 분야와의 관계 속에서 위치를 파악할 수 있다. 시야가 넓지 못하면, 또는 자신의 잘못된 습관으로 특정한 틀에 얽매여 세상을 바라본다면 올바른 미래를 볼 가능성은 낮아진다. 이럼 점에서 시야를 넓히라는 말은 관찰력과도 직결된다. 우리가 그냥 넘겨버리는 수많은 순간 중 상당수가 우리 인생을 바꿀 수 있는 기회가 될 수 있다. 하지만 우리는 이를 면밀히 관찰하지 않는다. 그래서 우리는 넓은 시야를 갖지 못한다. 반대로 넓은 시야를 가지고 주변의 변화를 면밀히 살펴보면 자기의 미래를 볼 수 있다.

한 가지 일만 해서는 폭넓은 사고를 할 수 없다. 성격이 조금 다르더라도 다양한 일을 해봄으로써 그로부터 비롯되는 경험을 내가 필요로 하는 일에 적용해야 한다. 나에게는 국방정책연구부터 시작해서 북한군사와 한미동맹 연구에 더해 외교부에 근무하며 주변국 문제와 다자협력 문제를 직접 담당해본 경험이 엄청난 자산이 되었다.

우리 정부의 외교안보 업무는 여러 부처가 관여된다. 청와대 국가안보실이 컨트롤 타워로서 역할을 하지만 외교부, 국방부, 통일부, 그리고 국가정보원이 관련된 정책이나 정보 문제를 다룬다. 북한 문제 역시 이들 부처 모두의 관심사고 한미동맹 문제는 주로 외교부와 국방부의 업무다. 한국국방연구원에서 북한 문제와 한미동맹 문제를 연구했고 관련 업무를 해보았기에 이들 영역에서의 전문성에 대한 자신감은 이미 40대 초반부터 넘치고도 남았다.

이들 문제에 대한 전문성을 확실하게 얻게 된 것은 외교부 정책기획관으로 일하면서였다. 외교 문제 전반에 대해 이해의 폭을 넓히자, 북한 문제도 한미동맹도 다른 각도에서 눈에 들어오게 되었다. 그리고 매일같이 하루 수십 개에서 많게는 100개가 넘게 들어오는 전문을 읽으며 외교 분야에 대한 식견을 넓혀갔다.

사실 외교부에는 정책기획관이 계속 있어왔지만, 직업 외교관이 아닌 학계 외부인사로 선발된 개방형 인사로는 내가 두 번째였다. 초대 개방형 정책기획관은 세종연구소의 이상현 박사님이셨는데, 가장 존경하는 선배님 중 한 분이셨고 그래서 후임자가 될 때 매우 자랑스럽게 생각했다. 하지만 외부 인사로서 조직을 이끌다 보니 외교부 차원의 지원은 제한된 측면이 있었다. 내가 국장으로 가서 보니 말이 국이지 과 2개에 외교전문을 담당하는 작은 팀 1개가 전부였고, 인원도 20여 명에 불과했다. 따라서 예산도 적어서 국 예산이 10억 원도 안 되었다.

훨씬 더 인력도 많고 예산도 많은 국방부에서 근무해본 경험이 있는 나는 이대로는 안 되겠다 싶었다. 그래서 먼저 조직과 예산을 늘리겠다는 생각을 했다. 조직과 예산을 늘리는 데 가장 좋은 방법은 정부의 국정과제를 맡는 것이었다. 매번 행정부가 출범하면 대선공약을 국정과제로 만드는 일을 한다. 그리고 이때 선택된 국정과제는 행정부 차원에서 예산과 조직에 우선순위를 부여한다.

당시 외교 분야의 국정과제는 한미동맹부터 북핵문제까지 여러 가지가 있었지만 이미 북미국이나 북핵국에서 담당하고 있었다. 그런데 아직 주인이 없는 국정과제가 있었는데, 동북아평화협력구상(동평구)이라는 다자안보협력 과제와 중견국 외교라는 글로벌 과제가 바로 그것이었다. 그래서 이 2개 국정과제를 정책기획관실로 가져오는 것을 목표로 했다.

동평구를 가져오는 일은 쉽지 않았다. 왜냐하면 내가 외교부에 가기 전에 이미 국정과제가 시작되었고, 이 일은 외교부에서 일을 가장 잘한다고 소문난 북미국에서 맡고 있었기 때문이다. 이미 북미국에서는 추진계획을 만들어놓고 본격적으로 일을 시작하려던 참이었다.

하지만 북미국은 일이 많은 부서다. 그래서 업무 분담에 관해 리

북한 문제와 한미동맹 문제에 대한 전문성을 확실하게 얻게 된 것은
외교부 정책기획관으로 일하면서였다.
나는 임기 내에 동북아평화협력구상(동평구)이라는 다자안보협력 과제와
중견국 외교라는 글로벌 과제를 잘 수행했고, MIKTA 중견국 외교를 안착시켰다.

동평구나 MIKTA와 관련해서 또 하나의 자부심은
내가 정책기획관으로 근무할 때 만들어놓은 플랫폼이
현 정부에까지 이어지고 있다는 점이다.
외교적 차원에서 우리에게 유리한 협력구조를 만들어놓았기에
계속 활용하는 것 같다.

외교부 정책기획관으로 일하면서 얻게 된 가장 큰 수확은
새로운 일에 도전하면서 얻게 된 넓은 시야였다.
내 전공 분야인 북한 문제와 한미동맹 문제가 아닌
지역다자 외교와 중견국 외교, 그리고 공공외교 업무를 하면서
우리 외교에 대한 폭넓은 지식과 경험을 쌓게 되었고,
이러한 경험은 다시 내가 북한 문제와 한미동맹을 이해하는 데 큰 도움을 주었다.

하마터면 편하게 살 뻔했다

더십 차원의 고민이 있어 보였다. 나는 그 틈을 비집고 들어갔다. "외교정책기획업무 외에도 새로운 외교정책을 안착시킬 필요가 있다. 따라서 동평구 같은 새로운 외교 업무는 업무 로드가 많은 북미국이 아닌 정책기획관실에서 맡는 것이 필요하다"는 논리였다. 장관은 이를 수용했고 한번 잘 만들어보라고 지시했다. 이 말씀은 업무를 이관시켜주겠다는 의미는 아니었다. 기회를 줄 테니 계획을 잘 만들어서 가져와 보라는 의미였다. 나는 국원 모두의 지혜를 모아 좋은 계획을 만들었고 결국 장관을 설득해냈다.

중견국 외교는 국제사회에서 한국의 위상을 높이는 것을 내용으로 했다. 세계 10위권의 경제대국이라고 말하지만 우리의 국제적 위상은 경제규모가 더 작은 유럽 선진국보다 높지 않은 경우를 종종 볼 수 있다. 이러한 한계를 극복하기 위해 국제사회에서 유사한 국가들과의 네트워크를 강화하며 위상을 높이자는 취지였다. 중견국 외교는 자연스럽게 정책기획관실에 돌아왔다. 일단은 동평구 업무를 잘 수행하면서 신뢰를 쌓은 것이 계기가 되었다.

2013년 유엔 총회 이후 멕시코(Mexico), 인도네시아(Indonesia), 대한민국(Korea), 터키(Turkey), 호주(Australia)가 참여하여 MIKTA라는 국가협의체를 구성했다. MIKTA라는 명칭은 참여국의 영문 이니셜을 따서 지은 것이다. 세계 질서를 주도하는 국가들 간의 모임이 있는데, 서방 선진국과 일본을 포함한 G7(미국, 영국, 프랑스, 독일, 이탈리아, 캐나다, 일본), 신흥국가 모임인 브릭스(BRICS, 브라질, 러시아, 인도, 중국, 남아공), 그리고 세계 20위권 경제 강국들이 모인 G20 등이 대표적이다. MIKTA는 G20 회원국이면서도 선진국 G7 국가군에 들어가지 못한 나라 중 민주주의를 공유하는 국가들 간의 모임이다. 강대국은 아니지만 나름대로 국제질서의 한 축으로 성장하기 위한 발판을 마련한다는 측면에서 의미 있는 모임이 만들어진 것이다. 이 업무 역시 새로운 외교정책을 출범시킨다는 취지에서 정책기획관실로 부여되었고, 나는 임기 내에 MIKTA 중견국 외교를 안착시켰다.

일을 하면 조직에 힘이 붙고 예산과 인력이 늘어난다. 다양한 국정과제를 수행하면서 정책기획관실의 예산은 내가 업무를 시작한 해에 9억이었던 것이 내가 떠나는 해에는 45억으로 3년 만에 다섯 배나 증가했다. 동시에 조직 역시 2개 과에서 4개 과로 늘어났고, 인력도 50% 가까이 증가해 20명이던 직원이 30명으로 늘어났다. 그 결과, 국의 예산 사정이 좋아졌고 직원들이 마음껏 일할 수 있는 여건이 조성되었다. 행정부에서 조직과 예산에 목을 매는 데에는 다 이유가 있다. 새로운 업무를 하는 데 이를 뒷받침해줄 조직이 구비되지 않으면 과부하가 걸리고 결국 맡은 임무를 제대로 수행할 수 없다. 예산이 없으면 관련된 사업을 할 수가 없기에 성과를 낼 수가 없다. 나는 운 좋게도 조직과 예산을 키워나가면서 하고 싶은 일을 할 수 있게 되었다. 열심히 함께 일한 동료들이 고마울 따름이다.

외교부 정책기획관으로 일하면서 얻게 된 가장 큰 수확은 새로운 일에 도전하면서 얻게 된 넓은 시야였다. 사물은 독립적인 것처럼 보이면서도 연계되어 있듯이, 내 전공 분야인 북한 문제와 한미동맹 문제가 아닌 지역다자 외교와 중견국 외교, 그리고 공공외교 업무를 하면서 우리 외교에 대한 폭넓은 지식과 경험을 쌓게 되었고, 이러한 경험은 다시 내가 북한 문제와 한미동맹을 이해하는 데 큰 도움을 주

146

외교부 정책기획관실 직원들과 함께.

외교부에는 정책기획관이 계속 있어왔지만,
직업 외교관이 아닌 학계 외부인사로 선발된 개방형 인사로는
내가 두 번째였다.
내가 외교부 정책기획관실 국장으로 일하는 동안
조직은 두 배가 커지고 예산은 다섯 배가 늘어났다.
그 결과, 직원들이 마음껏 일할 수 있는 여건이 조성되었다.
모두가 혼연일체가 되어 참 많은 일들을 했는데
함께한 동료들이 고마울 따름이다.

었다.

동평구와 MIKTA를 통해 한반도 문제를 벗어나 지역 문제나 글로벌 문제의 중요성을 배웠다. 워낙 북한 문제가 중요하고 한미동맹이나 한중·한일관계가 중요하기도 하지만, 동북아를 벗어난 국제사회가 우리에게 요구하는 것은 한 차원 높은 수준의 외교라는 점을 깨닫게 되었다. 나 역시 북한과 한미동맹을 주로 연구해왔지만 새로운 경험을 통해서 폭넓은 시야를 얻고 나아가 보다 객관적인 시각에서 문제를 볼 수 있게 되었다.

동평구나 MIKTA와 관련해서 또 하나의 자부심은 내가 정책기획관으로 근무할 때 만들어놓은 플랫폼이 현 정부에까지 이어지고 있다는 점이다. 동평구의 경우 문재인 정부는 동북아다자협력 플랫폼으로 이름을 바꾸었지만, 정부간 협의회와 민간 네트워크를 계속 활용하고 있다. MIKTA도 마찬가지다. 지난 정부의 국정과제가 다음 정부에서도 계속되는 경우는 드물지만 외교적 차원에서 우리에게 유리한 협력구조를 만들어놓았기에 계속 활용하는 것 같다.

이런 본연의 업무 외에도 외교 분야의 관찰력을 키울 수 있었는데, 그것은 정책기획관에게는 외교부의 거의 모든 전문을 들여다볼 수 있는 권한이 있기 때문이었다. 우리나라는 이미 세계 속의 한국이 되어 우리 외교부는 전 세계에 약 200개에 가까운 공관을 두고 있다. 그곳에서는 주요 업무가 있을 때마다 이를 외교전문의 형태로 외교부 본부에 보낸다. 이 외교전문의 수신처는 직접 관련이 있는 국이나 과이기 때문에 다른 국들은 전문을 볼 수가 없는 구조다. 하지만 예외가 있는데 바로 장관실과 정책기획관실이다. 장관실이야 외교부의 수뇌부고 최고급 정보까지 친전의 형태로 직접 가니 더 많은 정보를 볼 수 있겠지만, 정책기획관실에도 아주 민감한 정보를 빼고는 거의 모든 전문이 들어온다.

매일같이 100여 개 이상의 전문이 들어오는데, 사실 모두 제대로 읽으려면 10시간도 더 걸린다. 하지만 제목을 통해 관심이 있는 영역을 식별하고 이들 전문을 하나씩 하나씩 읽어가며 외교에 대한 식견을 넓혔다. 그러니 매일 밤늦게까지 남아 있을 수밖에 없었고 외교부에 근무하는 3년 2개월 동안 평균 퇴근시간은 밤 12시 반 정도였던 것 같다. 몸은 피곤했지만 시야도 넓어지고 또 꾸준히 외교 현안을 추적하다 보니 관찰력도 좋아졌다. 지금도 방송이나 언론을 통해 외교 사안에 대해 다양한 코멘트를 할 수 있게 된 것은 이때의 넓어진 시야와 꾸준한 관찰 덕분이라고 생각한다.

삼인행필유아사(三人行必有我師)라 했다. 세 사람이 걸어가면 그 중에 반드시 내 스승이 있다는 의미인데, 비단 사람이 아니라 일이라고 가정해도 마찬가지일 것이다. 시야를 넓히고 관찰력을 키우고 여러 일을 해보면 꼭 배움이 있다. 그 과정 속에서 자신을 성장시켜나가는 것이다.

14
/
네트워크를
강화하라

직장에서든 직장 밖의 생활에서든 자신의 삶을 풍부하게 하는 것은 좋은 인연이다. 의도된 만남이든 의도되지 않은 만남이든 좋은 사람을 많이 만나면 좋은 일이 따라 생긴다. 운도 중요하지만 운을 통제할 수 없는 것이 인생이다. 그렇다면 자기가 통제할 수 있는 것은 스스로의 노력을 통해 자기의 부가가치를 넓히고, 적극적인 조우를 통해 주변 네트워크를 강화해야 한다. 시간이 지날수록 자기가 성장할수록 만들어놓은 네트워크는 나에게 힘이 된다.

네트워크를 이야기할 때 우리는 흔히 학연과 지연을 이야기한다. 사회생활을 할 때 무시할 수 없는 게 학연과 지연이다. 어린 시절 자랐던 고향이나 다녔던 학교는 평생을 따라다닌다. 비록 살던 동네는 달랐어도 학연과 지연은 사람을 가깝게 한다. 사람이 처음 만났을 때, 서로간의 신뢰 부족 상황에서 어색한 상황이 연출된다. 일종의 벽이 쳐지는 느낌이다. 이러한 어색함을 극복하는 가장 쉬운 방법이 바로 학연과 지연임은 무시할 수 없는 사실이다. 학연과 지연이 없을 때 남자는 군대로 인연을 찾기도 한다. 같은 사단이나 같은 연대면 더 말할 나위 없이 친해지는 것이 또 남자들이다.

문제는 이러한 관계가 사회생활에서 부적절한 상황을 낳기도 하고, 또 때로는 그 경우가 지나치다 보니 한국 사회에서는 학연이나 지연을 타파해야 한다는 이야기가 자주 등장한다. 그럼에도 현실은 다른 방향으로 흘러간다. 아무리 학연과 지연을 없애자고 해도 더 많은 사람들이 학연과 지연을 찾아 자기의 네트워크를 만든다. 그만큼 자기에도 도움이 되기 때문이다. 그리고 이게 불법적이거나 부당한 행동으로 이어지지 않는 한 그리 비난할 일도 아니다. 자기는 다 하면서 남들을 못하게 하는 건 '내로남불'이다.

나는 학연과 지연의 혜택은 별로 보지 못했다. 지방 국립대 출신인 나는 서울에서 활동하고 있기 때문에 동문들을 자주 볼 새도 없고, 또 고향도 별로 세가 강하지 않은 충청도이기 때문에 지연으로 인한 혜택도 그리 받지 못했다. 사실 나는 네트워크 같은 것에는 그다지 관심이 없었다. 게으르기도 했지만 그냥 내 분야에서 실력으로 최고가 되어야 한다는 생각을 가지고 있었기 때문이다. 실제로 자기 자신을 일류로 만드는 것은 자신의 실력이지 학연이나 지연이 아니다. 사람들은 결국 나의 성과로 나를 평가하기 때문이다.

하지만 여력이 있거나 성격이 맞으면 다양한 네트워크를 갖는 것이 좋다. 남을 만나면서 자신의 생각을 바꿀 수도 있고, 또 그러한 네트워크 속에서 자기의 일을 수월하게 할 수도 있다. 여러 사람을 만나는 과정에서 타인의 성공과 실패, 도전과 좌절에 관한 이야기를 듣고 자신을 돌아볼 수 있는 좋은 계기를 마련할 수가 있다.

또한 내가 직장생활을 하거나 자영업을 하거나를 불문하고 서로 관계를 통해 맺어지는 사회생활에서 아는 사람이 많을수록 혜택을 보기 쉽다. 물론 관계를 맺다 보면 손해를 보기도 쉽다. 하지만 세상에는 나쁜 사람보다 좋은 사람이 더 많다. 본인이 먼저 선의로 남을 대하면서 좋은 관계를 만들어나가면 그 결과로서 내게 돌아오는 혜택도 적지 않을 것이다. 따라서 여력이 된다면 학교 선후배나 지역 선후배를 만나고, 다양한 모임에 참여하며 자기만의 네트워크를 다지는 것이 필요하다. 당장의 이익을 기대하지 말고 자신이 그 네트워크의 한 연결점이 되면 언젠가 자기를 위해 네트워크가 작동할 수 있다는 인식 정도면 좋을 것 같다.

나는 학연과 지연은 크게 신경 쓰지 않고 살아왔는데, 공부와 일을 하다 보니 좋은 사람들과의 네트워크 속에 있는 나를 발견하게 되었다. 한국국방연구원에서는 나에게 연구자의 길을 열어주신 박선섭, 김구섭, 전경만, 김태우, 구본학 박사님이 계셨고, 나의 역량을 키워주신 서주석, 백승주 박사님이 계셨다. 국방부에서는 이상희, 김태영 전 국방부장관을 모셨고, 외교부에서는 윤병세 장관과 조태열, 조태용 차관으로부터 일을 배웠다. 국립외교원의 윤덕민 전 원장, 그리고 아산정책연구원의 함재봉 전 원장님과 최강 부원장님은 내가 어려운 시절에 도움을 주신 은인과 같은 분들이다. 특히 최강 부원장님은 내가 경력을 쌓은 한국국방연구원, 국립외교원, 그리고 아산정책연구원에서 나를 이끌어주신 선배님이다. 한국국방연구원 주니어 연구원 시절에는 가르침을, 그리고 지금은 아낌없이 연구를 지원해주시는 고마운 분이다. 이분들의 도움으로 내가 성장했고 또 외교안보 분야에서 자리 잡을 수 있는 인적 네트워크를 쌓아갔다.

물론 세상에 다 좋은 사람들만 있는 건 아니다. 살다 보면 내게 부당히 압력을 가하고 스트레스를 주는 사람이 더 많다. 이해(利害)가 부딪치는 상황이 되면 어쩔 수 없이 이기심이 발동하기 때문이다. 따라서 인간관계에서는 이해의 방향이 중요한 것 같다. 이해의 방향이 일치하면 좋은 사람을 더 많이 만나고, 이해의 방향이 다르면 나쁜 사람을 더 많이 만나게 된다. 그렇기 때문에 네트워크 형성에서도 이해의 방향은 중요하다.

손해를 입게 되는 경우를 잘 들여다보면 내 욕심의 방향이 잘못된 것이었음을 알게 된다. 상황이 잘못되면 남 탓을 하게 되는 게 인지상정인데, 돌아보면 남 탓을 할 일이 아니다.

친구 중에 비트코인을 하는 고교동창이 있다. 직업군인 출신인데 소령으로 예편하고 열심히 사는 좋은 친구다. 이 친구는 부동산, 주식, 보험 등으로 돈을 벌었는데 그러다 비트코인을 하게 되었다. 다행히 일찍 시작해서 잘되었을 때는 수십억 원어치의 코인을 갖고 있었다고 한다. 하지만 이게 계속 값이 떨어지면서 요즘은 전 같지가 않다. 나는 이 친구 권유로 소액을 투자했다. '마이너스 통장을 긁어서 투자한 아내 모르는 비자금'이었다. 대박 나면 정말 행복하겠다는 마음으로 투자를 했는데 거의 4분의 1 토막이 났다. 이 친구를 만나지 않았으면 가족이 해외여행이라도 가거나 부모님께 효도를 할 수 있었을지도 모른다.

하지만 이건 친구 탓이 아니었다. 그 친구가 억지로 권유한 것도 아니고, 오로지 내 허영심 때문이었다. 그렇기에 나는 그 친구와 아직도 좋은 관계를 이어가고 있다. 착하고 재미있는 좋은 친구여서 미운 마음이 안 든다. 그 친구도 경제적으로 전과 같지 않지만 여전히 밝고 긍정적인 인생을 살고 있다. 그래서 더 좋다. 매일 국가안보 걱정만 하며 살고 있는 내 삶과는 반대라서 그런가 보다. 물론 돈 생각하면 아직 속은 쓰리지만 말이다.

좋은 사람 좋은 네트워크는 굳이 바깥에서 찾을 필요가 없다. 직장생활을 하는 사람은 직장 내에서 자신의 네트워크를 만들면 된다. 직장에서 나를 도와주는 상사, 내가 챙겨야 할 후배가 있으면 생활이 즐겁다. 그들은 나에게 도움을 주는 나의 인적 네트워크의 구성원이고, 나 또한 그들에게 도움을 주는 그들의 인적 네트워크의 구성원이다. 하지만 굳이 인생을 직장 내로 한정해서 살 필요는 없다. 밖에서 만나는 사람도 내게 도움이 된다. 나를 인정해주는 친구도 좋고 내가 인정을 하는 사람도 좋다. 나보다 잘난 사람도 있고 모자란 사람도 있을 수 있다. 나보다 부자도 있고 잘생긴 사람도 있고 또 그렇지 못한 사람도 있다. 그는 어떻게 사는지 알아서 좋을 때도 있고 그렇지 않을 때도 있다. 내 생계에 도움이 되는 사람도 있고 방해가 되는 사람이 있다. 어찌되었던 우리는 이들과 함께 산다. 어울리며 사는 게 인생이다. 홀로 개인의 사색을 즐기는 것도 좋다. 하지만 남과 어울려 살며 자신만의 네트워크, 자신만의 생태계를 만드는 일은 삶을 윤택하게 한다.

직장에서나 사회에서 성장하는 패턴은 비슷한 것 같다. 일하며 주위사람들과 어울리고 그러다가 좋은 사람을 만나서 기회를 얻고 또 성장하고, 좌절하고 실패하고 그러다가 또 기회를 잡고, 무수한 만남과 헤어짐 속에 나를 평가받고 또 내가 남을 평가한다. 내 방 서랍에는 서랍 2개를 꽉 채우고도 책상에 수북이 쌓여 있는 명함들이 있다. 일하면서 주고받은 것들이다. 그중 어떤 분은 기억할 수 있고 어떤 분은 전혀 기억하지 못할 것이다. 누가 좋은 사람인지 누가 내게 도움을 줄 사람인지 전혀 알 수 없다. 하지만 만남이 반복되고 그 과정에서 나에게 큰 힘이 되는 분들을 만나게 된다.

그간 좋은 분들을 많이 만났고 그분들 덕분에 남들보다 쉽게 성장했다. 그러면서 느낀 것은 좋은 네트워크를 만들기 위해서라도 좋은 사람이 될 필요가 있다는 것이다. 내가 준비가 되어 있으면 그만큼 나를 필요로 하는 좋은 사람들을 만나고 그 과정에서 행운이 함께 찾아온다. 그들에게도 내가 좋은 인연이 될 수 있기 때문이다. 상대방에게 좋은 사람이 되기 위해 노력할 때 내게도 행운이 찾아온다.

제3장

❀

나를
지키며
살기

❀

●●●

살다 보면 내가 원하든 아니든 주어지는 상황에서
선택을 해야 한다.
그리고 그 선택에 따라 인생과 운명이 바뀐다.
나이를 먹어갈수록 그런 순간들이 더 자주 내게 찾아온다.
외부의 회유나 압력, 상사의 부당한 지시 등으로 인해
내가 수용할 수 없는 상황들이 내 앞에 놓인다.
하지만 중요한 것은 나를 잃으면 안 된다는 점이다.
내가 나로서 살지 못하면 나를 찾을 수가 없다.
당장 눈앞의 이익이나 압력에 굴복하면
그간 쌓아온 것들을 잃기 때문이다.
자기를 지켜나가다 보면 다시 기회는 찾아온다.
낭중지추(囊中之錐)라는 말과 같이 주머니 속의 송곳은
반드시 튀어 나오기 마련이다.
일이 풀리지 않는다고, 또는 운이 없다고 조급해 해선 안 된다.
인생은 인간성과 방향성을 지킨 사람들의 것이다.

●●●

15

공부가 아니라
인성이다

얼마 전에 고등학교 졸업 30주년 모임을 가졌다. 참 시간은 빨리 흐른다. 다시 말해 우리나라 나이로 50세가 된 것이다. "아직 만으로는 49세야"라고 외치고 있지만 50세가 되었다는 것은 여러 가지 의미를 갖는다. 사회적으로는 가장 왕성한 활동을 할 시기가 된 것이고, 다른 한편으로는 이제 전성기를 지나 자기가 걸어온 길을 하나씩 돌아볼 시기가 된 것이다. 더 많은 책임을 지는 무거운 삶의 시간을 보내는 것이다. 동시에 그간의 경험을 통해 사람을 보는 눈도 점점 더 정교해지는 것 같다. 경험을 통해 보아왔던 많은 사람들의 모습에서 나를 돌아보고 또 새롭게 만나는 사람을 평가한다. 그 평가의 잣대는 결국 공부가 아닌 인성이다.

잘못된 가정을 이야기할 수 있다 싶어 먼저 이야기하면, 공부 잘

하는 사람들 중에도 인간성이 좋은 사람은 많다. 과장하면 공부 잘하는 친구들이 인간성도 더 좋은 경우가 많은 것 같다. 공부 잘하는 사람들은 이기적이라는 편견이 많이 존재하는데, 직접 겪어보면 의외로 인성이 좋다. 세상은 과거 무협지 속의 권선징악의 프레임으로 봐서는 안 되는 것 같다.

그리고 인성이라는 것도 사실은 주관적 관점에서 보는 것이고, 각각의 기준에 따라 다를 수 있다. 흔히 인성을 이야기할 때면 과거 공자님 맹자님 시절의 인의예지신(仁義禮智信), 즉 어질고, 올바르고, 예의바르고, 슬기롭고, 믿을 수 있는 사람을 이야기한다. 이런 의견은 우리가 살아오는 과정에서 겪게 되는 여러 모습들 속에서 볼 수 있는 바로서 많은 이들의 공감을 얻을 수 있는 평가기준이 될 것이다. 그리고 중국 춘추전국시대를 관통하며 얻은 수많은 경험과 지식의 축적 속에서 만들어졌을 것이기에 결국 인간사를 꿰뚫는 평가기준일 수도 있다.

하지만 더 중요한 것은 이러한 기준도 결국 자기의 시각에서 남을 바라보기에 가치관을 어디에 두는가에 따라 인성을 평가하는 기준은 달라진다. 누구는 부모님께 엄청나게 효도하는데, 친구들의 돈을 빌려가면서 제때에 안 갚는 경우가 있다. 이런 친구를 인성이 좋다 할 수 있는가.

사람은 모두가 다르다. 그리고 절대적으로 훌륭한 사람은 적고 상대적으로 자신이 갖춘 장점을 가지고 사는 사람이 대부분이다. 그리고 그 틀 속에서 인성을 바라보는 것이기에 나와 남이 다르다는 전제를 하지 않고 이 문제를 바라볼 경우 잘못된 편견으로 이어지기가 쉽다. 정말 복잡한 인간사다. "공부가 아니라 인성이다"라는 주제는 공부보다 인성이 낫다는 단순한 명제를 말하려는 것이 아니다. 살다 보면 조직생활이나 사회생활에서 나의 위치를 결정하는 것은 공부라 기보다는 인성이라는 점을 말하고자 하는 것이다.

먼저 공부 잘하는 사람 이야기를 하지 않을 수 없다. 세상에는 참 공부 잘하는 사람이 많다. 내가 어릴 적 천안에서는 공부 잘하는 아이들은 일단 인문계 고등학교로 진학했다. 물론 공부를 잘하는 아이들 중에서도 집안 형편이나 개인의 적성으로 인해 다른 길을 가는 아이들이 있기는 했지만, 대부분은 인문계 고등학교에 진학했다. 그리고 그중에서 반 정도가 4년제 대학에 갔고, 반에서 소위 1, 2등을 해야 SKY 대학교에 갈 수 있었다. 그렇게 대학이 서열화되고 그것을 기준으로 개인의 능력을 추정했던 시기가 있었다.

나는 고등학교 때나 대학교 때, 서울에 와서 다닌 국책연구기관과 서울대 법대 대학원, 그리고 미국으로 유학을 가서 조지타운대학에서 공부 잘하는 사람들을 만났다. 세상에는 정말 일반인의 기준과 다르게 공부를 잘하는 사람이 존재한다. 공부를 잘하는 사람의 유형도 여러 가지다. 정말 머리가 좋은 사람이 있는가 하면, 노력을 통해 공부를 잘하는 사람도 있고 또 시험을 잘 보는 사람도 있다.

정말 머리가 좋은 사람은 어떤 문제들을 접하면 뛰어난 분석력으로 문제를 풀고 또 암기도 기가 막히게 잘한다. 내가 아는 검사 출신 변호사는 고등학교 2년을 미국에서 보냈는데, 아버지 직장 문제로 고3 때 한국에 다시 들어오게 되었다고 한다. 그런데 이 친구가 1년 공부해서 서울대학교 법과대학에 합격했다. 미국에서도 수학은 배웠을 테고, 영어는 더더욱 강점이 있겠지만 1990년대 한국에서 치러진 다양한 학력고사 과목을 고려할 때 정말 천재가 아닐 수 없다. 이 친구를 보면 정말 상황판단이 빠르고 기억력이 탁월하다. 하다못해 고스톱을 쳐도 그 판이 끝나자마자 1~2초 내로 누가 몇 점이고 누가 피박에 쌍피고 그래서 누가 얼마를 내야 하는지를 다 계산한다. 말 그대로 컴퓨터 같다.

노력을 통해 공부를 잘하는 사람은 한 번 앉으면 움직이지를 않는다. 돌부처 같은 자세로 흔들림 없이 화장실도 안 가고 꾸준히 책을 읽는다. 지금은 정부부처의 공무원인 한 후배가 생각난다. 이 친구는 민족사관고등학교 출신이다. 그리고 서울대 법대에 갔는데, 이상하게 아무리 노력해도 사법시험이 안 되었다고 한다. 그래서 유학을 왔고 몇 년 후에 박사학위를 받았는데, 이 친구의 장점은 정말 노력 그 자체라는 것이다. 체력도 좋아서 한자리에 앉으면 일어날 줄 모른다. 그리고 밥 먹고 또 공부한다. 하루가 그렇고 일주일이 그렇고 일년이 그랬다. 같이 공부하던 내가 질릴 정도였다. 그에 비하면 나는 소위 '날라리'였다. 노력으로 뜻을 이루는 모습을 보면 때로는 안쓰럽기도 하고 부럽기도 하다. 어쨌든 노력도 실력이다.

하지만 삶은 공부만으로 구성되지 않는다. 내가 앞에서 말한 사람들은 모두 인성도 좋다. 자기 삶을 개척해나가는 데 치열할 뿐이지 주변 사람들을 소홀히 대하는 그런 사람들이 아니다. 그럼에도 불구하고 공부보다는 인성이라는 말을 하는 것은 사회생활에서 때로는 공부를 잘하거나 능력이 출중한 것보다 인성이 좋은 것이 더 큰 도움이 되기 때문이다.

한국국방연구원에 근무할 때다. 한국국방연구원의 연구직은 네 가지 직급이 있다. 연구원, 선임연구원, 연구위원, 그리고 책임연구위원이다. 각 직급에서 5~10년 근무하면 다음 직급으로 진급할 수가 있다. 그렇지만 누가 먼저 진급하느냐가 각자의 자존심이 걸린 문제라서 매번 심사 때마다 경쟁이 치열하다. 누가 먼저 진급할까? 연구소라면 연구 실적이 가장 중요한데, 실제 심사는 선후배 동료들이 한다. 그렇기에 비슷하면 인간관계가 매우 중요한 역할을 한다. 인사고과가 반영되지만 그게 다가 아니다. 평소에 연구 외적으로 기여가 많거나 선후배에게 잘한 친구가 먼저 진급하는 경우를 자주 보게 된다.

다른 직장도 대부분 비슷하다. 외교부에서 직원들의 가장 큰 관심사는 해외 공관 배치다. 최고의 엘리트는 워싱턴이나 뉴욕, 그도 아니면 제네바를 간다. 특히 워싱턴 D.C.의 경우 미국의 수도이면서도 교육여건 및 생활여건까지 좋아서 모든 외교관이 선망하는 대상이다. 그만큼 경쟁도 치열하다. 과장급 이상의 경우 장차관까지도 관심을 갖는 핵심 보직이다. 물론 고위직의 경우는 정치적 고려까지 반영되지만, 사무관이나 서기관급의 주니어 외교관들의 경우는 정말 치열한 경쟁 속에서 선발이 이루어진다.

이 선발 과정을 보면 역시 인생은 공부 잘하는 것보다 인성이 중요하다는 것을 깨닫게 된다. 어느 대학교를 나왔는가보다는, 그가 어떤 사람이고 업무는 어느 정도를 하고 거기에 더해 주변 관리를 어떻게 했는지가 더 큰 영향력을 미친다. 업무 역량이 약간 부족해도 올바른 인성을 지녔다면 오히려 주변에서 업무 역량에 대해 변명을 해주는 경우가 더 많다. 과장을 잘못 만났다거나 또는 바른말을 하다가 인사고과를 잘못 받았다는 식이다. 하지만 주변에 잘못하고 성공한 사례는 드물다. 가끔 힘 있는 사람에게 잘 보여서 좋은 공관으로 나가는 사람도 있지만 그 운명은 길지 못하다.

물론 자신이 하고자 하는 일이 조직생활과는 거리가 먼 일이라면 이런 공식은 적용할 필요가 없다. 예를 들면, 음악가나 미술가 또는 소설가와 같이 직장이라는 조직에 몸담지 않고 자유롭게 일하는 경우에는 능력이니 인성이니 구분할 필요가 없다. 그저 자기 힘으로 세상을 살아가면 된다. 물론 이 경우도 대인관계나 네트워크가 중요하고 그에 따라 자신의 성과가 좌우되는 경우는 있지만, 일반적인 직장이나 사회생활과는 차이가 있음을 부인할 수는 없다.

그렇다면 어떤 경우에 직장생활이나 사회생활에서 인성 문제가 야기되는가? 크게 몇 가지로 나누어볼 수 있다. 이것만 조심해도 사회생활을 하면서 좋은 평가를 받을 수 있다.

먼저 남에 대한 험담을 하는 경우다. 자신의 행동은 돌아보지 않고 누구는 이래서 안 되고, 누구는 저래서 안 된다는 식으로 남에 대한 험담을 쉽게 하는 사람들이 있다. 실제로 사회생활에서 이러한 일로 인해 오해가 생기고 인격이 저평가되는 일이 비일비재하다. 그만큼 사회생활이라는 것이 갈등의 소지를 많이 안고 있다. 그렇기에 자기와 부딪치는 일과에서 남 탓을 하기 쉽고 이런 말들은 쉽게 퍼져나가 누군가에게 상처를 주기도 한다. 하지만 세상은 좁고 내가 한 말은 금방 퍼져 다시 내게로 비수가 되어 돌아오는 경우가 많다. 일단 내가 누군가에 대한 비난을 제3자에게 말하면 그것을 들은 제3자는 또 다른 제3자에게 전할 것이고, 자연스럽게 그 제3자는 나와 직접적인 관계가 없기 때문에 내가 비난한 사람에게 언제든지 이야기할 수 있다. 그렇게 되면 조직 내에서 나에 대한 신뢰가 깨질 수 있다. 내가 한 말이 비난의 대상이 된 사람에게 전해질 수 있다는 것을 생각하고 행동을 조심해야 한다. 따라서 남 이야기를 하지 않는 것만으로도 조직 내에서 신뢰를 받기가 쉽다.

오래전 일이다. 알고 지내던 한 선배가 불편함을 호소했다. 당시만 해도 부서 회식이 잦았는데, 회식을 할 때마다 그 자리에 없는 사람을 비난하는 분위기가 있었다고 한다. 그래서 자기는 그 자리에 앉아 있는 것이 불편한데, 자리를 뜰 수도 없었다고 한다. 자기가 자리를 뜨는 순간 나를 비난할 게 무서워서 그랬다고 한다. 그 선배는 매우 유능한 분이었는데 결국 그 직장을 그만두고 지금은 다른 길을 걷고 있다. 유능한 교수가 되었으니 한국 사회 전반적인 측면에서 볼 때는 손실이라고 볼 수 없지만 그 조직에게는 손실이 아닐 수 없다. 조직을 일으켜 세우는 건 쉽지 않아도 망치는 건 쉽다.

둘째, 이기적인 사람이 문제를 야기한다. 직장생활이나 사회생활의 중심은 자기자신이다. 다 자기가 잘 되기 위해 살아가는 것이다. 그러다 보니 어딜 가나 이기적인 사람이 존재한다. 문제는 자기를 사랑하는 것이 도가 지나친 경우다. 이 경우 다른 사람에게 불편함을 주고 몸담은 조직에서 좋은 평가를 받지 못한다. 조직에 이런 사람이 많을수록 성과를 내기가 어렵다.

일은 참 잘하는데 공을 가로채는 사람도 종종 볼 수가 있다. 이런 사람은 같이 일하고도 자기만을 은근히 부각시킨다. 상대를 배려하기는커녕 가능하면 보고 과정에서 멀리 떨어져 있게 한다. 함께 일하면서 자기만 전체를 파악하려 하고 누구도 자기보다 많이 알지 못하도록 관리했다. 아이러니한 것은 이렇게 일하는 사람의 경우 상관들의 평은 좋아서 높은 자리까지 올라가는 경우가 많다는 것이다. 하지만 그가 몸담고 있는 조직은 병이 든다. 이런 사람이 떠난 자리는 후임자가 업무 인수인계에 어려움을 겪을 수밖에 없다. 조직에 이기적인 사람이 생기면 그 조직은 내부 갈등이나 업무 체계에 심각한 문제가 발생한다. 개인의 이기심을 줄여야 그 개인도 그가 몸담고 있는 조직도 산다.

셋째, 줄서는 사람도 문제를 야기한다. 한국 사회의 고질적인 병폐인 파벌 문제도 결국 줄서는 것을 좋아하는 사람들로 인해 생긴다. 몇몇 약은 사람들은 종종 힘 있는 사람에게 줄서는 것을 좋아한다. 하지만 그 사람이 힘이 빠지면 언제라도 돌아선다. 줄을 서는 동안에는 그 라인에서 남들이 같은 노력을 해도 얻지 못하는 열매를 따먹는다. 진급이든 보직이든 혜택을 받고 다시 자신의 라인 사람들에게 그 혜택을 물려주려 한다. 한국 사회의 라인은 학연, 지연, 혈연이 대표적인데, 혈연의 경우는 점점 줄어들어 제한적인 반면, 학연과 지연은 여전히 줄서는 문화의 대표적 사례가 되고 있다.

외교부에 근무하고 있을 때 들은 얘기다. 어느 직원이 열심히 일해서 좋은 공관에 지원을 하려 했다. 그런데 그 과에 있는 다른 직원도 같은 공관에 가고 싶어했던 것 같다. 문제는 이 친구의 욕심이었다. 상관에게 줄을 섬으로써 다른 후보자를 제쳐버린 것이다. 그 상관은 자신에게 충성을 다하는 직원을 배려하지 않을 수 없었을 것이고, 그 결과 인사 원칙을 넘어서는 선택을 했다.

그 후과는 설명이 필요 없다. 상관은 존경을 잃었고 밀려난 직원은 서운해하고 밀어낸 직원도 주변의 따가운 눈총을 받았다. 조직의 성과가 모두 물거품이 되어버리고 조직 내 반목이 커져버렸다. 순리를 거스른 욕심의 결과다. 물론 그 직원이 나쁜 사람이냐 물으면 사실 그렇지 않다. 능력 있고 성실한 사람이었다. 그 역시 열심히 일했기에 자기가 갈 수 있는 최대치를 희망했던 것뿐이다. 어찌되었든 자기의 노력으로 선택을 받은 것이고, 그렇기에 나쁘다는 것은 상대적일 수밖에 없다. 하지만 시간이 지나면 주관적 관점은 퇴색한다. 그리고 주변의 평가로 인해 비난받는 행동으로 규정되게 된다.

끝으로 비관적인 사람도 문제를 야기한다. 조직을 운용하다 보면 꼭 비관적인 이야기만 하는 사람이 있다. 마치 자신은 솔직하고 또 '쿨(cool)'한 것처럼 행세하는데 실상은 그 반대다. 조직이나 주변 사람에 대한 비평가이면서도 그렇다고 조직이나 주변을 위해 크게 희생하는 사람은 아니다. 상관을 늘 비난하며 자신만은 고고하고 일 잘하는 척하지만, 조직문화에 끼치는 해는 그가 기여하는 공보다 크다.

이런 사람들의 특징은 '솔직하지 않다'는 데 있다. 인정할 것은 인정하면서 개선 방향을 찾아야 하는 데 핑계를 대는 경우가 많다. 그러다 보니 조직에 대해 늘 불평불만을 한다. 차라리 솔직하게 부족한 점을 인정하고 조직을 위해 어떤 것들이 필요한지 사실대로 이야기하면 되는데 그렇지 않다. 그러다 보니 무슨 일을 되게 해야 하는데 꼭 재 뿌리는 방식으로 반응해서 협업이 안 되고 시너지 효과를 거두는 데 실패하게 된다.

과거 한국국방연구원에서 면접관을 통해 연구원을 뽑을 때의 일이다. 한국국방연구원의 연구원 선발 역시 매번 치열하다. 평생을 안정적으로 살 수 있는 전문직이다 보니 좋은 학교에서 많은 학생들이 지원한다. 한 명을 뽑는 데도 명문대 석사학위 보유자 수십 명 이상이 지원을 한다. 그 수십 명 중에서 서류 전형으로 한 10명을 추리고, 필기시험을 치르게 한다. 그중에서 우수한 성적을 거둔 5명을 대상으로 최종면접을 치른다. 물론 필기시험 성적은 면접관에게 전달되어서 누가 성적이 더 좋은지 알고 있는 상황이었다.

5명의 지원자 중 누구를 뽑아도 좋을 만큼 다들 성적이 훌륭했지만 1, 2등 성적을 받는 지원자의 점수는 다른 3명을 압도했다. 면접 역시 너무 잘해서 다른 지원자들과 큰 차이를 보였다. 그래서 그 2명 중 한 명을 뽑으려 했다. 그러던 중 한 면접관이 마지막에 자신을 빼고 누가 면접을 잘 본 것 같으냐고 질문했다. 큰 의미가 없는 가벼운 질문이었다. 그런데 여기서 풍랑이 일었다.

면접 역시 필기 성적 1등이나 2등이 탁월하게 잘했다. 누가봐도 차이가 날 정도였다. 그런데 그 1, 2등은 모두 면접을 가장 시원치 않게 본 지원자를 가장 면접을 잘 본 사람으로 지목한 것이다. 1등이 2등을 지목하고 2등이 1등을 지목했다면 서로가 서로를 알아본다 했을 텐데, 아예 열외의 학생을 지목한 것은 다른 이유가 없다. 잘한 사람을 지목하지 않고, 떨어질 게 확실한 친구를 지목해야 자기에게 기회가 올 것으로 믿었을 것이다. '아, 이 둘은 너무 약은 것 같다.'

성적으로 세 번째인 지원자에게 물었다.

"누가 잘한 것 같나요?"

그런데 이 친구는 솔직하다.

"(내가 보기에 1, 2등을 한) 친구들이 제일 잘한 것 같고, 둘 중 누구를 뽑으시더라도 참 훌륭할 것 같습니다. 저는 부족해서 아쉽습니다."

이 친구가 이 솔직함 하나로 나를 포함한 면접관들의 마음을 움직였다. 이 친구는 일하면서 소위 '잔머리' 굴리는 일은 없겠구나 하는 신뢰를 심어준 것이다. 그래서 만장일치로 면접관들의 마음을 얻었다. 솔직함도 능력이다.

나는 중고등학교 때 추억 중에서 인생의 자랑거리가 하나 있다. 성적이 아니다. 내 학생부에 기록된 나의 품행에 대한 담임 선생님들의 평가다. 요즘에도 그런지 모르겠지만 과거 1980년대에 내가 중고등학교에 다닐 때는 생활기록부에 성적표 이외에 성실성이나 근면성 등을 담임 선생님이 일년간 지켜보고 평가하는 행동발달상황이라는 평가 항목이 있었다. 중고등학교 시기는 결국 대학을 가기 위한 준비 과정의 성격이 컸기에 성적이 가장 중요한 평가 기준이다. 그래서 모두가 더 좋은 성적을 얻기 위해 노력한다.

하지만 나의 경우 중고등학교 생활에서 무엇보다 자랑스러운 것은 성적이 아니라 학생부의 행동발달상황 평가가 항상 좋았다는 점이다. 반에서 1등을 하던 시절도 있었지만 성적은 내 개인적 노력의 결여로 갈수록 추락했다. 하지만 친구들과 잘 어울리고 반장 등을 맡으며 나름 주변을 위해 노력한 결과, 성적이 아니라 학생부의 행동발달사항은 모두 '수'였다. 성적으로 모두 수를 맞은 친구보다 나는 내 성격과 활동으로 '수'를 맞았다고 자부하고 있다. 남들은 안 알아주겠지만, 나는 이것을 나의 학창 시절 큰 자랑거리로 여기고 있다.

16

머뭇거리지 말고
나서라

사회생활을 하다 보면 나서야 할 때가 있다. 나의 발전을 위해 필요할 때가 있고 나에게 주어진 역할이 그러할 때가 있다. 우물쭈물 뒤로 물러나면 할 일도 못 하고 자기 개발도 되지 않는다. 때로는 용기를 가지고 나서야 자기 일이 되고 자신의 실력이 는다. 하지만 무작정 나서는 것은 바람직하지 않다. 남을 배려하면서 나의 공간을 찾는 지혜가 필요하다. 그럼에도 불구하고 머뭇거리는 것보다는 나서서 행동하는 것이 나와 조직을 위해 좋은 일이다.

나서야 배운다

"야, 왜 튀는 행동을 하니?" 직장에서 무언가를 해보려고 할 때 흔히 듣는 말이다. 이처럼 남 앞에 나서는 일은 내게 부담이 될 때가 많다. 내가 아닌 남이 대신 일을 처리해주면 편안한 게 당연하다. 내가

하마터면 편하게 살 뻔했다

나섰다가 괜히 실수라도 하게 되면 부끄러울 테니까. 그뿐이랴. 상황에 따라서는 체면 문제를 넘어서 책임을 지는 경우도 있다. 그만큼 부담이 되기에 많은 사람들이 나서기를 꺼려한다. 그러다 보니 마치 나서지 않고 가만히 있는 것이 동양의 미덕이라도 되는 양 한다.

하지만 역으로 생각해보자. 세상을 바꾼 사람들은 모두 나선 사람들이다. 빌 게이츠(Bill Gates)나 스티브 잡스(Steve Jobs), 손정의 같은 사람들은 모두 남들이 주저할 때 나선 사람들이다. 부담을 지는 것을 두려워하면 발전이 없다. 부담을 지는 일을 나서서 하며 노하우를 배울 때 그만큼 나 자신이 더 발전할 수 있다. 고민하고 행동하는 것이 일상화된 사람과 그렇지 않은 사람은 어려운 일에 부딪혔을 때 대응이 다를 수밖에 없다. 따라서 나서는 일은 자기나 조직의 발전을 위해 필요하다.

주니어 연구원 시절 한국국방연구원에서 있었던 일이다. 하루는 오스트리아에서 국방차관이 한국국방연구원을 방문했다. 한국국방연구원의 여러 시니어 연구진들이 자리를 같이했다. 한반도 상황에 대한 토론을 했고 한국과 오스트리아의 협력 방안을 논의했다. 그런데 오스트리아 측에서 혹시 궁금한 것이 있는지 물어보라는 질문을 했다. 하지만 한반도 문제를 전문으로 하는 선배 연구진들이 참석했기에 솔직히 오스트리아에 대해서 큰 관심이 없었던 것 같다. 그러니 질문은 자연스럽게 막내인 내가 해야 하는 분위기였다. 그러자 사람들의 시선이 내게로 향했다. 당시 나의 영어 실력은 대화를 겨우 하는 수준이었다. 그렇지만 선배들의 기대에 부응하기 위해 안 되는 영어로 겨우겨우 질문을 했다. 그런데 사고를 쳤다.

171
•

"오스트리아는 과거에 유럽의 강대국이었는데 2차 세계대전 이후 약소국이 되었다. 주변으로부터 받는 군사적 위협에 대한 부담은 어느 정도인가?"

이렇게 말했다. 그랬더니 질문을 받은 오스트리아 국방차관의 얼굴이 울르락불그락해지더니 기분 나쁜 표정을 짓는 게 아닌가.

사실 그때는 몰랐다. 일반인이 보면 별다른 문제가 없어 보이는 질문이지만, 외교적으로 상대방의 국가를 약소국(small country)으로 부르면 결례다. 과거의 위상을 확보하지 못하고 있다는 식으로 돌려 말해야 하는 것이다. 아무튼 엄청 불쾌한 표정을 짓던 그분의 모습에 나는 깜짝 놀랐다. 나는 내가 무슨 실수를 했는지도 몰랐던 것이다. 단지 내가 무엇을 잘못했나 하는 생각에 당황했을 뿐이다. '아, 내가 실수를 했나, 무슨 실수지, 어떻게 하지……' 당황한 가운데 회의는 끝났다. 선배님들에게 나의 실수를 물어보았고, 그중 한 분이 답을 주셔서 문제를 확인할 수 있었다. 그런 경험으로 나는 외국인들과의 대화에서 내 발언에 더욱 신중을 기했고, 다듬고 고쳐나갔다.

내가 그날 질문을 하지 않았다면 나는 이후 다른 장소에서 똑같은 실수를 했을 것이다. 그것도 시간이 지나 더 나이 먹어 높은 지위에서 말이다. 하지만 어린 나이에 나서서 이야기하면서 배웠고, 그런 실수를 다시 하지 않기 위해 말을 보다 세련되게 하면서 나를 다듬어갔다.

나중에 외교부 정책기획관으로 오스트리아의 수도 빈(Wien)에 출장을 가서 그쪽 외교관들과 과거 이야기를 했다. 이번에는 유럽에서의 세력전이와 중강국(middle power)들의 역할을 곁들이며 오스트리아가 비록 중립국을 표방하지만 비확산문제(nonproliferation)을 비롯해 여러 가지 의미 있는 역할을 한다며 한껏 추켜세웠다.* 그리고 과거 내가 거의 20년 전에 했던 실수를 농담처럼 섞었다. 대화의 분위기가 더할 나위 없이 좋았음은 물론이다. 나설 때 나서지 않으면 배울 수 없다.

나서야 용기를 키운다

나서는 것은 배움에 도움을 줄 뿐만 아니라 그 전에 용기를 키워준다. 용기가 없으면 나서지 못하기 때문이다. 주변과의 관계 속에서 보이지 않는 부담이 나를 억누를 때에도 올바른 선택이라고 믿는다면 나서서 "아니요(no)"라고 말할 수 있어야 한다. 말은 쉽지만 세상에 이런 선택을 하는 사람이 적다는 것은 그것이 그만큼 어렵다는 것을 의미한다. 나 역시도 매번 이렇게 살지는 못했던 것 같은데, 그래도 노력은 했었던 것 같다.

역시 한국국방연구원에서 일할 때의 얘기다. 대학이나 연구소나 전공이 유사한 박사들 간의 관계는 생각보다 좋지 않다. 박사학위라는 것이 다 자기가 열심히 공부해서 받는 것이고 또 공부 잘한다는 칭찬을 어려서부터 들어왔던 사람들이다 보니 자기중심적인 생각을 많이 하게 된다. 그러니 끈끈하기보다는 모래알 조직이 되기가 쉽다. 그 속에서 함께 생활하다 보면 스스로 그런 생활에 익숙해진다. 지금

---

* 오스트리아 수도 빈(Wien)에는 국제원자력기구(IAEA)가 위치해 있다. 자연스럽게 오스트리아는 핵 비확산 문제에 기여하고 있다고 볼 수 있다.

의 내가 살고 있는 모습도 그러하리라. 그래서 더 주위를 둘러보는 것 같다.

2000년대 초 한국국방연구원에는 적지 않은 변혁이 있었다. 소위 IMF 시대라는 1998년 이전만 해도 우리 사회의 다양한 조직들은 참 방만하게 운영되었다. 다른 한편으로는 상당히 풍성했던 시절이기도 했다. 개인의 월급은 적지만 회사나 연구소에 돈이 많았고, 그래서 공금을 펑펑 쓰던 시절이었다. 지금은 상상할 수도 없는 일들이 있었다. 연구소 공금으로 술집 계산을 했던 시절이었으니 말이다. 그러다가 IMF 이후 구조조정을 거치면서 대다수의 조직에 효율화가 이루어졌고 철저한 기준에 의한 예산 집행과 감사가 강화되었다. 그러던 와중에 연구원에는 새로운 원장이 취임하고 조직 개편이 단행했다.

그런데 조직 개편 과정에서 종종 사심이 작동했다. 힘 있는 사람이 자기의 힘을 이용해 시스템을 자기중심적으로 바꾸고자 했다. 당시 나는 한국국방연구원의 핵심 부서라 할 수 있는 북한연구실의 연구원이었다. 그런데 한국국방연구원의 북한연구실은 외부의 주목을 항상 많이 받았다. 그래서 연구실을 맡고 있는 실장은 2000년대 초반에도 상당한 액수의 가외 소득을 올렸다. 외부 세미나 초청이나 방송 출연으로 인해서다. 그러다 보니 다른 분들의 시기를 받기도 했다. 잘나갈 때 주위를 돌아보고 밥도 사고 해야 한다는 것을 이때 나는 배웠다. 아무튼 당시 실장은 주변을 돌아보는 것이 조금 부족했는데, 사실 너무 바빠서 그런 것 같다. 아무튼 주변으로부터 불편한 시선을 종종 받았다.

하마터면 편하게 살 뻔했다

그러던 어느 날 원장의 지시에 의해 조직 개편이 논의되었다. 연구실이 소속되어 있는 안보전략연구센터에서 실 개편을 하는데, 센터장이 북한연구실을 없애겠다는 거다. 한국국방연구원의 간판인데 북한연구실을 없앤다고? 당시 나는 연구원 꼬리를 떼고 선임연구원으로 막 진급한 상태였는데, 도무지 내 상식으로는 이해가 되지 않았다. 하지만 세상은 상식대로만 돌아가지는 않는다. 센터장은 이미 여러 시니어 박사님들과 조율을 해놓았던 것 같다. 갑자기 센터의 운용을 민주적으로 하겠다고 그러시더니 북한연구실의 존치 여부에 대해 투표를 실시해 결정하겠다는 입장을 밝혔다. 비밀투표도 아니고 센터 회의에서 공개적으로 손을 들어 다수결로 정한다는 것이었다. 회의를 주재하는 센터장의 사심이 들어간 것 같았다. 마음에 안 들었던 북한실장을 바꾸기 위한 것이라는 생각이 들었다.

회의 직전에 센터장은 나를 방으로 불렀다. 그러고는 북한연구실은 없어질 것이니 너도 선택을 잘 하라고 충고를 했다. 다르게 선택했을 경우 인사이동에서 불이익이 있을 수도 있음을 넌지시 암시했다. 이 정도면 무언의 압박도 아니고 아주 노골적인 압박이었다. 반대표를 던지면 재미없다는 의미였다. 하지만 나는 북한연구실의 일원이었다. 내가 반대표를 던지면 이것은 같이 일했던 실장에 대한 예의가 아니었다. 하지만 센터장은 내 인사평가권을 쥐고 있고 내가 희망했던 유학 선발에 결정적 영향력을 행사할 수도 있었다. '어떻게 해야 하나……' 길지 않은 시간이었지만 천근만근의 고민이 밀려왔다. 그리고 결심을 했다.

공개회의에서 북한연구실 폐지를 지지하는 사람 손을 들라고 했을 때 정말 깜짝 놀랐다. 평소에 북한연구실장과 친한 분도 폐지에 찬성을 한 것이다. '아, 권력이 이렇게 무서운 거구나.' 정말 조직은 냉정할 때는 얼음처럼 차갑다. 20여 명 중 단 2명만 북한연구실 유지에 손을 들고 나머지는 다 폐지에 손을 들었다. 그 2명은 북한연구실장과 나였다.

나는 실원으로서의 의리를 택했다. 나마저 폐지에 손을 들면 홀로 남겨질 실장이 너무 초라해 보였을 것이다. 그걸 참을 수 없었다. 또 누가 뭐래도 한국국방연구원에는 당연히 북한연구실이 있어야 한다는 나의 생각을 버릴 수가 없었다. 우리의 최대 위협인 북한 문제를 다루지 않고 미국이나 중국을 다루거나 국방정책만을 다루는 것은 맞지 않아 보였다. 또한 나를 회유하고 압박한 센터장의 힘에 꺾여 내가 선택을 바꾼다면 나는 나중에 더 큰일은 못할 것 같다는 생각도 했다.

선택의 결과는 아프게 다가왔다. 회의 후 센터장은 나를 따로 부르더니 "너랑은 앞으로 같이 안 한다"고 큰 소리로 나무랐다. 그리고 한동안 쉽지 않은 직장생활을 했다. 중요한 과제에서 빠지고 보고 들어갈 때마다 트집 잡혀 혼나고, 회의 때 무시당하고. 그러기를 한동안 반복했다. 보고를 들어갈 때마다 또 어떤 트집을 잡혀 혼날 건가를 두려워해야 했다. 직장생활의 스트레스를 뼈저리게 느끼고 경험했다.

하지만 나는 묵묵히 열심히 일했고, 세상은 그런 자에게 행운을 가져다준다. 다행히도 나는 일을 잘하는 연구원이었다. 조직에서 내가 없으면 불편한 것은 나의 상관들이었다. 그러니 일을 안 시킬 수가 없었다. 물론 일을 다 하고 인사평가상 불이익을 당할 수도 있었다. 하지만 운이 좋았는지 인사평가 전에 그분이 더 좋은 곳으로 영전해 나가셨다. 이 역시 운이라면 나는 정말 행운아다.

그러한 일들이 있고 나서 오히려 나는 선배들에게 좋은 평가를 받았다. 북한연구실 폐지에 손들었던 선배들도 왠지 미안한 마음은 있었던 것 같다. 그리고 홀연히 반대를 한 나의 결정을 존중해주고, 그래도 '이 자식 의리는 있네' 하는 생각을 하셨나 보다. 만일 내가 그때 나 살자고 북한연구실 폐지에 손을 들었다면 나 스스로 떳떳하지 못했을 것이다. 북한연구실장과의 관계도 영원히 틀어졌을 것이다. 하지만 용기를 내서 내가 할 일을 했기 때문에 힘들 때도 나는 마음이 평온했고, 그 위기를 극복해냈을 때 더 큰 평가를 받을 수 있었다. 역시 편하게 사는 것보다는 할 일을 하면서 살아야 한다. 나설 때는 용기를 내서 나서야 한다. 그래야 사람다운 삶이다.

일을 할 때는 일을 배우기 위해, 그리고 자기에게 주어진 일에 대해 책임을 져야 할 때는 책임을 지기 위해 회피하지 말고 용기를 내서 나서야 한다. 어떤 경우에도 나서지 않는다면 무능한 것이고, 자기가 나서야 할 때 물러서면 비겁한 것이다. 따라서 스스로를 위해 그리고 조직을 위해 나서야 할 때는 결코 머뭇거려서는 안 된다.

17

하마터면
편하게
살 뻔했다

열심히 사는 사람들의 보람은 세상을 바꾸는 데 있다. 직장인은 직장에서, 자영업자는 자신의 사업장에서, 알바생은 크고 작은 일터에서, 공무원은 관공서에서, 학자는 연구소나 학교에서 열심히 자신이 맡은 바 일을 하며 세상을 바꾸고 있다. 우리는 좋은 방향으로든 나쁜 방향으로든 세상을 바꾸고 있다. 어제와 같은 오늘은 없고 오늘과 같은 내일은 없다.

변화하는 세상 속에서 무언가를 이루고자 한다면 일관된 방향성을 지녀야 한다. 이랬다저랬다 해서는 안 된다. 힘들어도 옳다고 생각하면 할 말은 해야 한다. 자신이 좀 편하게 살자고 해야 할 '행동과 말'을 참는다면 그것은 올바른 방향이 아니다. 다행히도 박사학위를 마치고 본격적으로 전문가로서의 삶을 살기 시작한 나는 편하게 살기보다는 힘들더라도 배운 것을 행동으로 옮겨 세상을 바꾸며 사는 쪽으

하마터면 편하게 살 뻔했다

로 방향을 정했다. 그래서 내가 생각했던 것보다는 더 힘들게 살고 있다. 하지만 꿋꿋이 살면서 보람을 찾고 있고, 지금은 '하마터면 편하게 살 뻔했던 상황'에서 올바른 선택을 했음을 하늘에 감사드린다.

살다 보면 어려운 선택을 해야 한다. 그리고 그 결과에 영향을 받는다

나는 안보 분야 일을 해서인지 대외정책이나 북한 문제에 관해서 늘 신중하게 접근한다. 한국국방연구원에서 막 북한 문제를 연구하기 시작했을 때 선배님들이 "야, 국방은 최후의 보루나 마찬가지니까, 네가 북한에 속으면 대한민국 모두가 속는 거야!"라고 교육하셨고, 나는 그 말에 일리가 있다고 생각해 신중에 신중을 더하며 북한 문제와 한미동맹 문제를 바라봐왔다.

누군가는 모험을 해야 하고 누군가는 신중을 기해야 하고 누군가는 이 모두를 검토하며 나라의 정책을 만들어야 한다. 따라서 학자로서 일할 때는 자신의 입장을 견지함에 있어 주변을 둘러봐서는 안 되고, 관료로서 일할 때는 권력이 아닌 국가의 관점에서 최상의 선택을 해야 한다. 이 균형이 무너지면 나라는 잘못된 곳으로 가게 되어 있다.

초강대국들과 북한에 둘러싸인 우리나라의 여건을 고려하면 늘 살얼음을 걷는 것 같다. 차라리 마음 편하게 이것저것 시도해보라고 말하고 싶을 때도 있다. 하지만 한국의 안보환경과 그간의 외교사를 공부한 사람으로서 정도(正道)를 벗어나는 말은 할 수가 없다. 반대로 무턱대고 북한을 압박해서 정권을 교체하고 통일을 이루자는 것에도 반대한다. 우리의 안보 이익을 지키고 그 속에서 경제적 번영에 매진할 수 있는 대외 환경을 구축하려면 지속적으로 현실성 있는 정책을 추진해야 한다. 어느 개인의 전략적 판단에 의해 대외정책의 방향이 좌우되어서는 안 된다. 그러기 위해서는 그만한 환경 변화와 힘의 축적이 전제되어야 한다. 그게 내가 배워왔고 지금도 추구하는 외교안보정책의 요체다.

2002년 대선이 끝나고 2003년 초였다. 당시 한국국방연구원 북한연구실의 실장이었던 서주석 박사님께서 청와대에 비서관으로 가시게 되었다. 그 전에 약 1년간 나와 한방을 쓰며 실장이자 방장으로서 내가 업무를 보좌하는 역할을 했었다. 그런 서 박사님이 청와대에 입성하니 한편으로는 노무현 대통령의 대외정책이 만족스럽지 않으면서도 다른 한편으로는 가까운 분이 잘된다는 생각에 기쁘기도 했다.

그런 와중에 서 박사님께서는 나에게 청와대 행정관으로 같이 일하자는 제안을 해주셨다. 큰 의미를 두지 않고 인연 때문에 내게 한마디 던지셨을 수도 있다. '청와대라……' 외교안보 분야에서 일하는 사람으로서 한 번 가보고 싶다는 생각을 했다. 하지만 두 가지 생각이 나를 멈추게 했다. 먼저 청와대에서 일해보는 것도 좋지만, 일단 전문가의 길을 가기 위해서는 박사학위를 먼저 받아야 한다는 생각이었다. 보다 근본적으로는 내가 내 일을 미루면서까지 노무현 정부에 봉사하고 싶은 생각이 없었다. 노무현 정부에 대한 거부감은 없었지만 정부가 표방하는 대북관과 동맹관이 내가 바라보는 관점과 차이가 있는데, 청와대에서 한번 근무해보겠다고 따라가는 것은 옳지 못하다고 생각했다.

나는 정중히 거절을 하고 공부를 하는 쪽을 택했다. 그리고 박사학위를 마치고 본격적으로 전문가로서 일했다. 돌이켜보면 일에만 파묻혀 살았지만 즐거운 시간이었다. 자기가 좋아하는 공부를 하고, 자기가 하고 싶은 말을 하면서 생계를 이어가는 즐거움은 '해보지 않은 사람은 모른다'는 생각이 들 정도로 행복한 삶이다. 사실 돈 안 줘도 할 텐데 말이다.

그래서였는지 아니면 이왕 한 공부 이 분야에서 최고가 되어보자는 욕심 때문이었는지, 나는 남들보다 몇 배로 일한다는 생각으로 연구에 매진했고 틈이 나면 강의를 했다. 한길에 매진했기 때문이었는지 실력이 늘어나는 것이 내 눈에도 보였다. 그 때문인지 국방부와 외교부에서 일할 수 있는 좋은 기회를 얻게 되었고, 이 분야에 대한 전문성의 깊이도 더욱 깊어졌다.

외교안보 분야의 일을 하다 보니 튼튼한 안보를 강조하게 되고 시간의 흐름과 함께 어느덧 보수인사로 분류되는 것 같다. 그간 대외활동을 하면서도 다양한 사람들을 만났고 내 지식을 공유하면서 세상에 기여한다는 마음으로 기회가 닿을 때마다 자문을 해주곤 했다. 정부기관일 때도 있고, 기업인일 때도 있다. 가끔은 정치인도 있다. 내가 좋아하는 사람에게 더 자세히 더 자주 해주었지만, 정치적 편향성에서 요청을 거절한 사례는 한 번도 없다. 여당이든 야당이든 마찬가지다. 내 생각과 다른 정치인 중에서도 내 이야기를 경청해주시는 분들이 있었다. 민주당의 박병석 의원, 심재권 의원, 그리고 지금은 스스로의 잘못으로 정치활동을 못 하지만 안희정 지사가 그랬다. 물론 이들의 최종 의사결정은 내 조언과 다를 때가 많았지만 말이다.

이처럼 생각이 다른 사람들에게 조언을 해주었지만 내가 지킬 선을 지켰고 나만의 길을 걸어왔다. 그 선택이 오늘의 나를 만들고 있다. 마찬가지로 많은 사람들이 직장에서 여러 가지 이유로 업무 외적인 선택을 해야 한다. 그때 자신의 이해에 따라 힘 있는 쪽을 택하며 왔다 갔다 하면 존경을 받지 못한다. 모두에게 잘해주어야 하지만 선을 지켜야 한다. 그리고 자기가 옳다고 생각하는 길을 이해득실 없이 가는 것이 긴 호흡의 삶을 사는 길이다. 살다 보면 많은 선택을 해야 하고 그 결과에 영향을 받지만, 일관된 길을 가며 품위를 유지하는 게 옳은 방향인 것 같다.

하지만 인생은 늘 좋은 일만 찾아오는 것도 아니고 쉽게 풀리는 것도 아니다. 때로는 자신에게 어려운 선택이 주어지는 운명의 순간이 찾아오고 그 결과를 책임져야 한다. 그 과정에서 인생의 풍파가 다가오기도 한다.

내가 박사학위를 받고 열심히 활약했던 대부분의 시기는 보수 정부 시기였다. 그래서 안보적 관점에서 한반도를 둘러싼 문제를 다루었던 나로서는 별다른 부담이나 저항 없이 내가 하고 싶은 말을 할 수 있었다. 하지만 그 당시에 나와 생각이 다른 사람들은 불편함을 느꼈을 것이다.

그런데 정부가 바뀌면서 상황이 바뀌었다. 문재인 정부의 대북정책이나 동맹정책에서 북한에 대한 신뢰나 김정은 국무위원장의 결단이 있는가의 문제를 둘러싸고 정부 입장과 이견이 있었고, 나는 내 생각을 마음대로 이야기하기가 어려워졌다. 물론 국립외교원 교수 생활 시절에 공무원의 신분으로서 정부 정책을 공개적으로 비판한 적은 없었다. 단지 여러 가정 사항을 두고 문제를 제기하는 방식으로

하마터면 편하게 살 뻔했다

잘못된 경우를 예방하자는 취지로 말을 했다. 혹시 모를 부작용을 제기하며 정부가 올바른 방향으로 가도록 건의한 것이었다. 이것이 내 이야기의 핵심이라는 것을 아는 사람은 다 알고 있었을 것이다.

그러다가 내 인생의 가장 큰 도전을 맞게 되었다. 그 도전은 2018년 1월 하순 모 방송국 토론회에 출연하면서 찾아왔다. 전에도 가본 적이 있었는데 그때는 학자들 간의 토의여서 별 문제가 되지 않았었다. 그런데 그날은 정치인과 짝을 지어 앉게 했고, 나를 보수로 분류한 방송국의 판단에 따라 보수 정당 정치인의 옆자리에 앉게 되었다. '아 내가 이 자리에 앉아도 되나…….' 나도 혹시 모를 상황이 떠올라 걱정이 되었던 터라 토론 내내 신중한 발언을 했고 정부 정책의 선을 넘지 않기 위해 노력했다. 실수하면 안 된다는 생각에서 아마 그간 출연했던 TV 토론 중 가장 집중해서 토론했던 기억이 난다.

그런데 그래서였는지 반응은 좋았다. 그 자리에서 토론을 평가한 20명의 대학생 평가단 중 17명이 내가 속한 쪽의 의견을 지지했다. 17 대 3이라니, 그 토론 프로그램에서도 드물게 나오는 일방적 승리였다. 멋쩍어하는 상대방과 어색한 인사를 나눈 뒤 토론장을 나왔다. 당시는 남북대화가 막 시작되는 시점이어서 문재인 정부의 대북 행보에 대한 지지가 매우 높았을 시기였다. 평창올림픽에 북한이 참석한다고 해서 평화 분위기가 막 조성되던 시기였다. 그런 분위기에서 개최한 방송 토론의 결과로는 정말 이례적인 일이었다.

하지만 그때 내가 이야기한 "초기에 북한 비핵화 개념과 로드맵을 확인하지 못하면, 북한은 외교적 고립을 탈피한 후 입장이 달라질 수 있고, 향후 비핵화 대화의 진전이 어려워질 수 있다"는 주장이 설

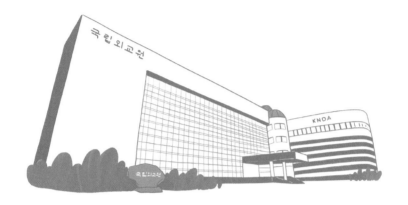

국립외교원은 대한민국의 미래를 책임질
유능한 외교관 인재를 길러내는 곳이다.
이들에게 한반도 전략상황과 북한 문제를 가르치는 일은
정말 즐거운 일이었다.
'할 말을 참아가며 편하게 살 수는 없다' 는 개인적인 결심으로
조직을 일찍 떠나게 되었지만
아직도 국립외교원은 좋은 경험을 준 고마운 기관으로 생각하고 있다.

득력 있게 통했고, 지금 돌아봐도 그때 내 말이 맞았다. 변하지 않는 북한의 행동이나 그 결과로서 비핵화 협상의 난항이 이를 증명하고 있다. 하지만 세상살이는 옳고 그름만이 좌우하지는 않는다.

주말 방송이 끝나고 월요일 아침에 출근을 했는데 국립외교원 원장 부속실에서 연락이 왔다. 내 소재를 파악하며 원장님께서 도착하시자마자 찾을 것 같다는 것이었다. 당시 상대 패널로 TV토론에 나온 학자 한 분은 이후 장관직에 오를 정도로 핵심 멤버였다. 상대 패널로 나온 정치인 역시 이름만 대면 다 아는 유명인이었다. 그래서였는지 예상보다 후폭풍이 컸다. 올 것이 왔다고 생각하고 원장님 출근에 앞서 미리 원장실로 갔다. 매도 먼저 맞는 것이 나을 것 같아서였다.

나는 원장님께 자초지종을 잘 설명했다. 배치는 방송국에서 한 것이고 내가 말한 내용 중 외교부의 정책 방향과 다른 것은 하나도 없었다는 요지로 설명을 했다. 설명을 들으신 후 원장님도 수긍을 하셨다. 주말에 전화를 받고 방송국 홈페이지에 들어가서 2시간이 넘는 방송 분량을 다 보았다고 하셨다. 나의 발언 내용 중 정부의 외교정책에 반하는 내용이 없었다는 점도 동의하셨다. 다만 보수 정치인의 옆에서 토론한 것은 공무원으로서 부적절한 행동인 만큼 적절한 내부 절차를 밟자고 하셨다.

이 과정에서 말하기 불편한 이런저런 일들이 있었지만, 나 역시 어느 정도 불이익을 예상했기에 다음과 같은 조치에 동의했다. "국립외교원의 현안대응팀장을 맡기로 했는데 동 보직을 스스로 사퇴한다. 별도의 허락이 있을 때까지 일부 방송에 나가지 않는다. 시말서를 작성해서 제출한다." 나도 국방부와 외교부 생활을 해본 만큼 그

185

마음을 이해했기 때문에 별다른 이의도 불만도 제기하지 않았다.

이렇게 외부적으로 사안이 종결되는 듯했지만, 내 안에서는 그렇지 않았다. 그 사건 이후 나가는 방송에서 말을 할 때마다 자꾸 위축되고 자기검열을 하게 되는 것이었다. '이 정도면 되겠지. 이렇게 돌려말하면 되겠지. 이건 안 되나?' 이런 생각들이 발언하기에 앞서 내 머릿속을 지배했다. 그러다 보니 당연히 할 말을 다 못하는 경우가 많았다. 주저하고 위축되는 나를 발견하면서 점차 마음속 다른 한편에서는 '너 이렇게 살래? 해야 할 말도 못하고? 편안하게 살기 위해 공부했나? 그게 삶을 바쳐 투자한 피나는 노력의 목적이었나?' 하는 불만의 목소리가 자라나고 있었다. 내 정체성은 나에게 이렇게 살지 말라 했다. 매일매일이 혼란의 연속이었다.

이제 나는 선택을 해야 했다. 조직 내에서 참으면서 일생 편하게 살 것인가, 아니면 나가서 새로운 도전을 해야 할 것인가. 편하게 살고자 했으면 얼마든지 버틸 수 있었다. 국립외교원 교수에게는 일반 공무원보다 더 높은 수준의 신분 보장이 뒤따른다. 학문의 자유를 보장해주려는 차원에서 그러는 것 같다. 나는 이미 정년이 보장된 (tenured) 교수였기 때문에, 극단적으로 말하자면 남아 있는 정년까지 약 17년 동안 별일을 안 해도 버틸 수 있었다. 유일한 징계는 안식년을 갖지 못하고 해외출장을 가지 못한다는 것뿐, 맡은 강의만 하면 되었다. 강의를 맡겨주지 않으면 강의를 하지 않아도 버틸 수 있었다. 정말 마음 먹기에 따라서 얼마든지 편하게 살 수 있는 자리였다.

그때 내 나이는 만 47세, 새로운 직장을 잡기에 적지 않은 나이였다. 대학을 다니는 첫째, 고3 학생인 둘째, 그리고 초등학교 5학년인 막내가 있었다. 자식을 너무 많이 낳았나 하는 생각도 들었다. 직장을 잘못 옮겼다가는 이 아이들을 어떻게 먹여 살리고 교육시켜야 할지. 그래서 두려웠다. 아마 중년의 직장인들은 늘 이런 고민과 고통 속에서 살고 있을 것이다. 나는 그 전까지만 해도 나름 순탄했던 삶이기에 이런 고민에 익숙하지 않았다. 그런데 태어나서 처음으로 가장으로서 생계 고민을 했다.

고민이 많아지면 잠이 오지 않았다. 신기할 정도였다. 아무리 일찍 누워도 새벽 서너 시까지 잠이 오지 않았다. 낮에도 피곤만 할 뿐 마음 편히 눈을 못 부쳤다. 몸도 아파왔다. 갑자기 오십견이라는 것이 찾아오더니 오른 팔을 어깨 위로 올리지 못하고 팔을 뒤로 하여 '열중쉬어' 자세도 못 취할 정도로 심해졌다. 극심한 스트레스 증상 중 하나였다. 기운도 없어졌다. 갑자기 근력이 빠지는 듯한 느낌이 들더니 무기력증이 몰려왔다.

고민이 많을 때 좋은 점도 있다. 먼저 살이 빠진다. 체중이 몇 키로 아무 이유 없이 빠졌다. 다음으로는 친구들이 잘해준다. 어려움을 겪는 내 모습을 위로해준다고 밥도 잘 사주고 또 격려도 해준다. 특히 고향 친구들이 내게 정말 잘해줬다. 역시 어렸을 적 친구가 진짜 친구다. 아무튼 그래도 내 마음은 편하지 않았고 어떤 선택을 해야 할지, 어떤 삶을 살아야 할지 치열한 고민에 고민을 이어갔다.

그리고 나는 결심을 했다. 편하게 사는 것을 버렸다. 그래도 1995년부터 23년 가까이 국민의 세금으로 월급을 받고 생계를 유지했는데, 내가 옳다고 믿는 바를 숨기면서 사는 것은 비겁하다고 생각했다. 그간 내 생계를 도와준 나라에 대한 도의가 아니라고 생각했다.

왜 그랬는지 모르지만 내 안에서 '할 수 있다. 해야 한다'는 용기가 솟아났다. 2018년 4월 초 국립외교원을 그만두고 아산정책연구원으로 자리를 옮겼다.

2018년 1월 말부터 3월까지 정말 많은 고민을 했고 결단을 내렸다. 앞으로의 인생이 공무원을 계속 하는 것보다는 편하지 않겠지만, 의미는 있을 것이라고 스스로를 채찍질했고 다짐했다. 내 행동이 옳다고 그래서 잘한 거라고 반복적으로 되뇌었다. 그리고 나는 태어나서 처음으로 정부와 관련이 없는 민간기관에 몸을 담게 되었다.

어렵다고 생각해도 기회는 또 찾아온다

아산정책연구원은 정몽준 명예이사장께서 부친이신 아산 정주영 회장님을 기려 설립한 민간 연구기관이다. 국책연구기관과는 달리 정부의 시각을 반영하지 않고 객관적인 연구를 할 수 있도록 지원해주는 일종의 사회봉사 차원에서 설립한 연구소다. 그 설립 취지대로 운용되며 개인의 연구나 발표에 아무런 개입을 하지 않는다. 실제로 아산정책연구원으로 자리를 옮긴 후 나는 연구 내용에 관해 간섭을 받아본 적이 단 한 번도 없다. 그 덕분에 나는 자유롭게 내가 가진 견해를 이야기하고 있다. 연구원과 설립자께 고마운 마음뿐이다.

아산정책연구원의 입구에는 아산 선생님의 말씀이 적혀 있다.

"우리가 잘되는 것이 나라가 잘되는 것이며, 나라가 잘되는 것이 우리가 잘될 수 있는 길이다."

개인의 삶과 나라에 대한 사랑을 매일 환기시켜주는 감동적인 말이다. 이런 마음으로 나의 아버지 세대는 나라를 부강하게 발전시켜

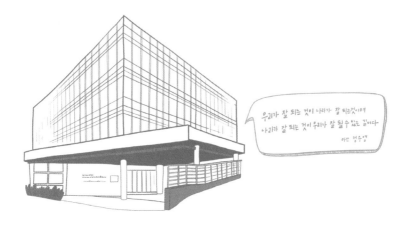

아산정책연구원 입구에는 아산 선생님의 말씀이 적혀 있다.
"우리가 잘되는 것이 나라가 잘되는 것이며,
나라가 잘되는 것이 우리가 잘될 수 있는 길이다."
개인의 삶과 나라에 대한 사랑을
매일 환기시켜주는 감동적인 말이다.
이런 마음으로 나의 아버지 세대는 나라를 부강하게 발전시켜왔고,
우리 세대는 다음 세대에 잘 전달할 필요가 있다.

왔고, 나는 이 나라를 다음 세대에 잘 전달할 필요가 있다. 비록 돈 버는 일은 아니지만 나름 이 나라를 위해 기여한다는 마음으로 일하고 있다.

만 65세까지 정년이 보장되는 국립외교원 교수직을 그만두고 아산정책연구소로 옮기면서 나는 2~3년마다 계약기간을 갱신해야 하는 계약직 신분이 되었다. 봉급과 같은 처우는 큰 차이가 없지만, 계약직은 심리적인 면에서 정년 보장이 되는 정규직과 큰 차이가 난다. 계속 열심히 일해야 살아남는 구조다. 계약직을 해보니 왜 모두가 정규직을 선호하는지 알 수 있을 것 같다.

노후에 안정적으로 공무원 연금을 받기를 바라는 아내의 마음을 설득하는 일도 쉽지 않은 일이었다. 하지만 나는 이미 받을 만큼 받은 사람이었다. 나라로부터 큰 혜택을 받아 공부도 많이 했고 좋은 자리에도 많이 가봤다. 이젠 내가 나라에 갚을 때라고 생각했다. 옳다고 생각한 바를 말하며 살겠다는 말로 아내를 설득해냈다.

편하게 사는 길을 택했다면 아마 지금쯤 나는 지병이 하나 생겼을 것이다. 속병이든 아니면 무엇이든 뭔가 하나 이상이 생겨 쓰러졌을지도 모른다. 다행히 내가 보는 바와 믿는 바를 정부에게, 전문가들에게, 그리고 방송을 통해 국민들께 말씀드리며 살고 있기에 속이 편해서인지 건강은 아무 이상이 없다. 물론 몸은 여전히 바쁘다. 하지만 마음은 정말 편하고 좋다.

국립외교원을 나오는 과정에서 해프닝이 하나 있었다. 내가 정부의 핍박을 받고 외교원을 그만두게 되었다는 언론 보도 때문이었다. 사실 사표가 수리되기 전에 내 이름을 '국립외교원 s 교수'로 해서 탄

압을 받고 직장을 옮기려 한다는 언론 보도가 나왔다. 평소 잘 아는 기자분이셨는데 나와 사전 상의 없이 보도를 냈다. 아마도 내 상황을 전해듣고 나를 돕기 위해 그러셨던 것 같다.

하지만 상황은 반대였다. 사표를 제출한 지 2주가 지났는데도 사표수리가 안 되었다. 명분은 비위조사였다. 공무원은 사표를 내도 비위조사기간이라는 게 있다는 걸 그때 처음 알았다. 혹시라도 비리를 저지르고 연금을 타기 위해 급하게 사표를 낼까봐 그런 제도를 두고 있는 것 같다. 하지만 외교안보 분야는 소위 접대라는 것이 없다. 이권이 걸려 있는 게 없기 때문이다. 아무튼 나는 우여곡절 끝에 국립외교원 교수직을 그만둘 수 있었고, 그 전까지 한동안 언론에 국립외교원의 's 교수'로 불렸다.

국립외교원을 그만두면서 나는 인생을 새로 배웠다. 내 부족함을 느꼈고, 주변에 좋은 분들이 많다는 점을 깨달았다. 내가 어려움에 처할 때 나를 위로해주는 친구들이 있었고, 나를 도와주기 위해 앞장서주신 어른들이 계셨다. 많은 분들이 직접 만나서 또는 전화로 내 걱정을 해주셨다. 그래서였는지 불확실한 앞날에 대해 걱정도 있었지만 행복했다. '내가 인생을 헛산 것은 아니어서 다행이다'라고 느꼈다. 주위에 잘하고 사는 것이 인생의 가장 큰 복이라는 것을 알게 되었다.

물론 일상이 늘 바쁘다 보니 주변에 내가 해야 할 도리를 다 못하고 산다. 죄송할 따름이다. 요즘에는 가능하면 주변 사람들에게 잘하려는 마음으로 전보다 더 자주 연락하고 더 자주 만나며 살고 있다. 인생에 위기가 찾아왔을 때 나는 편하게 사는 것보다는 내가 해야 할 일을 선택했고 그 덕에 행복을 찾았다. 사실 한국국방연구원에 들어 간 것부터가 행운이었고 그 덕에 20여 년 간 편하게 살아왔기에 앞으로의 인생이 어느 방향으로 가든 후회는 없다.

아산정책연구원에 온 이후로 나는 더 많이 노력했다. 갓 취업한 연구원처럼 처음부터 시작하는 마음으로 일했다. 그러다 보니 국립외교원에서 일했을 당시보다 더 주목을 받았다. 일부를 감추며 말하는 것과 생각하는 그대로를 말하는 것은 차이가 난다. 그 차이는 매우 크다. 그리고 일하는 데 아무런 거리낌이 없는 만큼 흥도 난다. 그렇게 해서 아산정책연구원으로 옮긴 지 채 반년도 되지 않아, 나는 예전 못지않은 위상을 다시 찾을 수 있게 되었다. 그래서인지는 몰라도 나는 편하게 살기를 포기한 그때의 결정을 후회하지 않고 있다.

한편, 한반도 정세와 외교 상황은 내가 예견한 방향으로 흘러가고 있다. 아쉬운 부분이다. 정부도 겉으로는 말을 안 하고 있지만 매우 당혹해할 것으로 생각한다. 내가 일을 시작한 김영삼 정부 이래 여러 정부가 대부분 성공적으로 평가받지 못하는 이유는 의사결정 체계가 경직되어 있기 때문이라고 본다. 윗사람 눈치를 보며 해야 할 말을 하지 않고 무조건 잘했다고 하는 분위기가 조성되는데, 그러다 보면 외부의 변화에 둔감하게 된다. 환경 변화에 적응하지 못하는 동물이나 식물들이 퇴화되거나 멸종하는 것처럼 변화에 적응하지 못하는 정부는 좋은 평가를 받기 어렵다. 이 점을 알고 활발한 토론이 정부 내에서 이루어지게 해야 하는데, 리더십의 스타일이나 윗사람 눈치를 보는 조직문화로 인해 응당 봐야 할 것을 못 보는 경우가 허다하다.

오늘도 나는 그간 공부한 것에 기초해서 옳다고 생각하는 바를 말한다. 동시에 내가 말하는 것이 틀리기를 바란다. 북한 김정은이 쉽게 핵을 포기하고 통일을 위해 모든 특권을 내려놓는 상황이 오기를 바란다. 하지만 그런 일은 쉽게 오지 않을 것이다. 마치 인생이 쉽게 펼쳐지지 않는 것처럼 말이다.

18

자신이 몸담고 있는 조직을 사랑하라

사회생활을 하다 보면 내가 속한 집단이나 내게 월급을 주며 내 생계를 꾸려갈 수 있도록 돕는 조직이 내게 힘을 준다. 비단 직장이 아니어도 마찬가지다. 어느 조직에 속해 있든 간에 나는 그로부터 크든 작든 보이지 않는 힘을 부여받는다. 한 개인의 역량도 중요하지만 조직이 주는 힘을 잘 이해할 때 더 큰 일을 할 수 있고, 나를 넘어선 겸손을 배울 수 있다. 그렇기에 내가 속한 곳에 감사하는 마음이 필요하다. 대부분 조직을 떠나보아야 그 소중함을 알게 되지만, 내가 조직에 몸담고 있을 때 내게 힘을 주는 조직의 소중함을 깨달을 필요가 있다. 조직의 소중함을 모르고 조직을 사랑하지 않으면 자기만 손해다.

나는 현재 아산정책연구원의 안보통일센터장으로서 한국의 외교안보에 관련한 나의 생각과 고민을 자유롭게 말하며 살고 있다. 그래서 나는 행복하다. 이렇게 살 수 있는 것은 내가 잘나서만은 아니다. 내가 속한 아산정책연구원의 권위와 위상이 내게 힘을 주는 것이다. 내가 어느 조직에도 속하지 않은 한 개인이었다면 나의 영향력은 미미했을 것이다. 아산정책연구원이라는 조직을 만들고 발전시켜온 분들이 있었기에 그 안에 속한 나의 말이 힘이 갖는다. 이 조직을 만들고 발전시키고 또 함께 일하는 모든 사람의 힘이 함께 실려 있기 때문이다.

내가 조직의 중요성을 처음으로 깨닫게 된 곳은 국방연구원이었다. 갓 박사 학위를 받고 열심히 활동하던 시절이었다. 지금 돌아봐도 에너지가 넘쳤고 못하는 일은 없다는 자부심이 컸던 시절이다. 그러던 중 어느 날 모 학회에서 개최하는 세미나에 간 일이 있다. 그날따라 다른 일정과 겹쳐서 먼저 있던 일정을 마치고 회의장에 일찍 도착했다. 부지런한 몇몇 회원분들이 먼저 도착해서 이야기를 나누고 있었다.

그때만 해도 내 얼굴이 잘 알려지지 않았던 시절이라 외교안보 분야에 종사하시는 분들도 나를 알아보지 못하는 분이 더 많았다. 조용히 앉아 있는데, 몇몇 분이 이야기를 나누는 소리가 들렸다. 내가 발표할 주제에 대해서였다. 발표자가 어떻고 글이 어떻고 하며 이야기를 하는데, 얼굴이 화끈거리고 등이 차갑게 시려왔다. 내가 쓴 글보다 더 좋은 내용의 이야기를 나누고 있는 것이 아닌가.

그중에서도 특히 좋은 이야기를 많이 하시던 분이 있었는데, 연세는 50대 후반으로 보였다. 나보다 어르신이시라 용기를 내어 다가가 이야기를 나누어보았다. 알고 보니 중령으로 예편한 예비역 장교였다. 진급은 못했지만 정책부서에 근무하면서 나름대로의 지식을 쌓으신 분이었다. 그래서인지 지적한 내용에 정말 공감이 갔다. 그래서 예의 차원에서 제가 오늘 발표하는 누구인데 좋은 말씀 잘 들었다고 감사의 인사를 드렸다. 그러면서 오늘은 중령님이 발표하시는 게 더 좋았을 것 같다고 덧붙였다. 뭐 일종의 고마움을 표현하는 립 서비스였기도 했지만, 진심이 담긴 인사였다. 그런데 그분의 답이 나에게 큰 깨달음을 주었다.

"저야 뭐 이젠 일반인인걸요. 제 이야길 누가 들어주겠어요?"

아, 그런가? 듣고 보니 그 말도 틀린 말은 아니었다. 아무리 좋은 말을 해도 듣는 사람이 없다면, 또 그 이야기를 믿어주지 않는다면 아무런 반향이 있을 리 없다. 실제로 나는 한국국방연구원 북한연구실 소속 연구원이었기 때문에 회의에 발표자로 나설 수 있었던 것이고, 나보다 사안을 더 잘 알던 그분은 직장이나 소속기관이 없었기 때문에 청중으로 앉아 계셨던 것이다. 내가 발표자로 연단에 설 수 있었던 것은 내가 몸담은 조직이 있기 때문이었고, 그분이 방청석에 계신 것은 몸담은 조직이 없기 때문이었다. 불공평해 보이지만 그게 현실이다.

이후 종종 소위 재야의 고수들을 만나게 되었다. 그리고 그들의 이야기를 들으며 나의 생각이 너무 경직되거나 편향적인 것은 아닌지 스스로 점검했다. 그들도 조직에 몸담고 있었다면 더 좋은 정보를 얻고 더 좋은 기회를 갖게 되었을 것이다. 아무리 훌륭한 역량을 가지고 있다 해도 이미 은퇴해 소속된 조직이 없거나 학위가 없으면 그 역량을 펼치기 어렵다. 내가 속해 있는 조직은 내게 음으로든 양으로 는 힘을 주고 있는 것이다.

물론 모든 사람이 다 직장생활을 할 필요는 없다. 많은 친구들은 자영업을 통해 생계를 꾸려가고 있고, 그 속에서 성취와 보람을 찾고 있다. 하지만 반대로 모든 사람들이 개인사업을 할 수는 없다. 결국 누군가는 조직생활을 하게 된다. 그리고 그 조직은 크든 작든 소속된 사람들에게 힘을 준다. 돌아보면 대학도 마찬가지다. 내가 몸담은 대학은 내게 힘을 준다. 상대적으로 얼마나 많은 힘을 주는지는 차이가 날 수 있지만, 명성이 있는 대학이든 그렇지 못한 대학이든 내가 몸담고 있는 대학은 내게 힘을 준다.

직장생활을 해오면서 다른 직장에 다니는 친구와 선후배들을 많이 보아왔다. 술자리를 갖게 되면 대부분이 직장이나 직장 동료에 대한 불만을 이야기한다. 물론 직장이나 조직은 나에게 부담도 준다. 앞에서도 언급한 것처럼 "세상에 공짜로 월급 주는 곳은 없다"라는 말이 괜히 생긴 게 아니다. 그들이 직장에 대해 불만을 갖는 다양한 이유들을 듣고 보면 모두 이해가 간다. 하지만 그럼에도 불구하고 직장은 그들이 불평하는 말에도 힘을 실어준다. 일례로 삼성전자와 같은 대기업에 다니는 직원이 친구들을 만나 회사에 단점을 술안주 삼아 이야기하면 사람들은 더 귀 기울여 듣는다. "어, 그래? 삼성도 별거 아니네." "야, 그건 그나마 삼성이니 그런 거야. 배부른 소리 하네." 이런 소릴 듣는 것 역시 삼성이라는 조직이 그 친구에서 힘을 주기 때문에 가능한 것이다.

일하는 과정에서나 남을 만날 때 내가 몸담은 조직은 내게 힘을 준다. 사람들은 내가 소속되어 있는 조직과 나의 존재를 동일시하는 경향이 있다. 조직이 힘이 있고 명성이 있으면 그 조직에 소속된 나도 그렇게 본다. 내가 그렇게 생각하지 않더라도 남들은 그렇게 생각한다. 그 조직을 벗어나면 자연인으로서의 나는 사적 생활이 아닌 공적 생활에서도 그저 평범한 개인에 지나지 않는다. 그동안 조직이 내게 주었던 힘은 사라진다. 이것이 좋든 싫든 자신이 속한 조직을 사랑해야 하는 이유다.

어느 조직에 몸담은 것을 너무 당연하게 생각해서는 안 된다. 나는 운 좋게도 좋은 직장을 여러 군데 다녀봤다. 물론 조직을 떠날 때마다 가슴이 아프거나 미안한 마음이었다. 특히 한국국방연구원을 그만둘 때 나는 날 키워준 조직에 대한 송구함이 컸다. 이젠 내가 보다 자유로운 일을 할 때가 되었다고 판단해서 옮긴 것이었지만, 아쉽고 미안한 마음이 컸다. 그만큼 내가 몸담은 조직의 인연은 소중한 것이라고 생각했다. 반대로 쉽게 조직을 떠나면 다시 돌아오기가 어렵다는 것도 느꼈다. 조직에 감사하는 만큼 조직을 떠나는 데도 신중한 선택이 필요한 이유다.

내가 몸담고 있으면서도 사랑하지 않는 조직이 나를 위해 모든 것을 해줄 가능성은 적다. 내가 한 것보다도 늘 적게 받고 있다고 느끼게 되는 것은 어쩔 수 없는 사실이다. 그래서 조직 내에서 조직에 대한 뒷담화와 불만이 떠나지 않는 것이다. 하지만 내가 조직을 사랑해야 조직도 나를 사랑하고 내가 자신을 갖고 살아갈 힘을 준다. 우리는 자신이 몸담은 조직으로부터 보이지 않게 많은 혜택을 보며 살고 있다. 단지 우리가 그것을 잘 모르고 있을 뿐이다. 따라

서 잘하고 못하고를 떠나서 반드시 내가 소속된 조직을 사랑해야
한다.

19
/
나이를 먹어가면서 키워야 할 것은 리더십이다

사회생활을 하다 보면 이기적이 된다. 하지만 나이를 먹어갈수록 내가 챙겨야 할 사람들이 늘어난다. 가정에서 직장에서 점점 더 내가 가장 중요한 존재가 된다. 하지만 위치가 올라가다 보면 그 과정에서 남과 부딪친다. 나보다 위치가 아래에 있는 사람들에게 함부로 대할 때도 있게 된다. 나를 위해 일할 것을 강요하고 그렇지 못하면 서운해하거나 무시하고 또 때로는 내가 가진 아무것도 아닌 권력을 이용해 괴롭히기도 한다. 하지만 내가 철없이 던진 한마디 한마디는 결국 부메랑이 되어 다시 내게 돌아온다. 그리고 그걸 확인하는 순간 내가 이끌고 가는 조직이나 가정은 망가져가고 있는 것을 확인하게 된다. 나이를 먹으면서 가장 중요한 것은 내 개인의 능력이 아니라 리더십이다.

하마터면 편하게 살 뻔했다

포용의 리더십을 키워야 한다

한국국방연구원에서 현안팀장을 맡았을 때의 일이다. 현안팀은 국방정책과 관련하여 새로운 이슈가 생겼을 때 하루이틀 만에 정리해서 국방부와 청와대에 보고하는 긴급대응팀과 같은 일을 하는 기관이다. 정책연구를 하는 기관이다 보니 상황이 발생했을 때 적시성 있게 대응하는 것이 중요하다. 그래서 한국국방연구원에서는 일을 가장 잘하는 사람들이 역대로 이 보직을 맡았었고, 나도 운 좋게 그 일원이 될 수 있었다. 다만 조직이 크지 않았기에 함께 일하면서 받쳐줄 연구원의 역량이 중요했다.

내가 현안팀장으로 부임한 직후 때마침 연구원들을 뽑았다. 그중에 전경주라는 여성 연구원이 있었는데 자질이 훌륭하다고 하여 현안팀으로 스카웃을 해왔다. 현안팀이 원장 직할이었으니 인력 배분에 혜택을 본 것이다. 고려대 정치외교학과와 대학원을 수석으로 졸업한 인재였다. 런던정경대에서도 석사학위를 받았는데 영어도 훌륭했다. 하지만 늘 강조하듯이 학교 성적과 일하는 능력은 다르다. 일을 시켜보니 자질은 훌륭했지만 가야 할 길이 아직은 멀었다. 그래서 나는 내가 성장한 대로 이 친구를 다그쳤다. 임무를 주고 결과를 가져오면 냉정하게 평가했다. 일부러 한숨을 쉴 때도 크게 쉬었다. "야, 이게 뭐냐? 이거밖에는 안 되냐'는 메시지를 주기 위해서였다.

이럴 때 어린 연구원의 반응은 둘로 나뉜다. 어떻게든 잘해보려고 열심히 노력하는 소위 '파이팅'형이 있고, 그냥 될 대로 되라는 식으로 나자빠지는 '나몰라'형이 있다. 다행히도 이 친구는 내가 어렸을 때 그랬던 것처럼 소위 파이팅이 있는 친구였다. 내게 지기 싫어

201

서였는지 악착같이 해냈다. 그리고 그 과정을 거치면서 원석이 보석으로 성장했다. 지금도 한국국방연구원에 근무하고 있는데 앞으로 한국의 안보와 국방을 위해 큰일을 할 친구다. 겉으로는 말하지 않았지만, 속으로는 나보다 더 성장할 전문가라고 생각하고 있다.

나와 비슷한 게 또 있는데 정도 많고 가족도 사랑해서 자식도 셋이나 낳고 잘 살고 있다. 그러면서도 일을 다 챙겨하니 얼마나 고생이 많을지 설명할 필요도 없다. 이 친구를 과도하게 칭찬하는 것은 그 뒤에 내가 알게 된 사실 때문이다. 나의 지시를 모두 이행하기 위해 정말 열심히 노력했고, 그럼에도 내가 더 다그치니 스트레스가 많았나 보다. 나의 다그침을 견뎌낸 후여서 남에게 편하게 이야기할 수 있었던 거지, 당시에는 정말 힘들었다는 후문을 전해 듣게 되었다.

'아, 내가 생각했던 건 그게 아닌데……' 내가 너무 나간 것이다. 나는 이 친구에게는 좋은 보스가 아니었던 거다. 그날 이후 나는 반성을 많이 했다. 그리고 그 이후부터 차라리 일을 덜해도 좋은 보스가 되는 길을 택했다. 같이 일하는 직원들의 수준과 요구사항을 파악해야 좋은 리더가 된다.

가슴 아픈 사례가 하나가 더 있다. 외교부 국장으로 있을 때의 일이다. 2013년 말이었던 것으로 기억하는데, 대통령 외교안보부처 연두업무보고를 국방부에서 개최했다. 외교안보부처가 합동으로 보고하다 보니 경쟁이 치열했다. 자기 부처 장관이 더 잘 보이게 하고 싶은 것이 그 부처 공무원들의 마음이기 때문이다. 나는 그 전에는 국방부를 위해 일했는데, 이때는 외교부에서 주무국장으로 일하고 있어서 국방부에는 조금 미안한 마음이 있었다. 그래도 경쟁은 경쟁이어서 정말 열심히 준비했다.

행사 이틀 전에 국방부에서 생긴 일이다. 당시 연구업무보고를 앞두고 종합적인 예행연습을 했다. 의전을 점검하고 각 부처에서 준비한 PPT 시연이 있었다. 하지만 모든 부처는 준비된 PPT를 보여주지 않았다. 다 보여주면 다른 부처에서 보고 참고해서 더 잘 만들 것이기에 그랬다. 자기 부처 보고자료의 장점을 감추는 것이 마치 연두업무보고의 전통과도 같았다.

국방부 예행연습을 위해 출발하기 전에 PPT를 담당했던 사무관에게 "현장에서 최종본을 올려서 검토하지 말고 한 이틀 전에 만든 중간본을 가지고 시현하라"고 지시했다. 다른 부처처럼 히든카드를 공개하지 않으려는 것이었다. 그런데 국방부에서 시연을 하는데 그날 아침까지 고친 최신본이 올라와 있는 것이 아닌가. 국방부와 통일부 직원들은 "와, 잘 만들었네" 하면서 자기들 것을 어떻게 고쳐야 하겠다는 식으로 이야기했다. 정말 어이가 없었다. '아니, 그렇게 강조했는데 엉뚱한 짓을 하다니……' 화난 얼굴로 뒤를 돌아봤다.

그 사무관도 아차 했나 보다. 나의 화난 눈빛을 보고 정말 미안한 마음을 눈빛으로 표현하는데, "국장님, 죄송합니다"라는 말을 안 해도 다 들리는 것 같았다. 사실 그 이후에 약간 화를 냈다. 소리를 치지는 않았지만 이래서는 안 된다고 따끔하게 한마디했다. 하지만 그 이후 후회했다. 그 직원은 며칠째 제대로 잠도 못 자고 일했던 우리 국의 에이스 사무관이었다. 따끔한 한마디보다는 웃음으로 넘기는 편이 나았던 거다. 아차 했을 때는 이미 늦었다. 나중에 미안하다는 말로 풀었지만 나는 내 부족함을 깨달았다. 언제 어느 때라도 흔들리지 않고 상황을 관리할 수 있어야 좋은 리더가 된다.

국방부와 외교부에서 일을 해본 많지 않은 사람 중의 한 명이어서 그런지 두 부서를 평가해달라는 질문을 종종 받는다. 뭐 조직의 규모와 일하는 성격이 달라서 여러 차이가 있는 것을 부인할 수 없다. 그러면서도 결국 행정부로서의 성격은 같기에 유사성도 많이 발견할 수 있었다. 하지만 두 조직의 운용과 관련해서 한 가지 커다란 차이를 볼 수 있었다. 그건 리더십이다. 외교부는 똑똑한 개인이 많은 대신 상급자의 리더십은 약하다. 하지만 국방부의 경우는 특히 군 출신 장교들이 개인의 역량으로 따지면 외교관에 비해서는 못하지만 리더십만큼은 탁월하다. 성장 과정에서 차이가 있기 때문이다.

외교관은 입부를 하면 10명 남짓 각 과에 배속된다. 그러다가 공관에 나가게 되는데 큰 공관에는 40~50명이 일하지만 작은 공관에는 네다섯 명이 일하기도 한다. 그리고 과장을 거쳐 국장이 되면 다시 30~40명을 지휘하게 되고, 실장이 되면 200명 내외를 지휘하게 된다. 반면, 국방부에서 과장인 대령의 경우는 이미 20대 소대장 시절에 50명을, 30대 중대장 시절에 150명을, 40대 초중반 대대장 시절에 500명을, 40대 후반 연대장 시절에 1,500명을 지휘한다. 그 이후에 국방부에 와서 과장을 하며 10명 내외를 이끈다. 그러니 사람을 다루는 기술이나 조직 운용이 대부분 뛰어나다.

야전생활로 인해 소위 '머리가 굳는다'고 하지만 지휘관 경험을 무시할 수 없다. 국방부에서 일하는 일반 공무원도 훌륭한 사람들이 많지만, 나는 이런 장교들과 함께 일하면서 리더십을 배웠다. 그래서 개인의 역량은 외교부가 낫고, 과장들의 리더십은 국방부가 뛰어나다고 평가한다. 국방부에서 일하는 동안 많은 좋은 리더십을 목격했지만, 그중에서도 장혁 장군을 항상 떠올리게 된다. 이분은 이미 군에서 은퇴했지만, 2009년 국방부에서 방위정책과 과장을 할 때 모습이 내게 늘 기억에 남아 있다.

장혁 장군은 공동체 내의 친화력과 아랫사람을 챙기는 책임감이 대단한 분이셨다. 이처럼 부하들과 목표를 공유하고 그들의 성장을 도모하면서 리더와 부하 간의 신뢰를 형성시켜 궁극적으로 조직 성과를 달성하게 하는 리더십을 서번트 리더십(servant leadership)이라 하는데, 그야말로 장혁 장군은 서번트 리더십의 표본이었다. 2009년 당시 장혁 장군이 대령으로 방위정책과장을 맡았을 때 이분은 자기 과원들과 정말 큰형님처럼 지냈다. 잘한 것은 잘한 대로 잘못한 것은 잘못한 대로 신상필벌하면서도, 일을 많이 시키는 부하직원들을 밤마다 퇴근길의 술로 풀어주며 그들의 불평을 들어주었다. 그러니 과원들이 안 좋아할 리가 없다. 밤 1시에 퇴근하더라도 30분은 폭탄주를 하고 간다. 열심히 일하는 과의 분위기를 좋게 유지하기 위해서다. 아무리 자기에게 급한 일이 있어도 부하직원을 위해서는 늘 기다렸다.

또한 부하 직원들의 진급을 위해서는 몸이 부서져라 뛰면서도 정작 자신의 진급을 위해서는 윗분께 아쉬운 소리 한 번 하지 않았다. '나는 니들과 함께한다. 나만 진급하지 않는다.' 이런 모습을 본 과원들은 과장에게 충성을 하지 않을 수 없다. 새로 생긴 과여서 담당업무도 확실하지 않았는데, 이 양반이 체계를 잡고 국방부 정책실의 핵심 과제를 모두 가져왔다. 그 때 방위정책과에서 함께 근무하던 과원들 중에서 장군이 3명이나 나왔으니 대단한 일이 아닐 수 없다.

춘추시대 오기 장군의 리더십

춘추전국시대에 오기(嗚起) 장군이라는 명장이 있었다. 자신의 병사들을 사랑하기로 유명한 장군이었는데, 전장에서든 어디에서든 자신의 병사가 아프면 몸소 돌보고 아끼기를 자신의 몸과 같이 했다고 한다. 그러던 어느 날 오기 장군이 자신의 병사 몸에서 종기가 터지자 고름을 직접 입으로 빨아내주었다. 그런데 이 감동적인 모습을 어느 노파가 보더니 울음을 터뜨렸다고 한다. 병문안을 온 아픈 병사의 어머니였던 것이다.

오기 장군이 물었다. "왜 눈물을 그리 펑펑 흘리시나요?" 그랬더니 노파가 답하기를, "오기 장군이 장병을 아끼는 것은 잘 알고 있었지만, 전에도 그렇게 종기의 고름을 빨아내준 병사가 전쟁터에서 장군을 위해 열심히 싸우다 죽었다는 이야기를 들었습니다. 이제 내 아이의 고름도 빨아주으니 아마도 내 아이는 장군을 위해 전쟁터에서 죽을 것 같아 눈물이 났습니다." 실제 그 병사가 전쟁터에서 죽었는지는 모르지만 이 오기라는 장군은 정말 병사를 아끼고 그로 인해 병사들도 장군을 위해 몸을 던졌던 것 같다. 극단적인 이야기지만 리더가 가져야 할 자질을 설명해주는 좋은 사례라고 생각한다.

용기와 솔선수범이 리더십에 힘을 불어넣어준다

리더십에 가장 중요한 것은 용기다. 책임자가 용기 있게 행동할 때 직원들이 따르게 된다. 책임자가 물러서거나 우물쭈물하면 직원들은 힘을 잃는다. 따라서 책임을 져야 할 때 과감히 나서야 한다.

권오성 육군참모총장님이 중령 때의 일이다. 당시 특전사에 대대장으로 보임받아 가셨다는데 당신이 맡은 부대가 사격 성적이 사단에서 꼴찌였다고 한다. 군인에게 사격 능력은 축구선수에게 달리는 능력과 같다. 따라서 당시의 권 중령은 자기 대대의 사격 성적을 끌어올리려고 여러 가지 방법을 써봤다. 그런데 이게 잘 안 되었다. 부대의 사격 실력을 쉽게 끌어올릴 수 있는 방법이 있었다면 왜 다른 대대장은 못했겠는가. 이런저런 고민 끝에 권 중령은 마지막으로 '목숨을 걸고' 부대의 사격 성적을 올리기로 했다.

말로만 목숨을 거는 것이 아니라, 진짜 목숨을 걸었다. 사격훈련을 할 때마다 대대장이 사격장 과녁 옆에 앉으신 것이다. 특전사야 주로 부사관들로 구성되기에 어느 정도 실력이 있다고 봐야 하겠지만 그래도 사람이다. 겨냥을 잘못하거나 조금이라도 실수가 있으면 총에 맞게 된다. 하지만 대대장 권오성은 과녁 옆에 가져다놓은 의자에 앉아 부대원들에게 사격훈련을 시켰다. 참, 대단한 배짱이다. 부대원들은 마치 자기의 목숨이 걸린 것처럼 사격을 하지 않을 수 없었을 것이다. 자연스럽게 권 장군님의 부대가 그 다음번에는 사격 성적이 사단에서 일등으로 올라갔다고 한다. 참, 단순 무식한 방법이지만 군인답게 자신의 용기로 부대원의 역량을 이끌어내는 용장의 면모가 아닐 수 없다.

리더십에 가장 중요한 것은 용기다.
리더가 용기 있게 행동할 때 부하들이 따르게 된다.
리더가 물러서거나 우물쭈물하면 부하들은 힘을 잃는다.
따라서 책임을 져야 할 때 리더는 과감히 나서야 한다.

권오성 총장님은 군인답게
자신의 용기로 부대원의 역량을 이끌어낸 용장으로 유명하시다.
특전사 대대장 시절, 당신이 맡은 부대가 사격 성적이 사단에서 꼴찌였다고 한다.
자기 대대의 사격 성적을 끌어올리기 위해 여러 가지 방법을 써봤지만 허사였다.
이런저런 고민 끝에 권 중령은 마지막으로 진짜 '자신의 목숨을 걸고'
과녁 옆 의자에 앉아 부대원들에게 사격훈련을 시켰다.
부대원들은 마치 자기의 목숨이 걸린 것처럼 사격을 하지 않을 수 없었을 것이다.
자연스럽게 권 장군님의 부대의 사격 성적은 사단에서 일등으로 올라섰다.

권 장군님을 통해 뜻을 이루기 위해서는
용기를 가져야 하고 그 용기가 삶에 큰 힘이 된다는 것을 배웠다.
지금도 그렇게 살기 위해 노력하고 있고 앞으로도 그렇게 살길 희망한다.

•
하마터면 편하게 살 뻔했다

요즘 우리 군이 더 뛰어나고 더 과학화되기는 했지만 과연 전쟁 수행에 필요한 여러 덕목을 잘 갖추고 있는지 의문이다. 실전 경험이 없고 가정에서 귀하게 자란 아이들이 별다른 준비 없이 군에 입대하기 때문이다. 나 자신도 현재 전방 2사단에서 군 복무 중인 아들을 두고 있는 입장이지만, 국가에 미안한 마음이다. 이 녀석이 뚱뚱하다 보니 기초체력이 약하고 그러다 보니 군에 큰 기여를 못할 것 같기 때문이다. 더 잘 준비시켜서 군에 보냈어야 하는데 하는 미안한 마음이 든다. 요즘 일선에서는 부대에서 사고가 나지 않는 것이 진급에 중요한 영향을 미치다 보니 자신의 부대를 강군을 만들기보다는 안전관리와 사고예방에 더 중점을 두고 있다는 말이 나온다고 한다. 예비역 장교들로부터는 자조적인 표현으로 "군인이 아니라 공무원이 되어가고 있다"는 말도 듣고 있다. 우리 군을 어떻게 더 좋은 군으로 만들어야 하는지 걱정이 큰데, 권 장군님 같은 군인이 더 많이 있었으면 하는 바람이다.

아무튼 당시 권 장군님의 행보는 일반인으로서는 도저히 상상을 할 수 없는 일이었기에 나는 그러한 용기에 경의를 표했다. 동시에 그 과정에서 권 장군님의 느낌을 전해 들었는데 이 역시 내가 느껴본 알을 깨고 나왔을 때의 느낌과 비슷했다. 사격훈련 당시 권 장군님 본인도 처음에는 총에 맞을까봐 두려웠다고 한다. 그래서 사격을 하는 병사의 총구를 정말로 주의 깊게 지켜보았다고 한다. 혹시 병사가 총구를 과녁이 아니라 자신의 몸을 향해 겨누면 결국 총에 맞게 되니 당연한 일이었을 것이다. 그런데 총구를 주의 깊게 반복해서, 그것도 몇 날 며칠을 눈여겨보니, 나중에는 총구에서 총알이 나오는 것을 감각적으로 느낄 수 있었다고 하셨다.

총구에서 총알이 나오는 시간은 수천 분의 1초도 안 될 것이다. 당연히 인간의 능력으로는 파악할 수 없다. 권 장군께서 자신의 이야기에 과장을 보태서 재미있게 말씀하셨을 수도 있다. 따라서 그 말이 사실인지 아닌지 나는 알 수가 없다. 하지만 나는 그 느낌을 알 수 있었다. 권 장군님은 과녁 옆에서 자신과의 싸움을 하는 그 과정을 통해 군인으로서 자신의 알을 깨고 나오신 것이라고 나는 믿는다. 아무튼 권 장군님을 통해 뜻을 이루기 위해서는 용기를 가져야 하고 그 용기가 삶에 큰 힘이 된다는 것을 배웠다. 지금도 그렇게 살기 위해 노력하고 있고 앞으로도 그렇게 살길 희망한다.

리더십과 관련해서 한마디 더 하자면 자기만 잘되려고 하면 실패한다. 나보다는 다른 사람이 잘되게 함으로써 나를 함께 성장시키는 그런 아량이 필요하다. 그래서인지 정책보좌관으로 모셨던 김태영 장관님은 리더십을 이야기할 때 늘 솔선수범을 강조하셨다.

"내가 앞에서 뛰면 따라오게 된다. 내가 안 뛰고 남보고 뛰라고 할 때 영(令)이 서겠는가."

솔선수범만이 리더십의 요체가 될 수는 없지만, 아무튼 나이를 먹어감에 따라 자기만의 리더십을 배양해야 한다.

진정한 리더십은 하루아침에 만들어지지 않는다. 미리 준비된 자만이 위기가 닥쳤을 때 차별화된 일을 할 수 있다. 리더십도 마찬가지다. 이와 관련한 수많은 책들이 있지만 책을 읽는다고 해서 리더십이 향상되는 게 아니다. 다양한 경험 속에서 리더십에 관한 나름의 고민을 해보고 작은 조직을 한 차원 발전시켜본 사람만이 더 높은 위치에서도 그 역량을 발현할 수 있다. 이러한 준비가 되어 있지 않으면 차라리 위로 올라가지 않는 편이 낫다.

조직생활을 하며 큰 꿈을 꾸는 사람은 자기계발만 할 것이 아니라 위치에 맞는 올바른 리더십을 키워야 한다. 한 번에 되지 않겠지만 스스로 노력하고 느껴서 체득하는 무언가가 있으면 조금씩 리더십도 성장하게 된다. 책이나 강연을 통해 배우기보다는 주위를 잘 살펴보며 느껴야 한다. 내 주위의 사람들의 행보를 잘 관찰하다 보면 내가 따라야 할 리더십이 어떤 것인지 잘 볼 수 있다. 중요한 것은 불편해도 자기를 희생할 줄 마음가짐이고, 남과의 소통을 통해 스스로를 조절할 줄 아는 균형감각이다.

제4장

어울리며
즐겁게

• • •

놀고 싶으면 놀아야 한다. 노는 건 자유다.

혼자 놀아도 좋을 때가 있고 어울려 노는 게 좋을 때가 있다.

그 다양한 자유를 모두 향유하기 위해 어울릴 줄 알아야 한다.

즐거움을 찾는 일은 잘나고 못나고의 문제가 아니다.

얼마나 나에게 맞는가의 문제다.

또 내게 주어진 선택이 얼마나 많은가의 문제일 수도 있다.

세상의 문을 열고 그 속에 들어가봐야 진정한 즐거움을 알 수 있다.

경험은 소중하다. 물론 고통스럽기도 하다.

하지만 이 모두를 겪어보아야 즐거움이 무엇인지도 알 수 있다.

그렇기에 어울린다는 것은

더 큰 즐거움을 위해 때로는 손해를 감수하는 일이다.

가족이나 친구도 마찬가지다.

세상에 획일적인 기준은 없고,

가족이나 친구도 각자가 선택할 일이지만,

살아보면 많으면 많을수록 좋다는 걸 배운다.

• • •

20

바빠도
즐겁게
살아라

인생은 한 번 사는 것이고 즐겁게 살아야 행복하다. 아무리 힘든 일이 있어도 유머를 잃어서는 안 된다. 스트레스가 누적되면 병이 된다. 그렇기에 일부러라도 웃는 일을 만들어야 하고, 긍정적인 사고를 하는 습관을 들여야 한다. 그리고 웃을 때는 호탕하게 웃고, 털어버릴 때는 툭툭 털고 일어서야 한다.

바쁘게 살아도 행복할 수 있고 돈 잘 벌어도 행복할 수 있다. 하지만 바쁘다고 행복한 것은 아니고, 돈 잘 번다고 행복한 것은 아니다. 모두가 주관적인 삶의 기준에서 판단하기 때문이다. 바쁘게 사는 사람들은 행복하지 않다? 아니다. 사실 삶은 비슷한 것 같다. 돈 버느라 정신없는 법무법인 '김앤장'에 다니는 친구도 행복해한다. 아무리 바빠도 돈을 잘 버는데 기분이 나쁠 이유가 있겠는가. 그렇지만 웃음은 삶의 방식에서 나오지 돈에서 나오지는 않는다. 돌아보면 나도 생활 고로 어려웠을 때 더 많이 웃었다. 더 젊었고, 더 활력이 있었기 때문이다. 농구를 해도 축구를 해도 힘껏 뛸 수 있었고 밤새워 고스톱을 쳐도 다음날이 걱정 없었다. 그 시절에는 애들이 어려서 소위 '재롱'이라는 걸 볼 수 있었다. 애들을 데리고 나가서 치킨만 사먹어도 좋았던 시절이다.

지금은 돈도 더 잘 벌고 여유도 생겼지만, 어려웠던 시절의 소소한 기쁨이 없다. 그건 누구도 바꿀 수 없는 인생의 이치인 것 같다. 물론 지금도 즐겁다. 예전보다 더 바쁘지만 바쁜 데서 오는 낙이 있다. 그리고 더 즐겁게 살려고 노력하고 있다. 과거의 즐거웠던 추억이나 최악의 추억을 회상하며 웃기도 하고, 또 일부러 즐거운 일들을 만들어간다.

살면서 웃을 만한 추억을 만드는 건 참 중요하다. 회상하면서 다시 웃게 만들어주기 때문이다. 내 인생 최악의 상황은 무엇이었을까? 여러 가지가 있지만 그래도 지금 돌이켜보고 웃을 수 있는 최악의 상황은 대학교 다닐 때 겪었던 일이다. 부끄럽고 황당한 일이지만 적어본다.

지금은 많이 바뀌었지만 예전에 충남대학교 중앙도서관에는 많은 열람실이 있었고, 항상 학생들로 붐볐다. 사실 도서관이라 함은 책을 찾아서 읽고 생각할 여유를 가질 수 있는 공간이어야 하는데, 당시에는 각 층의 열람실 공간이 마치 독서실처럼 다닥다닥 붙어 있었다. 한 열람실에 수백 명이 들어갈 수 있었는데, 가로 세로 40~50센티미터의 공간에서 취업공부나 수업준비를 하곤 했다. 그 당시에

는 각 과의 정원이 많았던 시절이다. 최근에 충남대학교를 방문해보
니 중앙도서관이 많이 달라졌고 훨씬 더 쾌적해졌다. 1990년대 초만
해도 학생들이 북적대는 닭장 같은 곳이었다. 정말 도서관이라기보
다는 대형 독서실에 가까운 모습이었다. 그렇다 보니 열람실이 없는
3층만 빼고 각 층의 화장실도 늘 붐볐다.

나는 늘 4층에 있는 3열람실에서 공부를 했다. 공간이 가장 넓어
서 시원했고 창가 쪽에 앉으면 학교 정문이 보이는 전망이 좋았기 때
문에 아침 일찍 가서 좋은 자리를 잡고 하루를 보냈다. 자리를 잡아
주시던 선배님도 계셔서 늘 좋은 자리에서 공부했던 기억이 난다.

그러던 어느 날 오전 배탈이 났다. 무엇을 잘못 먹었는지 아침에
화장실을 급하게 가야 했다. 그런데 말 그대로 '아침'이다 보니 화장
실이 붐볐다. 4층에 있는 두 곳을 갔는데 다 차 있을 뿐만 아니라 바
깥으로 줄이 길게 늘어서 있었다. 그래서 2층으로 갔다. 역시 화장
실 두 곳이 있었는데 마찬가지였다. 1층으로 내려갔다. 혹시나 했는
데 역시나였다. 그러는 사이 나는 점점 더 급해졌다. 지금 돌이켜보
면 마치 영화 〈이장과 군수〉에서 차승원이 연기했던 명장면이 생각
날 정도였다.

절박한 순간 이제 내가 의지할 곳이라고는 3층 화장실뿐이었다.
그곳은 열람실이 없는 층이다. 주로 도서관에 근무하는 교직원들만
있어 학생들은 자주 가지는 않던 곳이었다. 하지만 내게는 선택의 여
지가 없었다. 마지막 남은 오직 한 곳으로 갔다. 그런데 그곳마저 다
차 있었다. 정말 난감했다. 마치 〈이장과 군수〉에서 차승원이 유해진
을 만나 결정적 순간을 맞는 것처럼, '아, 학교에서 큰 실수를 하겠구

충남대학교 중앙도서관은 참 많은 추억이 어린 곳이다.
나는 늘 4층에 있는 3열람실에서 공부를 했다.
공간이 가장 넓어서 시원했고
창가 쪽에 앉으면 학교 정문이 보이는 전망이 좋았기 때문에
아침 일찍 가서 좋은 자리를 잡고 하루를 보냈다.
자리를 잡아주시던 선배님도 계셔서 늘 좋은 자리에서 공부했던 기억이 난다.
하루 종일 도서관을 중심으로 살다보니,
대학생활에서 가장 많은 시간을 보낸 곳이고
그만큼 이야깃거리도 많은 내 삶의 한 부분이다.

하마터면 편하게 살 뻔했다

나. 집에는 어떻게 가지' 하는 생각이 스쳐 지나갔다.

사람이 위기에 처하면 체면이 없어진다. 난감한 순간에 마지막 든 생각은 옆의 여자화장실이 비어 있을지 모른다는 것이었다. 절체절명의 순간이 되면 사람이 뻔뻔해지기도 한다. 이거 어찌해야 하나. 하지만 나에게는 다른 선택의 여지가 없었다. 일단 밖에서 여자화장실 문을 노크해봤다. 사람이 있다면 죄송하다고 하면서 양해를 구하는 것이 도서관에서 큰 실례를 하는 것보다 낫다는 생각을 했다. 그런데 아무 반응이 없었다. 일단 살짝 문을 열고 안을 들여다봤다. 보니 3개의 화장실이 다 비어 있는 듯했다. 잘못하면 퇴학당하겠다는 생각도 들었지만 일단은 들어가서 볼일을 봤다. '아, 하느님, 감사합니다. 빨리 나가야지.'

그런데 내가 막 일어서려는 순간, 누군가가 들어왔다. '아, 이거 큰일이네.' 상황이 급반전했다. 5분 전까지 큰 실수를 할까봐 주변을 돌아보지 못했던 나는 갑자기 퇴학을 걱정하는 상황이 되었다. 누군가가 알고 소리를 지르면 난 끝장이었다. '그래 일단 나가길 기다려야 한다. 숨소리도 조심하자.' 그런데 이게 웬일인가 사람들이 계속 들어온다. 참 신기한 것이 내가 들어갈 때는 어찌해서 화장실에 아무도 없었던 것일까.

아무튼 걸렸다가는 최소 정학이다. 내 급한 상황을 어찌 다 소명할 수 있단 말인가. 소심했던 나는 그 지옥 같은 순간을 무려 1시간 이상 여자화장실 안에서 보냈다. '들어온다. 나간다'를 계속해서 카운트해야 했다. 잘못 계산했다가 나가는 중에 누군가와 마주쳐도 큰일이었다. 하나하나 카운트하다가 드디어 아무도 없는 순간을 확인한 후, 나는 미친 듯이 여자화장실 밖으로 뛰쳐나갔다. 당시 유명했던 칼 루이스(Carl Lewis)라고 88올림픽 육상 100미터 금메달리스트가 있었는데, 내가 그보다 더 빨리 뛰었던 것 같다. 다행히 여자화장실 안에도 그리고 문 밖에도 아무도 없었다. '하느님 감사합니다. 착하게 살게요. 정말 감사합니다.' 그 뛰어나간 10여 초 사이에 수없이 외친 것 같았다. 내가 오늘 직장생활을 하고 있는 건 그 순간 여자화장실 안이나 밖에 아무도 없었기 때문이다. 큰일 날 뻔했다.

당시에는 아주 심각했지만 시간이 흐른 지금 이 일을 떠올리면 얼굴에 저절로 웃음을 머금게 된다. 평소 나는 아무리 힘들더라도 스스로 즐겁게 살려고 많이 노력한다. 특히 힘든 조직생활에서는 가끔은 조직원들에게 즐거움을 주기 위해 용기를 내야 할 때도 있다. 힘들게 일하는 조직원들에게 즐거움을 주는 한마디는 잠시 힘듦을 잊게 만드는 청량제와도 같은 역할을 한다. 외교부에 근무할 때의 일이다. 매년 연말마다 대통령에게 다음해의 업무를 보고하는 연두업무보고가 이루어진다. 외교부, 국방부, 통일부, 그리고 보훈처가 합동보고를 하는데, 이게 또 장관 간의 경쟁이다 보니 각 부처마다 많은 준비를 한다.

아마도 2013년 겨울에 한 2014년 연두업무보고였을 것이다. 당시 윤병세 외교장관은 정말 열심히 일하는 스타일이었다. 장관이 이렇게 일하는 건 조직 운용에 문제가 많다는 생각이 들 정도로 매일 12시가 넘어서 퇴근했다. 그러니 국장들도 마찬가지고 과장들도 실무진도 다 그랬다. 이러한 분위기 속에서 대통령에게 하는 연두업무보고를 준비하니 얼마나 열심히 준비했겠는가. 모든 실국장이 모여

문구 하나하나를 고쳤고, 그러다 보니 모두가 12시가 넘어서까지 작업을 같이 했다. 하필이면 내가 맡고 있던 정책기획관실이 주무국이어서, 내가 이 작업의 실무를 책임져야 했다. 준비 작업은 며칠 동안 계속되었다.

우리 국원들은 밤을 새는 일이 계속되자 지쳤고, 차관님을 비롯한 실국장들도 자정을 넘는 회의가 매일 이어지자 지쳤다. 그러던 순간, 파워포인트(PPT) 작업을 수정하다가 좋은 기회가 왔다. 모두를 즐겁게 할 수 있는 한마디가 생각났다. 그때 검토하던 내용 중에 대통령의 외교 행보 몇 회, 그리고 외교장관의 외교 행보 몇 회가 한 줄에 붙어 있었는데, 이를 두 줄로 표기하는 것이 더 나은 것 같았다. 짧은 찰나의 순간 '그래, 모두를 즐겁게 만들어보자'는 마음이 들었다. 그래서 장관, 차관, 그리고 실국장들이 다 지켜보는 앞에서 PPT를 고치는 실무 사무관에게 한마디했다.

"야, 외교장관부터 잘라. 다음."

차관님과 실·국장들이 키득키득 웃는 웃음소리가 들렸다. 그분들의 얼굴에는 미소가 번져 있었다. 밤 12시가 넘도록 전원이 참석해 업무보고 자료를 고치고 있으니 나름대로 불만도 있었을 것이다. 그런데 나의 이 한마디에 다들 인간적으로 너무 좋아하셨다. 다행스럽게도 장관님만 내 말을 이해하지 못하셨던 것 같다. 아마 자료를 보느라 내 이야기를 못 들으셨던 모양이다. 그런데 주변에서 하도 웃으니 두리번거리시면서 무슨 일인가 의아해하셨다. 한바탕 웃으니 분위기도 좋아졌고, 실·국장들의 보다 적극적인 참여로 그날은 평소보다 더 일찍 끝났다. 회의를 마치고 나오는데 몇몇 분들이 직접 나에게 찾아와서 "잘했어", "신 국장 배짱이 좋아" 하시며 어깨를 툭 치고 가셨다. 모두가 길고 긴 회의에 지쳤는데, 나의 한마디에 즐거웠던 것이다.

만일 그날 장관님이 내 이야기를 듣고 불쾌해하셨다면 나는 외교부 생활이 어려웠을지도 모른다. 하지만 모두가 지치고 힘들어하는 상황에서 모두를 즐겁게 해줄 한마디를 하는 게 좋을 것 같았다. 운이 좋았는지 장관님만 빼고 다들 즐거워했다. 유머와 즐거움이 없는 생활은 생산적이지 않다. 따라서 다른 사람들의 이야기를 듣고 자연스럽게 즐거운 분위기를 만드는 것이 필요하다. 그게 나에게도 좋고 남에게도 좋다. 물론 그러한 나의 행동이나 말이 다른 사람의 기분을 해쳐서는 안 된다. 어쨌든 한 번 사는 인생인데 힘들더라도 즐겁게 사는 게 좋지 않은가.

21
/
가족의 소중함은
무엇과도
바꿀 수 없다

사람은 모두 가족이 있다. 어려운 상황에서 부모님을 잃거나 부모님이 누군지 모르는 경우에도 성장해서 결혼하면 가족이 생긴다. 그 가족은 지구상에서 나를 제외하고 나를 가장 사랑해주는 사람들이다. 아니 나 자산보다도 가족의 구성원을 더 사랑하게 되는 경우도 있다. 가족은 나를 만든다. 내가 영향을 얼마나 받고 살고 있는지 모르지만 내 삶에는 가족 구성원들의 향기가 배어 있다. 아무리 성공해도 가족과 멀어지면 행복할 수 없다. 가족에게 못하면 후회만 남고, 가족에게 잘하면 웃음만 남는다.

부모가 나를 만든다

모든 부모는 자식을 사랑한다. 자기보다 더 사랑한다. 나는 이기적인 사람이어서 안 그럴 줄 알았다. 하지만 나 같은 일벌레도 살다 보니 자식을 보면 너무 사랑스럽다. 내 생명과 바꿔도 아깝지 않을 것 같은 생각이 든다. 아마 내 부모님도 나를 그렇게 키워주셨을 것이다. 그리고 그 당시에는 몰랐지만 부모님의 사랑이 배어 있는 순간 순간이 종종 떠오른다.

고등학교 1학년 운동회 때다. 나는 당시 반장을 하고 있었다. 그 때만 해도 오래전이라 운동회가 되면 반장이 선생님의 음료 등을 챙기는 문화가 있었다. 북일고의 경우 다른 학교와 달리 재정 상황도 좋고 또 선진화된 학교여서 그런 문화가 거의 없었지만, 아무튼 반장인 나로서는 부모님께 선생님들 맥주라도 준비해주시면 좋겠다는 이야기를 너무나 쉽게 했다. 그런데 이 평범한 이야기가 늘 내 머릿속에 남아 있는 이유는 당시 우리 가족이 처한 상황이 너무 안 좋았기 때문이다. 그 당시 아버지는 실직 중이셨다.

성실과 헌신이라는 단어 말고는 다른 단어가 생각나지 않는 아버지의 삶에 위기가 닥친 것은 내가 고등학교 1학년에 접어들면서부터다. 아버지는 충청남도 천안과 온양 사이에 소재했던 국제방직회사에 다니셨다. 대전공고 전기과를 졸업하시고 방직회사에서 전기 관련 일을 하셨는데 밤낮없이 일만 하시는 분이셨다. 야근수당을 받아서 자식들 교육에 한푼이라도 더 쓰려고 애쓰셨던 분이다. 당시 천안에는 큰 공장이 없었다. 요즘에는 방직공장이 3D 산업에 속하지만 그 당시에는 대기업이나 다름없던 국제그룹의 방직회사에 다니시는 걸 큰 혜택으로 여기셨다. 소득이 그리 높지는 않았지만, 친구들 부모의 상당수가 농사를 지었으니 우리 집이 부자는 아니었지만 나는 부자 같은 기분으로 살았다.

그런데 내가 중3이던 1985년 국제그룹이 공중분해되었다. 기업에서 사용하는 전기값을 아낄 수 있는 새로운 운용 방식을 기안해서 양정모 회장님으로부터 직접 상을 받았던 아버지는 양 회장님을 매우 존경했던 것 같다. 늘 우리 회장님이라고 말씀하셨던 기억이 난다. 사실 평생 딱 한 번 직접 만나셨을 뿐인데도 말이다. 그런데 당시 국제그룹이 전두환 정부와의 마찰로 그룹이 공중분해되는 사건이 벌어졌다. 훗날 국제그룹의 강제해산은 위헌이라는 헌법재판소의 결정을 얻어냈지만, 당시에는 어쩔 수 없이 기업이 해체되는 상황이었다. 그리고 국제방직은 한일합섬으로 넘어가게 되었다. 기업의 주인이 바뀌니 40대 중후반의 직장인들에게는 위기가 찾아왔다. 결국 비용을 줄이려다 보니 상대적으로 월급이 많은 고참들을 정리하는 수순으로 갔던 것 같다. 나이가 어렸던 나는 그 상황을 잘 몰랐던 것이다.

결국 다음해인 1986년 아버지는 직장을 그만두셨다. 그리고 새로운 직장을 알아보는 과정에서 주로 집에 계시는 시간이 많았다. 그때가 바로 고등학교 1학년인 내가 반장을 맡아 운동회 때 선생님들을 위한 맥주를 부탁드렸던 바로 그 시기였다. 운동회가 진행 중인데 아버지께서 맥주를 사오셨다. 과거 같으면 몇 짝을 배달시켜주셨을 텐데, 큰 가방에 가득 담아 오셨다. 그 모습이 내가 알던 아버지의 모습과 다르다는 걸 깨닫게 되었다. 그 순간이, 마치 스냅사진처럼 내 머리에 선명히 남아 잊혀지지 않는다. 왠지 수척해 보이는 아버지, 아들 때문에 불편한 자리에 오신 아버지. 그것도 모른 채 매번 조르기만 했던 나. 자식 잘되기를 바라시면서 매일 야근을 하셨던 아버지가 이제는 집에 계시는 시간이 많아졌다. 나는 그런 아버지께 투정만

부렸다.

그날 이후 내 주변의 일상은 변했다. 변화는 연속적으로 이어졌다. 좋은 동네에 있던 집을 팔았다. 그 집을 짓는 동안 나를 수없이 그곳에 데려가 이 집이 왜 좋은지를 설명해주셨던 아버지. 그 소중했던 집을 팔고 당시에는 도심에서 떨어진 동네의 작은 아파트로 이사를 갔다. 어렸던 나는 친구들에게 내가 이사를 갔다는 이야기를 하지 않았다. 나는 오랫동안 살던 그 집이 좋았다. 어린 마음에 가난한 동네로 이사를 간다는 것이 부끄러운 생각도 들었다. 철없는 시기였기 때문에 그랬을 것이다. 하지만 여전히 아버지는 나에게 너무도 잘해주셨다. 학교를 마치고 집에 돌아오는 늦은 밤이면 늘 너구리 라면을 직접 끓여주셨다. 아버지는 그나마 아들이 조금 공부를 잘하니 집안의 미래를 밝혀줄 것이라고 기대하셨던 것 같다.

어려움은 참 이상하게도 연속적으로 찾아온다. 엎친 데 겹친 격으로 어머니까지 아프셨다. 아버지의 실직 때문에 스트레스로 위장병이 걸리신 줄 알았다. 하지만 나중에 알고 보니 그때까지만 해도 잘 안 알려진 당뇨병이었다. 원인을 모르고 위장병 치료만 하니 당뇨병이 나을 리 없다. 어머니는 쓰러지셨고 병원에 입원하셨다. 아버지는 새로운 일을 찾아 할아버지가 계신 대전으로 옮겨가시기로 했다. 학교에서 공부 잘하라고 나를 기숙사에 남겨둔 채 나머지 가족은 천안을 떠났다. 나는 기숙사로 들어갔지만 적응이 안 되었다. 한방에 대여섯 명씩 죽 누워서 잠을 자는 그 시설에 적응을 못 했다. 밤에는 천장에서 쥐들이 뛰어다니는 소리가 들렸다. 촌놈이었는데도 나는 집에서 귀공자로 자랐나 보다.

226

아무튼 밤에 잠을 잘 못 자니 낮에 피곤했다. 나는 서서히 일탈했다. 그때는 내가 똑똑해서 공부를 잘한 줄 알았는데, 아버지 어머니가 공부를 시켜서 잘한 것이었다. 나중에 대학교 때 다시 가족과 함께 한집에 살면서 과거의 성실한 내 모습으로 돌아가 나름대로 성공의 길을 갈 수 있었던 것은 다 부모님이 계시기 때문임을 깨달았다. 아무튼 1986년 당시 이러한 일련의 일들로 인해 나는 우울한 시기를 보냈다. 운동회 때 수척한 모습으로 맥주를 가방에 담아 오셨던 아버지의 모습, 실직 영향으로 흰머리가 눈에 띄게 늘어나신 아버지의 모습, 어머니까지 아파 더 수척해지신 아버지의 모습이 아직도 눈에 선명하다.

아마 지금의 나 같았으면 아들에게 집안 상황을 이야기하고 운동회에 가지 않았을 것이다. 장남이니 알아야 할 건 알아야 했다. 하지만 아버지는 아무런 내색도 하지 않으시고 그 자리에 오셨다. 그날 이후 나는 처음으로 아버지의 어려운 상황을 알게 되었다. 말씀은 안 하셔도 평소와 달랐던 아버지의 모습이 나에게 그것을 전해주었다. '죄송합니다, 철없이 굴어서. 그리고 감사합니다, 건강하셔서.'

사는 건 참 묘하다. 수십 년이 지난 지금, 천안도 바뀌어서 우리가 이사 간 그 도시 외곽의 작은 동네가 지금은 더 번화해졌다. 아마 그 아파트는 워낙 오래되어서 가격이 얼마 안 올랐을지 모르지만, 그쪽 동네에 터를 잡으셨으면 아버지는 부자가 되셨을지도 모른다. 내가 중학교 다닐 때는 대전 외곽에 있던 밭을 팔아 은행에 넣으셨는데, 은행 이자율이 좋다고 자랑하시며 나를 그 은행까지 데리고 가셨던 분이다. 그런데 1980년대 초는 우리 경제가 도약하던 시기였다.

부동산도 마찬가지였다. 팔았던 밭은 몇 년이 지나기도 전에 값이 몇 배나 올랐고, 몇 년 후에는 천안도 오르기 시작했다. 만일 그때 대전 땅을 판 돈으로 천안에 땅을 사셨다면 지금은 부자로 사실 수도 있으셨을 텐데. 만약이라는 가정을 하면 누구나 부자가 되겠지만, 아무튼 돈복은 타고나는 건가 보다.

그래도 부모님의 열정과 헌신 덕에 나는 대학교와 대학원을 나오고 나름 전문가의 길을 갈 수 있었다. 갈등도 있었겠지만 늘 격려해 주신 아버지가 내게는 큰 힘이 되었다. 어머니의 병도 차도가 있었다. 1980년대 중반에는 당뇨가 무서운 병이었지만, 지금은 현대인의 상당수가 안고 가는 성인병 중의 하나다. 나 역시 당뇨병 의증 환자다. 혈당이 높아 식이요법과 함께 약을 먹고 있다. 유전이라더니 그 말이 맞나 보다. 하지만 심각한 수준이 아니어서 생활에는 아무런 지장을 주지 않고 있다. 하지만 어머니는 늘 그 점을 미안해하신다. 유전 때문이라고. 걱정 안 하셔도 되는데 늘 걱정이시다. 부모의 마음은 걱정이 반이다.

어머니의 경우 아버지보다 머리가 좋으셨다. 청주 한씨였던 외할아버지는 그 옛날 성균관에서 수학을 하신 인재셨다. 논산군 연산면에 위치한 향교에서 한문을 가르치셨는데, 일찍 돌아가셔서 어머니는 어렵게 자라셨고 그래서 공부를 별로 못 하셨다. 하지만 대화를 나누어보면 참 머리가 좋으신 분이다. 말도 많으시고. 그것도 닮은 것 같다. 그 덕에 평균 이상의 머리를 이어받은 것 같다. 내 동생도 어려운 공인회계사(CPA) 시험에 합격하여 잘살고 있으니 어머니를 닮은 것 같다. 물론 단점도 있다. 조금 집요하셔서 자신이 원하는 대로 안 하면 끈질기게 설득하신다. 어렸을 때 공부를 시키셨을 때도 그렇고, 그 이후에도 비슷하시다. 하지만 워낙 자식들을 사랑하시니 그저 말 없이 따를 뿐이다. 뭐 나이가 들면서는 내 마음대로 사는 경우가 더 많기도 하지만.

부모님은 자기자신을 버리고 오로지 자식들을 위해 사셨다. 그리고 할아버지께는 효자효부셨다. 아마 나는 그런 삶을 살기는 어려울 것 같다. 부모님과 달리 나는 일에만 몰두해서 자식들에게 잘해주지 못했다. 남들처럼 축구를 같이 해주거나 놀이터에서 같이 놀아주지 못했다. 부모님께도 소홀하다. 아버지처럼 조상 제사를 잘 모실 수 있을지 걱정이다. 장남이라 특별대우를 받고 자랐지만 나는 여전히 이기적인 가족의 구성원일 뿐이다. 물론 내가 나쁜 자식은 아니다. 부모님을 사랑하고 존경해서 더 잘해드리고 싶은 평범한 아들이다. 단지 너무 바쁘게 살다 보니 여유가 없는 것이다. 그럼에도 부모님 덕에 내가 이만큼 살고 있다는 것은 그 누구보다 잘 알고 있다. 부모님 덕에 오늘 내가 여기에 있는 것이다.

처자식이 나를 성숙하게 한다

나이를 먹어 결혼을 하면 책임감이 생긴다. 나는 좋은 남편과 아버지가 되지는 못했다. 하지만 가정을 사랑하는 마음은 마음의 한구석에 늘 존재해왔다. 나이를 먹을수록 가정의 의미는 커지고 그 속에서 나는 성숙해진다. 아직도 철없는 아버지지만 자식을 향한 사랑이 점차 커간다는 점에서 더 좋은 아버지가 되어가고 있다고 믿는다. 처자식이 나를 성숙하게 하나 보다.

집사람은 한국국방연구원에서 만났다. 속된 말로 옆방 아가씨 꼬셔서 결혼했다. 이런저런 다른 연애사도 있었지만, 인연은 따로 있는 것 같다. 예쁜 여자만 좋아했던 철없던 총각 시절 나는 여자 친구와 헤어지고 나서 결혼 상대는 예쁜 여자보다 똑똑한 여자가 더 좋다고 생각했다. 그런데 그때까지 내가 만나본 여자 중에서 가장 똑똑한 여자가 바로 옆방에 있었다. 요즘 집사람은 나에게 협박조로 "(나보다 세 살) 젊고 예쁜 마누라와 사니 좋지 않나"며 매일 노래하듯 물어보지만, 솔직히 뭐 인물 보고 결혼한 것은 아니다. 하지만 잘 살고 있다. 그것도 시간이 갈수록 말이다.

물론 부부 사이가 늘 좋았던 것은 아니다. 아내가 소중한 것을 깨달으려면 어려움을 겪어봐야 한다. 국립외교원에서 아산정책연구원으로 옮기는 과정에서 개인적으로 어려움을 겪었다는 말을 앞에서 한 바 있지만, 우리 부부는 그 일이 있고 난 후 비로소 완전체가 된 느낌이다. 내 어려움을 이해하고 직장을 옮기는 일을 선뜻 허락해준 아내가 고마울 뿐이다. 내가 원하는 삶을 살 수 있도록 자신이 원하는 안정된 생활을 포기해준 아내가 고마울 뿐이다.

그래도 부부생활은 자식 키우는 일에 비하면 양반이다. 결혼은 내가 어느 정도 아내에 대해 알고 선택하기 때문에 예상도 기대도 할 수 있지만, 자식을 키우는 일은 예상도 기대도 할 수 없기 때문이다. 이 글을 쓰고 있는 지금 큰아들은 군대에 있다. 참 어렵게 키운 아들이다. 집안의 장손이라 너무너무 예뻤는데, 나도 어렸고 집사람도 어려서 잘 키우지 못한 미안함이 있다. 어떻게 해서든 집을 빨리 사보려고 또 유학을 생각했던 시절이었기에 돈을 아껴보려고 어린이집을 늦게 보냈다. 그런데 집에는 말할 사람이 엄마밖에 없어서 그런지, 그리고 엄마도 말이 많은 편이 아니라서 그런지, 이 녀석이 말이 너무너무 느렸다. 집 장만을 하고 어린이집에 보내니 말이 느린 녀석이라 소통이 잘 안 되었고 맨날 싸움질이었다. 뭐 딱히 사고를 친 것은 아니지만 크고 작은 일들이 늘 주위에서 벌어졌다.

유학을 가기 전에 영어라도 가르쳤으면 좋았을 텐데, 그때도 돈을 아끼느라 영어를 따로 가르치지 못했다. 유학 준비와 집을 사는 데 모든 경제적 노력을 쏟아부었다. 그러니 미국에 유학 갈 때 아들의 나이가 일곱 살인데도 ABC도 제대로 몰랐다. 이러한 이유로 큰아들은 미국 생활 적응에 어려움을 겪었다. 미국 생활 2년차에 들면서 겨우 적응한 아이를 3년차에 다시 한국으로 돌아갈 준비까지 시키니 심적으로 매우 힘들었을 것이다. 문제는 그걸 나도 아내도 몰랐다는 것이다. 소위 틱(tic)이라는 걸 하는데 나는 그게 병인지도 모르고 아들을 닦달했다. "참아라. 왜 못 참니." 참 무식한 아빠였다. 한국에 돌아와서도 한동안 고생을 했고, 그 결과 공부는 보통보다 한참 아래였다. 내가 지나치게 운이 좋아서 집안의 운이란 운은 내가 혼자 다 가져버린 게 아닐까 걱정이 될 정도로 보면 볼수록 아들에게 미안하고 속으로 아파한 시절이 있다.

그런데 다행히도 이 녀석도 복이 조금은 있는 놈인 것 같다. 나이가 들면서 틱도 줄었고, 공부는 못했지만 미국에서 늦게나마 배운 영어가 큰 도움이 되었다. 대학을 가는 데 영어 성적이 좋으면 참 유리하다는 것을 알게 되었다. 그래서들 외국에 나가나 보다 하는 생각이 들 정도였다. 그 덕분에 큰놈은 다른 분야의 성적은 하위권임에도 4

부부생활은 자식 키우는 일에 비하면 양반이다.
결혼은 내가 어느 정도 아내에 대해 알고 선택하기 때문에
예상도 기대도 할 수 있지만,
자식을 키우는 일은 예상도 기대도 할 수 없기 때문이다.

지금 큰아들은 군대에 있다. 참 어렵게 키운 아들이다.
집안의 장손이라 너무너무 예뻤는데,
나도 어렸고 집사람도 어려서 잘 키우지 못한 미안함이 있다.
유학 준비와 집을 사는 데 모든 경제적 노력을 쏟아붓느라
제대로 영어를 가르치지 못해 큰아들은 미국 생활 적응에 어려움을 겪었다.
설상가상 틱 증상까지 찾아왔다.

다행히도 나이가 들면서 틱도 줄어들고 공부는 못했지만,
4년제 지방대에 합격했다.
지금은 대한민국의 아들로서 병역 의무를 잘 이행하는 모습이
형언할 수 없이 자랑스럽다.

하마터면 편하게 살 뻔했다

년제 대학에 합격했다. 뭐 누구는 지방대라고 말하기도 하지만 나는 이 학교가 너무너무 고맙다. 그리고 지금은 대한민국의 아들로서 병역 의무를 잘 이행하는 모습이 형언할 수 없이 자랑스럽다.

물론 아직도 안심하기에는 이르다. 2017년 7월 초 눈물로 아들을 군대에 보내고 난 후 2학년 1학기 성적표가 집으로 날아왔다. 군대 간다고 공부를 제대로 안 해서 성적이 좋지 않을 것이라고 생각은 했지만 정말 경이로운 수준이었다. D와 F만이 뒤섞여 있는 전설적인 학점을 보았다. 아들이 입대할 때 그야말로 눈물을 철철 흘리던 아내는 일주일 후 날아온 성적표를 보더니 어이없어했다. 웃어야 하나 울어야 하나, 이놈 보통 놈은 아니다.

둘째는 딸이다. 큰아들보다는 공부를 조금 더 잘해서 기대를 가졌는데 지금 재수 중에 있다. 그렇다고 공부를 엄청 잘하는 것도 아니다. 하지만 딸은 정신상태가 참 좋다. 명랑하기 때문이다. 재수라는 어려운 상황 앞에서도 명랑하게 잘 지내는 모습이라 다행이다. 경기도 이천에 있는 재수학원에 가 있는데, 성과가 어찌되었든 걱정하지 않는다. 인생은 자기가 하고 싶은 일을 하고 살면 된다. 공부 잘하는 게 대수인 세상은 지났다. 지금처럼 명랑하게 주위 친구들과 잘 지내면서 즐겁게 살기를 바란다.

하긴 너무 즐겁게 살까봐 걱정도 된다. 얼마 전 학원에서 휴가를 보내줘 집에 며칠 있었는데, 퇴근길 집 앞에 서 있는 딸을 보고 왜 집에 안 들어가고 있냐고 물었다. 보니 얼굴이 불그레했다. 친구와 소주를 한잔 했다는 거다. 재수생이니 술은 마실 수 있는 거라 생각했다. 뭐 집에 들어온 것이 12시 전이니 크게 문제될 건 없었다. 그런데 집에 들어가니 집사람이 자세히 다그쳤다. 그런데 그 과정에서 딸의 대답을 들으니 소주를 무려 혼자 세 병이나 마셨다는 거다. 속도 좋다. 나는 세 잔만 마셔도 토하는 체질인데.

아무튼 좋은 직장이 아니어도 행복은 늘 자기 주위에서 찾을 수 있는 일이기에, 그리고 자기가 선택한 길을 열심히 가다 보면 성취감도 얻을 수 있을 것이기에 커다란 일 없이 무난히 살기를 바란다. 살을 조금 빼면 좋겠는데, 뭐 요즘에는 자기 스타일대로 살아가면 되는 시대니 그저 딸은 아빠에게 예쁜 존재다.

셋째 막둥이는 아직도 초등학생이다. 늦둥이 막내라 참 귀여운 것이, 왜 이성계가 막내아들에게 왕위를 넘기려다 사달이 났는지 이해할 수 있을 정도다. 하는 짓이 너무 예쁘다. 늘 엄마에게 붙어살고 있다. 캥거루 같다. 매일 늦게 퇴근해서 보면 늘 엄마와 붙어 있다. 만일 이 녀석이 없었다면 나는 가정 불화를 겪었을지도 모른다. 매일 아침 일찍 나가 자정 즈음에 들어오는 남편을 가만히 놔둘 아내가 아닌데, 이 막내 녀석이 늘 붙어 있다 보니 아내가 나에게 화를 내지 않는다.

막내가 없었으면 나는 힘든 가정생활을 했을 거다. 게다가 이 녀석은 세 놈 중에서 가장 성실하다. 요즘은 초등학교 6학년도 공부를 잘하려면 12시까지 숙제를 해야 한다. 어린놈이 '존버'라는 말을 스스로 하곤 하는데, 비속어가 섞여 있는 말이라 해설을 달지는 않겠지만 한편으로는 안돼 보이기도 한다. 하지만 위의 둘과 달라서 욕심도 많고 성적을 잘 받기 위해 노력을 할 줄 안다. 개인적으로 공부 잘하기를 기대하지만 그렇다고 무조건 SKY를 외치며 학원으로 막 굴리지는 않으려고 한다. 본인도 한 해 한 해 나이를 먹으며 몸을 사리고 꿈을 조정해가고 있다고 하니 더 그렇다. 그래, 공부보다는 인성이고, 성적보다는 행복이다.

이렇게 자식을 여럿을 낳아 키우다 보니 나 스스로를 더 돌아보게 되고 그 덕에 나도 성숙해지는 걸 느낀다. 애들과 나는 서로 닮아간다. 서로 비슷하게 뚱뚱하고 게으른 것도 그렇고 묘하게 닮은 모습을 발견한다. 여전히 스타일이 다른 아내를 빼고는 모두 비슷한 것 같다. 물론 집에서 유일하게 부지런한 스타일인 아내에게는 미안한 마음이 크다. 애를 키우다가 반평생을 보낸 아내를 보며 드는 미안함과 어느새 자라난 아들과 딸, 그리고 한창 자라고 있는 막내를 보며 드는 행복감은 왜 가족이 중요한지를 깨닫게 한다. 내가 어려울 때 나에게 마지막까지 힘을 주는 것도 가족이고, 내가 좋을 때 가장 먼저 함께 기뻐해주는 것도 가족이다. 부모님과 처자식을 편의상 따로 기술했지만 이들 모두가 나의 가족이고, 가족은 내 삶을 지탱해주는 힘의 원천이다. 나의 부족함에도 불구하고 나의 가족이 별 탈 없이 살아가고 있는 것에 대해 늘 하늘에 감사하는 마음뿐이다.

22

친구가
내 인생을
살찌운다

가족이 가장 소중하다고 했지만 가족만 있어서 즐겁게 사는 건 아니다. 삶을 살아가는 데 꼭 필요한 게 친구다. 아무리 어려움이 있어도 그냥 터놓고 이야기할 수 있는 친구는 삶의 청량제다. 굳이 사귀려하지 않아도 굳이 멀리하려 해도 친구는 내 주위에 생기게 마련이다. 수는 중요하지 않고 어떤 관계를 맺는가가 중요할 뿐이다.

아내는 늘 나에게 건달의 피가 흐른다고 말한다. 나가서 노는 거 좋아하는 사람이 일만 열심히 하며 사니 어떻게 된 거냐고 묻는다. 실제로 나는 일하는 것을 태생적으로 좋아하지 않는다. 내가 일하는 분야가 좋아서 그것을 내게 주어진 소명으로 받아들이고 그저 열심히 살고 있는 것뿐이다. 내가 노는 걸 좋아한다는 것은 고향 친구들도 다 알고 있는 비밀 아닌 비밀이다.

친구들은 각양각색이고 만나보면 다 차이가 있다. 초등학교 친구는 가장 격식이 없다. 초등학교 때야 뭐 다 거기서 거기고 소위 불알친구라 해서 서로에 대해 너무도 잘 안다. 사는 것도 다 다르다. 공부를 잘해서 교수가 된 친구도 있지만 고등학교만 졸업하고 사는 친구도 많다. 그러고 보면 내가 자란 시기에는 초등학교 친구 중 인문계 고등학교를 반밖에 가지 못했다. 그러니 고등학교만 졸업한 친구가 많은 것도 이상한 것은 아니다. 그런데 더 많이 배웠든 덜 배웠든 사는 건 똑같다. 만나보면 모두 초등학생으로 돌아간다. 그래서 뭐 잘난 것도 못난 것도 없이 즐겁게 보낸다. 생활고에 어려움을 겪는 친구들에게 조금 더 잘해주고 싶은 마음은 있지만 돈 문제라면 나는 갑이 아니다. 많이 배운 사람이 돈을 더 많이 번다면 참 좋을 텐데, 배웠다고 해서 반드시 돈을 더 많이 버는 것은 아니다. 아무튼 친구들 중 편한 친구들은 초등학교 친구들이다.

고등학교 친구들은 끈끈하다. 사춘기를 같이 보내서인지 무언가 통하는 게 있다. 가장 같이 잘 지내는 친구가 고등학교 친구들이 아닌가 싶다. 고등학교 친구들을 만나면 학교 다닐 때 공부를 잘했니 못했니 하며 약간 미묘한 상황이 연출되기도 한다. 고등학교 때 공부를 잘한 친구가 결과적으로 잘사는 게 아니라서 그렇다. 사실 뭐 공부가 별것은 아니지만 고등학교 때는 대학을 잘 가기 위해 다들 열심히 공부한다. 그러다 보니 대인관계에서 성적의 영향이 가장 많이 좌우하는 때가 이때다.

고등학교를 졸업하고 서른이 되기 전까지는 공부 잘하는 친구가 모임에서 목소리를 낸다. 그러다가 사회생활을 하면서 학창 시절에

가족이 가장 소중하다고 했지만
가족만 있어서 즐겁게 사는 건 아니다.
삶을 살아가는 데 꼭 필요한 게 친구다.
아무리 어려움이 있어도
그냥 터놓고 이야기할 수 있는 친구는 삶의 청량제다.

인생이 즐거운 것은 친구가 있기 때문이다.
혼자 즐기는 세상이 되어가고 있고,
그래서 그런 품목들이 트렌드가 되고 있지만,
친구를 만나서 어울리며 생기는 희로애락은 다른 것과 바꿀 수 없다.
때로는 친구 때문에 즐겁기도 하고 때로는 화나기도 하지만
친구의 존재로 내 인생은 더 풍부해진다.

하마터면 편하게 살 뻔했다

공부를 못했던 친구들이 잘사는 경우가 나오게 마련이다. 나이가 40이 넘으면 모임에서 돈 내는 친구가 목소리를 낸다. 이런 게 가끔 갈등을 빚는 원인이 되곤 하지만 다행히도 내 고등학교 친구들은 거기서 거기라 이런 일은 별로 없다. 다들 착해서이기도 할 것이다.

나와는 직접적인 관련이 없는 일이지만, 지방에서는 흔히 그 지역 고등학교 출신이냐 아니냐가 생업과 연결되는 경우가 많다. 개인 사업을 하는 데 도움을 주고받는 가장 기초단위가 고등학교인 경우가 많다. 대학교 친구들이 도움을 주고받는 경우와 유사한 이유인데, 아무래도 사업 파트너를 구할 때 신뢰할 수 있어야 하는데 동문회를 통해 커뮤니티가 잘 형성되기 때문에 접촉에 용이하고, 같은 고등학교를 나오게 되면 일단 믿을 수 있다고 보는 경향이 있어서인 것 같다.

고등학교 친구 이야기를 하면 이 친구 이야기를 빼놓을 수 없다. 1학년 때 집이 대전으로 이사를 가고 잠시 기숙사에 있었던 나는 2학년에 올라가면서 전에 이웃에 살았던 J네 집에서 일 년을 보냈다. 부모님께서 J의 부모님을 잘 아셔서 같이 공부하라는 취지에서 그렇게 된 것이다. 결과부터 말하자면 J와 참 재미있게 잘 지냈는데, 부모님들께는 죄송하게도 공부보다는 노는 데 더 관심이 있었다. 철없던 시절이니 공부가 중요한지 노는 게 중요한지 모를 때였다. 적당히 부모님 눈을 피해가면서 놀았는데, 집에만 있으면 감시가 심해서 인근 독서실을 끊어놓고 놀러 다녔다. 일단 독서실에 가면 책가방을 놓고 만화방이나 야시장에 가기를 다반사로 했다.

그러던 어느 날, 밤 12시가 되어 J와 함께 집으로 돌아왔는데 평소와 달리 환하게 불이 켜져 있었다. 나와 J는 "어, 손님이 오셨나" 하며 무심코 집으로 들어갔다. 그런데 집 안에는 냉기가 돌고 있었다. 거실에서 기다리시는 부모님은 우리가 독서실 간다 해놓고 어딜 갔냐며 따지셨다. 그날따라 웬일인지 J의 아버지께서 공부하는 아들을 격려하시러 독서실에 오셨는데, 우리는 만화방에 놀러 갔던 것이다. 불운은 연이어 온다고 했던가. 하필 그때 계시던 독서실 사장님께서 J의 아버지께 "애들 맨날 땡땡이나 치고 어디 가는지 모르겠다"고 다 일러바치신 거였다. 그날 참 많이 혼났다. 흔히 쓰는 말로 먼지처럼 탈탈 털렸다. 물론 친자식인 J가 더 혼났다. 미안했다. 내 탓이 더 컸기 때문이다.

J도 나처럼 장남이었다. 아들을 사랑하시는 J의 부모님은 장남에 대한 기대가 컸다. 열심히 노력하신 덕에 집안을 일으켜 세우신 J의 부모님은 공부를 어느 정도 했던 장남이 더 잘되길 기대하시며, 예전 이웃집 아들과 함께 지내도록 하신 거였다. 그 당시 이미 조금은 망가져 있던 나였지만 그래도 공부를 잘한다는 소문이 있던 터라 함께 지내게 하신 거였다. 사랑하는 아들이 친구와 보다 나은 미래를 함께 준비하라고 남의 자식을 데리고 있는 선택을 하신 거였다. 그런 점을 볼 때 J의 부모님은 나의 부모님과 같다. 자식을 사랑하시고, 그런 자식이 더 잘 살 수 있도록 열심히 일하시고, 그래서 더 좋은 여건을 만들어주시고, 끝없이 베풀고 또 베풀어주신다.

그날 정말 많이 혼났지만, J의 부모님께서 느끼셨을 실망감을 잘 알고 있었기에 죄송한 마음이 컸다.그때의 죄송한 마음이 아직까지도 내 마음속에 자리 잡고 있다. 그래서 J의 부모님을 뵐 때마다 죄송스럽다. 하지만 이미 엎질러진 물이다. 돌이킬 수가 없다. 다행인 것은 J

는 천안에서 잘 살고 있다. 워낙 성격이 좋고 의리가 있어서 친구들이 넘쳐난다. 행복으로 따지면 내 몇 배는 누리고 사는 것 같다. 물론 어렸을 적 꾸었던 꿈을 다 이루지는 못했을 것이다. 그래서 미안하다. 나를 친아들처럼 대해주신 J의 부모님도 잘 살고 계시다. 워낙 운동을 잘하시는데 연세에 비해 건강하셔서 참 다행이다. 같이 어려운 시기를 보내서 그런지 J를 보면 그냥 좋다. 그게 친구인 것 같다.

일반적으로 대학교 친구들은 도움이 많이 된다. 왜냐하면 비슷한 전공으로 인해 비슷한 일을 많이 하기 때문이다. 음대를 나오면 음악계에, 상대를 나오면 기업계에, 법대를 나오면 공무원계에 많은 친구들이 있게 된다. 상부상조는 역시 대학이다. 그러다 보니 한국 사회에 학벌이라는 문제가 생기게 된 것 같다. 특정 대학교 특정 학과를 나와야 성공이 쉬우니 그곳에 가기 위해 애쓰는 것이다.

나는 대학교의 전공과 지금 하는 일이 약간 달라서 대학 친구들로부터 도움을 받는 일은 별로 없다. 그냥 만나서 옛날 추억을 되새기는 것만으로도 좋다. 돈 없던 시절에 대패삼겹살이나 라면을 함께 나누어 먹던 그 시절을 돌아보며 추억하는 것만으로도 인생의 즐거움이 된다. 아무튼 아직도 대학교 친구들은 서로 돕고 사는 걸 종종 보게 된다.

굳이 같은 학교를 나오지 않았더라도 여러 사람들과의 폭넓은 교류는 삶에 도움을 준다. 세상이 참 다양하다는 것을 느낄 수가 있어서 그렇다. 남을 보면서 나를 돌아보고 그들과의 관계 속에서 내 삶을 더 풍부하게 만들 수 있기 때문이다. 인생이 즐거운 것은 친구가 있기 때문이다. 혼자 즐기는 세상이 되어가고 있고, 그래서 그런 품목들이 트렌드가 되고 있지만, 친구를 만나서 어울리며 생기는 희로애락은 다른 것과 바꿀 수 없다. 때로는 친구 때문에 즐겁기도 하고 때로는 화나기도 하지만 친구의 존재로 내 인생은 더 풍부해진다.

23

사회로부터 받은 것을
다시 돌려주면 행복하다

사회생활을 어느 정도 하다 보면 사회로부터 많은 것을 받게 된다. 그것이 돈이든 지위든 기회든 혜택이든 우리는 가능하면 더 많은 것을 받으려고 노력한다. 그러나 어느 시점이 되면 우리가 사회로부터 받은 것을 사회에 환원하는 것이 중요하다는 것을 깨닫게 된다. 어쩌면 내가 받은 것을 다시 사회에 환원하는 것은 나에게 주어진 마지막 사명인지 모른다. 물론 모든 사람이 자기가 받은 것을 반드시 사회에 환원할 필요가 있는 것은 아니다. 하지만 자기 분야에서 어느 정도 성과를 낸 사람이라면 한 번쯤 자기가 속한 사회를 위해 사회로부터 자신이 받은 것을 사회에 환원하는 일을 고민해볼 필요가 있다.

외교안보 분야의 일을 하면서 한국의 전문가 집단과 미국의 그것을 비교해볼 때 가장 큰 차이는 민간의 역할이다. 대한민국의 대부분의 연구소는 소위 국책기관이다. 나라에서 돈을 댄다. 반면에 미국의 주요 연구소는 대부분 민간기관이다. 우리에게 잘 알려진 브루킹스(Brookings)나 헤리티지(Heritage), 그리고 미국 국제전략문제 연구소(CSIS) 모두 민간연구소다. 이것은 민간에서 사회 환원을 어느 정도로 하고 있는가를 보여주는 좋은 예다.

우리나라에도 잘 알려지지는 않았지만 많은 민간연구소들이 있다. 북한연구소와 같은 경우는 수십 년간 민간연구소로 운용되며 굳건히 자리를 잡고 있고, 전략문제연구소와 같은 경우는 홍성태 장군님께서 1980년대 설립해 여전히 활발한 활동을 해오고 있으며, 전략문제연구원의 경우 이상희 전 국방장관이 설립하여 지금은 한민구 전 국방장관이 원장으로서 운용을 책임지고 있다. 동아시아연구소의 경우 고려대의 김병국 교수가 설립한 이후 하영선 서울대 명예교수의 땀이 배어 있는 연구기관이다. 그 밖에도 한샘에서 투자를 해서 운용 중인 여시재나 SK에서 운용 중인 최종현학술원 등 다양한 민간 기관이 있다. 이런 민간기관들이 일을 열심히 하고 있지만 그 예산이나 활동 범위가 국책연구기관에 비하면 아직 많이 부족하다. 아마 이들의 예산을 모두 모아보았자 국방연구원의 1년 예산도 안 될 것이다.

따라서 이러한 민간연구소의 문제는 민간에서 기금을 얼마나 확보하느냐 하는 것이다. 예산 없이는 활동이 제한되기 때문이다. 민간연구소 중 유일하게 국책기관 못지않게 활동을 하고 있는 곳이 내가 몸담고 있는 아산정책연구원이다. 아산정책연구원은 국제회의 개최나 정책 활동, 그리고 언론 활동도 가장 활발히 전개하고 있는 대한민국을 대표하는 민간연구소다.

외교정책 연구로는 돈을 벌기가 어렵다. 아무리 좋은 내용을 담은 정책보고서를 만들어도 정부가 참고하지 않으면 그만이다. 그렇기 때문에 기업의 관점에설 볼 때 민간연구소는 그저 돈 먹는 하마와도 같다. 하지만 나라가 가야 할 방향에 대해 정부의 예산 지원에 얽매이지 않고 순수한 의도로 객관적이고 독립적인 의견을 내는 연구소는 필요하다. 소위 정책여론을 움직여 정부에게 조력자와 견제자의 기능을 동시에 할 수 있기 때문이다. 정부로부터 예산을 지원받는 국책연구소는 정부의 입장과 다른 이야기를 할 수가 없다. 그러니 올바른 언로가 형성되기가 어렵다. 따라서 민간연구기관이 활성화되어야 한다.

하지만 연간 수십억 이상을 사용하는 일은 아무리 큰 기업가나 대기업이라도 쉽지 않은 일이다. 사회사업에 대한 의지가 뒷받침되어야 하는 일이다. 그런데 미국은 민간 연구의 기금을 마련하는 환경이 좋다. 어느 정도 형편이 되면 사회 문제에 관심을 두고 무언가 역할을 해야 한다는 생각들을 많이 한다. 그러다 보니 민간연구소들이 연간 활동으로 기금을 마련하고 이를 바탕으로 더 좋은 연구사업을 진행할 수 있게 된다.

사회 환원은 연구 영역에만 국한된 것이 아니다. 교육 분야에서도 자주 볼 수 있다. 내가 어릴 적 다녔던 북일고등학교도 이에 해당한다. 충남 천안에 소재한 북일고는 한화그룹에서 설립했다. 한화그룹 설립자셨던 김종휘 회장님이 자신의 고향에 세운 학교다. 지금은 자립형 사립고로 바뀌었지만 과거 우리 경제가 어려웠을 당시에는 서울로 대학을 가면 장학금까지 주면서 인재양성에 힘써온 학교

나의 고등학교 모교인 천안북일고등학교.

충남 천안에 소재한 북일고는 한화그룹에서 설립했다.
초대 김종희 회장님께서 자신의 고향에 세운 학교다.
당신이 어릴 적 어렵게 공부하던 생각을 하시며
후학들에게 보다 좋은 기회를 주려는 마음에서 설립했다고 한다.
지금은 자립형 사립고로 바뀌었지만
과거 우리 경제가 어려웠을 당시에는
서울로 대학을 가면 장학금까지 주면서 인재양성에 힘써왔다.
이런 학교들이 많아져야 사회가 발전하고 나라가 좋아진다.

였다. 당신이 어릴 적 고생을 하면서 공부하던 생각을 하시며 후학들에게 보다 좋은 기회를 주려는 마음에서 설립한 학교다. 그러고 보면 우리 사회도 이런 독지가들의 노력이 적지 않았다. 지방 곳곳에 이런 학교들이 있었고, 그러한 교육기관을 통해 인재들이 양성되었다.

지금 우리는 1인당 국민소득 3만 달러 시대를 살고 있다. 세계 40개국 정도를 돌아다녀보았는데, 정말 어디에도 꿀리지 않는 잘사는 나라다. 우리 내부에서는 '헬조선' 이야기가 나오지만, 우리가 헬이면 몇 나라를 뺀 지구촌 모두가 그냥 헬 자체다. 그만큼 우리는 잘살고 있다. 물론 가야 할 길은 멀다. 고용도 복지도 아직 그늘진 곳이 너무 많다. 반드시 극복해야 할 과제다.

마찬가지로 민간 영역에서 사회적 약자나 다음 세대를 위한 기부 문화 역시 부족한 상황이다. 이제 겨우 가난을 벗어나 경제적 어려움을 극복했기 때문에 아직 기부 문화가 정착되기에는 시간이 필요할 것으로 보인다. 따라서 사회 환원 문제에 대해 보다 적극적인 논의가 필요한 시점이다. 정부가 나서서 할 일은 아니고 민간에서 스스로 이 문제에 대한 대안을 발전시켜나가야 한다.

미국에 유학을 갔을 때 놀란 일이 하나 있다. 바로 미국의 초등학교 교육이었다. 큰아들 상우가 미국에 갔을 때 아무런 준비를 못 하고 가서 영어에 심각한 문제가 있었다. 워싱턴 D.C. 조지타운 안쪽에 있는 동네에 살았는데, 배정된 초등학교는 프랜시스 키(Fransis Key) 엘리멘터리 스쿨(elementary school)이었다. 그런데 학교를 가서 아들의 영어 걱정을 하니, 학교에서는 내 아들만을 위해 따로 선생님을 배정하고 영어를 1 대 1로 멘토링해주었다. 조금 당황할 정도였다.

학교에서 수업을 따라가는 것을 도와주는 것을 넘어 선생님을 따로 배정해주어 일주일에 몇 번씩 영어 발전 속도를 체크하고 도움을 주는 것이었다.

우리 같으면 어땠을까? 동남아에서 온 아이가 한글을 잘 못하면 따로 가르쳐주는 프로그램이 있는지 모르겠다. 있어야 한다. 그래야 선진국이 되는 거다. 그리고 이러한 제도적 장치를 위해서는 교육에 더 투자해야 한다. 정부가 못하면 민간이 도와야 한다. 기부 문화도 그래서 필요하다. 아직 우리 사회는 성장의 과정에 있기 때문에 기부 문화가 정착하지 못했다. 물론 많은 분들이 좋은 일을 위해 적극적인 기부를 몸소 실천하고 있지만 아직 가야 할 길이 멀다.

나도 40대가 되면서 주변을 도와야 한다는 생각을 서서히 하게 되었다. 사실 박사학위를 받고 전문가로서 자리를 잡기 전에는 이런 생각을 할 겨를이 없었다. 나 역시도 경제적으로 조금 여유가 생기니 자연스럽게 이런 일들에 관심을 돌리게 된 것 같다. 누가 기부행위를 하든 안 하든 제3자가 판단할 일은 아닌 것 같다. 사정이 모두 다르기 때문이다. 아무튼 지금은 소액을 두 곳 정도에 기부하고 있다. 아직 내가 버는 수입에 비해 적은 금액을 기부하고 있지만, 이런 일들을 조금씩 더 해야 겠다는 생각을 하고 있고 경제적으로 더 윤택해지면 더 많은 곳에 기부를 하고 싶다.

결국 열심히 살고 자기가 원하는 것을 해본 후에는 오늘날의 자기자신을 만들어준 사회에 자기가 받은 것을 환원하는 것이 이 땅에 살아가는 사람의 도리가 아닐까 싶다. 그것이 다음 세대를 위한 나의 일인 것 같다. 나 혼자만이 살다가는 세상이 아닌 남과 함께 살아가는 세상, 나를 위해 열심히 살았지만 그로 인해 소외되었을 누군가를 위해 마음을 쓰는 세상, 그리고 모두의 마음속에 조금이나마 존재하는 따뜻한 마음을 생각을 넘어 행동으로 옮기는 세상, 그런 세상을 살고자 하는 마음이 하마터면 편하게 살 뻔했던 나를 오늘도 바쁘게 살게 만드는 것 같다.

자신의 삶을
조율하며 순항하기를

서울시 종로구 경희궁로에 소재해 있는 아산정책연구원으로부터 약 100미터 떨어진 곳에 어린이집이 하나 있다. 광화문 인근에 직장을 다니는 젊은 부부들이 아이를 맡기는 곳 중 하나다. 아침 출근길마다 젊은 부부들이 아이를 맡기고 직장으로 향하는 모습을 본다. 이들은 자신의 커리어에 대한 불안함과 아이를 키우는 어려움 속에서 인생의 가장 힘든 시기를 보내는 중이다.

아기를 키워본 분들은 다 알 것이다. 이제 막 부모가 된 사람들은 모두 밤마다 칭얼대는 아이로 인해 잠을 설치고 피로에 젖어 있을 수밖에 없다는 것을. 그런데도 아이를 어린이집에 맡기는 부모들의 표정은 하나같이 참 밝다. 아이와 손을 흔들며 일하는 곳으로 발걸음을 옮기는 모습에서 우리나라의 미래를 본다. 처음에는 무심코 스쳐 지나갔지만 그런 사람들의 표정을 반복해서 보게 되면서 나름대로 확신을 갖게 되었다. '그래, 힘차게 살아가는 사람들이 기름 한 방울 나지 않는 우리나라의 원동력이다.'

4차 산업혁명의 시대를 살아가는 데 가장 중요한 것도 결국은 사람이다. 사람이 노력해서 지식을 쌓고 그 지식을 새로운 매체와 공유하며 데이터를 축적하고 이를 다시 네트워크로 활용해서 삶에 활용하는 것이다. 아무리 첨단을 달리는 기술이라도 결국 사람이 만든다. 그래서 사람에 투자해야 하고 그 사람이 잘 살아가는 사회와 나라를 만드는 것이 다음 세대를 위한 제대로 된 투자다. 아무리 경제가 어렵다 해도 사람을 교육시키고 창의력을 발휘해서 새로운 혁신을 해나가면 우리는 지금보다 더 밝은 미래를 만들 수 있다.

하지만 불행히도 모두가 성공할 수는 없는 세상이다. 그런 세상은 아마 사람들이 세상을 잘 모르던 시절, 동네 밖을 나갈 이유가 없었던 농경시대 이후로 불가능하게 되어버린 것 같다. 더 좋은 삶이 다른 곳에 있다는 것을 알게 되고 또 그것을 직접 눈으로 보게 되면서 자신의 삶에 만족하기가 더 어려워진 '불만족의 세상'이 도래했다.

경쟁은 치열해지고 끊이지 않는다. 그러다 보니 이제는 경쟁 자체를 멀리하려는 사람들이 늘고 있다. 어쩔 수 없는 일이다. 하지만 세상을 피하는 것만이 능사는 아니다. 스스로를 세상에서 격리시켜 나만의 행복을 찾는 것도 어떤 면에서는 의미 있는 삶의 방식일 수도 있다. 하지만 세상 속에서 사람들과 부딪치며 함께 어울리고 다양한 경험을 하면서 나를 성장시켜나가고 주변 사람들을 돌아보며 세상을 위해 기여하는 것이 더 의미 있는 삶이 아닐까.

산 위에 가보지 못한 사람과 가본 사람은 분명히 차이가 있다. 산 위에 올라가야 산의 전체 모습을 볼 수 있다. 산 아래에서 저 위를 바라보면서 '아마 이럴 거야'라고 상상의 나래를 펼치는 것보다는 몸은 힘들지만 끝까지 산 위에 올라가보고 그 산이 정말로 어떻게 생겼는지를 보는 것은 다르다. 아래에서 생각했던 것과 위에서 바라보는 것을 비교할 수 있는 사람은 오로지 산 위에 가본 사람뿐이다. 산 위를 향해 올라가다가 못 올라가는 경우도 있을 것이고 내가 생각했던 산이 아닐 수도 있다. 하지만 그렇다고 산에 오르려는 노력의 가치를 폄훼할 필요는 없다. 그 경험을 통해 조금 더 성장해가고 있을 것이기 때문이다. 각자 자신의 인생을 걸어가겠지만 그 보폭과 방향에 따라 자신의 길은 달라진다.

『하마터면 열심히 살 뻔했다』에 나오는 무라카미 하루키의 태평양 한가운데 조난당한 한 남자 이야기는 실제의 삶과는 다르다. 태평양 한가운데서 조난당했을 때 섬이 있을 법한 곳으로 헤엄쳐 간 사람은 섬을 찾거나 섬을 못 찾거나 둘 중 하나다. 섬을 찾으면 살고 못 찾으면 죽는다. 섬이 없을지도 모르기에 그 자리에서 맥주나 마신다고 한 남자는 구조비행기가 그를 찾지 못할 경우 무조건 죽는다. 자기가 행동하면 자신의 선택에 의해 활로를 찾을 수 있지만 행동하지 않으면 남의 선택에 의해 인생이 결정된다.

삶은 그렇다. 성공이 보장되어 있지 않지만 그 성공을 찾아 헤엄치는 사람만이 스스로 가능성을 열어간다. 이렇게 볼 때 결국 노력이라는 것은 자기가 잡을 수 있는 기회의 확률을 높이는 일이다. 그렇기 때문에 무엇인가를 원하면 피해서는 안 되고, 효율적으로 기회를 얻을 수 있는 방법을 끊임없이 강구해야 한다.

인생은 자기만의 게임이다. 자신을 남과 비교하는 것은 어리석은 일이다. 사실 승리의 뿌듯함과 패배의 불쾌함은 남과 비교하는 데서 나온다. 인생은 궁극적으로 자기와의 경쟁이고 나를 이겨야 성장을 하는 게임이다. 패배를 두려워하며 시도조차 하지 않는 것은 나 스스로를 너무 낮게 보는 일이다. 상처를 받지 않기 위해서는 좋은 선택인지 몰라도 나를 만들어가는 데 있어서는 나쁜 선택이다.

누가 지금 나에게 성공했냐고 물으면 "그런 것 같다"고 말한다. 하지만 나는 특별한 사람이 아니다. 평범한 사람이다. 단지 열심히 살아왔을 뿐이다. 내가 해온 노력 덕분에 한 분야에서 이름을 알리고, 나아가 내가 아는 지식을 남에게 전해주며 살아가고 있다. 그래서 그런지 나 같은 사람이 많아져야 더 좋은 사회가 될 것 같다는 믿음을 가지고 산다. 집안이 평범해도, 지방에서 학교를 다녔어도 기회를 찾아 열심히 노력하고 자신을 갈고 닦으면 어느 분야에서든 인정받을 수 있는 사회가 되었으면 한다. 이런 생각에서 젊은이들들에게 도움이 될 만한 여러 가지를 적어보았다.

학교와 직장 문화가 바뀌어야 젊은이의 삶이 바뀐다. 노력은 무작정 하는 것이 아니라 요령 있게 해야 한다. 방향성이 중요하고 자기만의 길을 찾아야 한다. 반칙은 안 되며, 솔직하고 당당하게 살아야 한다. 사람은 혼자 살아갈 수 없다. 주변 사람들과 어울리며 서로 돕고 살아야 한다. 평범해도 묵묵히 노력하면 결국에는 뜻을 이룰 수 있는 사회, 이게 상식이 통하는 사회다. 상식이 통하는 사회란 거창한 다른 무언가가 아니다. 너무나 단순해서 누구나 알고 있지만 잊고 살아갈 뿐이다. 나는 이 책에서 너무나 단순해서 누구나 알고 있지만 잊고 살아가는 것에 대해 이야기하고 싶었다. 하마터면 편하게 살 뻔한 나의 이야기를 통해 자신의 삶을 조율하며 순항하길 바란다. 끝까지 읽어주신 모든 분들께 감사드린다.

하마터면
편 하 게
살 뻔했다

초판 1쇄 인쇄 | 2019년 10월 29일
초판 1쇄 발행 | 2019년 11월 4일

지은이 | 신범철
펴낸이 | 김세영

펴낸곳 | 프리스마
주소 | 04029 서울시 마포구 잔다리로 71 아내뜨빌딩 502호
전화 | 02-3143-3366
팩스 | 02-3143-3360
블로그 | http://blog.naver.com/planetmedia7
이메일 | webmaster@planetmedia.co.kr
출판등록 | 2005년 10월 4일 제313-2005-00209호

ISBN | 979-11-86053-14-0 03810